馔

童年

[苏联] 马克西姆·高尔基 —— 著

郑海凌 —— 译

中国友谊出版公司

图书在版编目（CIP）数据

童年 /（苏）高尔基著；郑海凌译. -- 北京：中国友谊出版公司，2011.9（2023.3重印）
ISBN 978-7-5057-2899-8

Ⅰ.①童… Ⅱ.①高… ②郑… Ⅲ.①长篇小说-苏联 Ⅳ.①I512.45

中国版本图书馆CIP数据核字(2011)第187342号

书名	**童年**
作者	[苏联]马克西姆·高尔基
译者	郑海凌
出版	中国友谊出版公司
发行	中国友谊出版公司
经销	新华书店
印刷	北京通州皇家印刷厂
规格	889×1194毫米　32开 9印张　185千字
版次	2012年10月第1版
印次	2023年3月第8次印刷
书号	ISBN 978-7-5057-2899-8
定价	45.00元
地址	北京市朝阳区西坝河南里17号楼
邮编	100028
电话	（010）64678009

版权所有，翻版必究
如发现印装质量问题，可联系调换
电话　（010）59799930-601

马克西姆·高尔基
1868—1936

无产阶级作家,社会主义现实主义文学的奠基人。

高尔基与苏联的孩子们交谈

高尔基童年博物馆

高尔基童年时期生活的地方。博物馆里的每一件物品都与高尔基在小说《童年》中描述的小阿廖沙生活中的特定事件有关。

一

狭小的房间里，光线很暗。父亲直挺挺地躺在窗下的地板上，蒙着白布，身子显得特别长。他的光脚露在外面，脚趾古怪地张开着；那双时常抚爱我的手一动不动地放在胸前，手指也是弯曲的；他那双时常乐呵呵的眼睛紧闭着，眼皮上盖着两枚圆圆的铜币；他那张和蔼的面孔变得乌黑，难看地龇着牙，看上去怪吓人的。

母亲半裸着身子，穿着一条红裙子，跪在父亲身旁，正在用那把小黑梳子给我父亲梳头，把父亲那长长的柔软的头发从前额梳到后脑勺。那把小黑梳子是我喜欢的东西，我常常用它锯西瓜皮。母亲给我父亲梳头的时候，嘴里不停地唠叨着，嗓音低沉、沙哑。她眼睛红肿，仿佛融化了似的，大滴大滴的泪水从她那双浅灰色的眼睛里流下来。

外婆拉着我的手。她长得胖乎乎的，大脑袋，大眼睛，鼻子上皮肉松弛，令人发笑。外婆身子软绵绵的，是个特别有意思的人。这时她穿着一身黑衣裳，也在哭，但她的哭跟我母亲不同，她总是伴随着我母亲哭，像唱歌似的，哭得很老练。她全身颤抖，使劲拉着我，要把我推到父亲身边去。我向后扭着身子，躲在外婆身后，不肯朝前去。我心里害怕，同时又感到难为情。

我还从来没见过大人哭。外婆一再对我说的话，我也不明白是什

么意思:

"快去跟你爹爹告别,往后你就见不到他了,他死了,乖孩子,他不该死啊,他还不到年龄……"

我刚刚大病初愈,才能下床走路。我清楚地记得,在我生病期间,父亲照料着我,他总是一副乐呵呵的样子。后来,他突然消失了①,外婆接替父亲来照料我。我外婆是个很古怪的人。

"你是从哪儿走来的?"我问外婆。

外婆回答说:

"从上头来,从下面来,我不是走来的,是搭船来的!在水上可不能走路②,傻瓜!"

她这话真可笑,简直让人莫名其妙:我家楼上住着一些留着大胡子并且染了头发的波斯人,楼下的地下室里住着一个黄脸皮的卡尔梅克族老头,是个卖羊皮的小贩。在楼梯的栏杆上可以玩滑滑梯,要是不当心摔倒了,就翻着跟头滚下去,这一点我是再清楚不过了。这里哪儿来的水呢?全是哄弄人,前言不搭后语的,真叫人好笑。

"为什么说我是傻瓜?"

"因为你爱吵闹。"外婆说,她脸上也带着笑。

外婆说话语气亲切、快活,富有乐感。自从我第一天见到她,我们俩就成了好朋友,此刻,我多么希望她快点带我离开这间小屋啊。

---

① 高尔基三岁时,在伏尔加河下游的阿斯特拉罕城患霍乱,父亲看护幼小的孩子,不幸染病而死。
② 这句话里的"上头"是指伏尔加河上游,"下面"是指下新城(后更名高尔基城),这些词在俄语中是谐音字。俄语中的"走来"和"乘船来"是不同的动词。此处孩子用词不当,外婆纠正他。

母亲使我感到压抑。她的泪水,她的号哭,都使我感到新奇,使我惊恐不安。我第一次看见她今天这个样子。母亲平日神色很严厉,很少说话。她个子很高,牛高马大的,总是打扮得干净利索。母亲的身体很结实,一双强壮的大手有劲极了。可是现在,她似乎全身肿胀起来,头发蓬乱,衣衫不整,看上去令人难受,仿佛她的一切都乱了套。往日头发整整齐齐地盘在头上,像戴了一顶油光锃亮的大帽子,现在却披散在赤裸的肩头,滑落到脸上。她有一半头发编成一条辫子,不时摆来摆去,轻触着父亲那张沉睡的脸。我在房间里站着,站了好长时间,但母亲没有理睬我,甚至没有抬眼望我一下。她一直在给父亲梳头,不停地号哭,哽咽着,泣不成声。

几个穿黑衣服的乡下人和一名巡警站在门口朝屋里望了望,那巡警气呼呼地喊道:

"快点抬走!"

窗户上挂着一条深色的大披巾,代替了窗帘。披巾被风吹得鼓起来,恰如一张船帆。有一回,父亲带我乘小帆船游玩,忽然,响起一声霹雷。父亲笑了,他用双膝紧紧地夹住我,喊道:

"别怕,卢克①,没事儿!"

这时,母亲忽然吃力地从地板上站起来,但立刻就坐下了,仰面躺下,头发铺散在地板上。她那张惨白的脸变得铁青,两眼紧闭着,像父亲那样龇着牙,用吓人的声音说:

"快关上门……把阿列克谢抱出去!"

外婆连忙把我推开,跑到门口,喊道:

---

① 父亲对幼小的高尔基的称呼,意为"葱头"。

"亲爱的街坊们,不要害怕,不要多管闲事,看在基督的分上,快走开吧!这不是霍乱症,是女人临产。老爷子们,行行好吧!"

我躲在箱子后面黑暗的角落里,从这里看得见母亲躺在地板上,身子不停地弯曲着,哼哼呀呀地叫着,牙咬得吱吱响。外婆在她身边爬来爬去,不停地安慰她,那声音听起来既亲切又快活:

"为了圣父圣子!忍着点儿,瓦留莎……圣母保佑……"

我心里很害怕。母亲和外婆在地板上忙来忙去,就在父亲身边,有时碰着父亲的身子,又是呻吟,又是喊叫,可我父亲却一动不动地躺在那里,说不定还在笑呢。外婆和母亲在地板上折腾了好久,母亲不止一次地站起身来,然后又躺下去,外婆像一只柔软的大黑皮球似的,有时跑到门外去,不一会儿又跑进来。后来,黑暗中忽然传来婴儿的哭声。

"感谢上帝!"外婆说,"是个男孩!"

接着,外婆点燃了蜡烛。

我可能是在屋角里睡着了,后来的事我什么也不记得了。

留在我记忆中的第二个印象是,在一个阴雨天,荒凉的公墓的一个角落,我站在滑溜溜的黏土小丘上,望着墓穴。这时,父亲的棺材已经放进墓穴里,墓穴底部有积水,还有几只青蛙。有两只青蛙已爬到米黄色的棺材盖上。

在父亲墓前,除我以外,还有外婆以及浑身被雨淋湿的巡警和两个乡下人。那两个乡下人满脸怒气,手里拿着铁锹。暖融融的细雨像细小的珍珠似的洒落在大家身上。

"开始封土吧。"巡警朝一旁走开,说。

外婆用头巾下角捂着脸哭起来。那两个乡下人躬下身子,急急忙忙地给墓穴封土,墓穴里的积水给土块打得啪啪作响。趴在棺材盖上的青蛙急忙跳下来,刚要往穴壁上爬,马上就被土块打落到墓穴底部去了。

"你离远一点儿,廖尼亚①。"外婆揪住我的肩膀,对我说。我挣脱了她的手,我不愿离开这里。

"真是拿你没办法,上帝啊。"不知外婆在埋怨我,还是埋怨上帝。她久久地站在那里,低垂着头,沉默不语。墓穴填平了,她依旧站在那里。

那两个乡下人用铁锹重重地拍打着坟墓上的泥土。忽然起风了,细雨旋即随风而去。外婆拉着我的手,领我来到远处的一座教堂前,这里有许多深色的十字架。

"你怎么不哭啊?"她领我走出墓地的围墙,问道,"你应该哭啊!"

"我哭不出来。"我答道。

"哼,哭不出来,这样可不好。"外婆轻声对我说。

这种事说来令人奇怪:我很少哭,只有受了委屈我才哭,从没因为怕疼而哭过。我哭鼻子的时候,父亲总是嘲笑我,而我母亲却大喊:

"不许哭!"

后来,我们乘坐一辆轻便马车行驶在宽阔而泥泞的街道上,街道两旁的房屋是暗红色的。这时我问外婆:

"那些青蛙能爬出来吗?"

---

① 高尔基的小名。

"不,爬不出来,"外婆回答,"愿上帝保佑它们!"

不论是父亲,还是母亲,都不曾像外婆这样言必称上帝,仿佛上帝是她的亲戚。

几天以后,我便同外婆和母亲一起,搭上了轮船。我们坐在狭小的船舱里,刚出生不久的弟弟马克西姆死了,躺在船舱一角的小桌上,身上裹着白布,外面扎着红带子。

我趴在包袱和箱子上,从轮船的小窗朝外望着,小窗圆圆鼓鼓的,活像马的眼睛。湿漉漉的窗玻璃外面,混浊的河水翻着泡沫,哗哗流去。有时河水翻起浪花,朝窗玻璃扑来。这时我不由自主地朝后躲,跳到地板上。

"别怕!"外婆对我说,她用柔和的双手轻轻举起我的身子,又把我放回到包袱上。

河面上升起潮湿的大雾,灰蒙蒙的。远方偶尔呈现出黑黝黝的土地,不一会儿又消失在浓雾和河水里了。四周的一切在颤动,唯有母亲纹丝不动。她把两手放在脑后,身子倚着舱壁,坚定地站着。她的脸色暗淡,呈铁青色,两眼紧闭着。她一直沉默不语,仿佛变成了另一个人,一个陌生人。我觉得,连她身上的衣服都令人觉得眼生。

外婆多次轻声劝她:

"瓦丽娅,你吃点东西吧,多少吃点,好吗?"

我母亲一声不吭,也没有动弹。

外婆跟我说话时像说悄悄话,同我母亲说话声音高一些,但总是赔着小心,怯生生的,而且话很少。我觉得,她是害怕我母亲。明白了这一点之后,我对外婆更亲近了。

"是萨拉托夫。"我母亲突然气呼呼地高声说,"那个水手哪儿去了?"

瞧,她连说话也是古怪的,让人摸不着头脑:萨拉托夫?水手?

一个体格宽大、头发花白的男人走进来,他穿一身蓝色衣服,手里拿着一只小木匣子。外婆接过木匣,把弟弟的尸体放进木匣里,放好之后,她便伸开双臂,托着小木匣,小心翼翼地朝舱门走去。但外婆身体太胖了,只有侧着身子才能通过狭小的舱门。她在舱门口踟蹰不前,样子十分可笑。

"哎呀,妈妈!"我母亲喊了一声,从外婆手里抢过木匣,接着她们俩都不见了。我只好留在船舱里,仔细端详眼前这位穿蓝衣服的人。

"怎么,小弟弟死了?"他朝我俯下身来,问道。

"你是谁?"

"水手。"

"那萨拉托夫是谁?"

"萨拉托夫是城市的名字。你朝窗外瞧瞧,就是这个城市!"

窗外的大地在浮动。地面上雾气腾腾,有一些悬崖峭壁,看上去黑乎乎的,活像一大块刚刚切下来的面包。

"我外婆哪儿去了?"

"去安葬外孙了。"

"要把他埋在地下?"

"当然啦,埋在地下。"

我对水手说,安葬我父亲的时候,有几只活青蛙给埋在墓穴里。水手把我抱起来,紧紧地把我搂在胸前,亲了亲我。

"唉,老弟,你现在什么也不懂!"水手说,"青蛙没什么好可怜的，有上帝保佑它们呢！你该可怜母亲才是。你看她多痛苦啊，给折磨得不成样子啦！"

汽笛在我们头顶上尖叫起来。我事先已经知道这是轮船，所以听见汽笛声并不害怕，但是那水手却急忙把我放在地板上，转身向外跑去，只说了一句：

"得快点跑。"

这时，我也想往外跑。我来到舱门外面。狭窄的过道里光线很暗，连个人影也没有。距离舱门不远的地方，镶在阶梯踏板上的铜片闪闪发光。我向上方望去，只见人们都背着行李，提着包袱。显而易见，乘客们正在下船。这么说，看来我也该下船啦。

然而，当我跟随一群男人走过去，来到船舷上的踏板跟前的时候，人们都冲我喊叫起来：

"这是谁的孩子？你是谁的孩子？"

"我不知道。"

这时，人们对我推推搡搡，拉拉扯扯，盘问了好长时间。最后，那位花白头发的水手终于来了，他把我抱起来，对大家解释说："他是从阿斯特拉罕来的，他自己从船舱里跑出来的……"

他飞快地把我送回船舱，让我坐在包袱上，临走时他伸出一个指头威吓我：

"当心我揍你！"

头顶上的喧哗声渐渐平静下来，轮船已不再颤抖，也不再发出咚咚的响声了。船舱的小窗仿佛被一堵潮湿的墙挡住了，船舱里变得黑乎乎的，让人透不过气来，包袱也似乎膨胀起来，不时地挤压着我。一切都变得令人讨厌。莫非就这样把我一个人永远留在这艘空空的轮船上了？

我来到舱门跟前。舱门打不开，铜把手拧不动。我拿起一只装着牛奶的瓶子，使尽全身力气朝门把手上砸去。奶瓶砸碎了，牛奶溅在我的腿上，灌进我的靴子里。

遭到失败以后，我苦恼极了，趴在包袱上小声哭起来。哭了一会儿就睡着了。

可是，我醒来的时候，轮船又"咚咚"地响起来，并且不停地颤抖着。舱里的小窗户变得像太阳一样明亮。外婆坐在我身边，她正在梳头，不时地皱着眉头，还低声嘟哝什么。她的头发多极了。浓密的头发盖住了她的双肩、胸脯和膝盖，一直拖到地板上。乌黑的头发闪着蓝光。她用一只手托起拖到地板上的长发，悬在手上，另一只手吃力地把稀齿的木梳子插进厚厚的发绺里。她撇着嘴，黑眼睛忽闪忽闪的，好像在生气，而她的脸覆盖在浓密的头发里，显得很小，怪可笑的。

今天外婆显得怒气冲冲的，可是当我问她，她的头发为什么这么长，她马上就用惯常那种亲切温和的声音回答说：

"大概是上帝惩罚我吧。上帝说，就让你长这么多头发，你就使劲去梳吧！年轻的时候，我常常向人夸耀我这头好头发，像马鬃似的。现在我老了，我讨厌这头发了！好好睡你的，时间还早着呢，太阳才刚刚起身……"

"我不想睡了！"

"好，不想睡就不睡了。"外婆马上就同意了。她在编辫子，一面抬眼朝长沙发上瞧了瞧。母亲睡在长沙发上，仰面躺着，身子挺得像弦一样直。"你昨天怎么把奶瓶打碎了？小声告诉我！"

外婆讲起话来像唱歌似的，特别动听，她说的每一句话都像一朵盛开的鲜花，温柔、鲜妍、清新，很容易存留在我的记忆里，永不忘怀。有时候她微微一笑，她那一对像黑樱桃似的眼睛却睁得很大，闪烁着难以言传的快乐的光芒。她那洁白坚固的牙齿也随着她的笑容展露出来，好不快活。尽管她那黑黑的面颊上布满了皱纹，不过她的脸整体看来还显得很年轻，容光焕发。只可惜那只皮肉松弛的鼻子，鼻孔张得很大，鼻尖红红的，损害了这张脸。她喜欢闻鼻烟，她有一只镶银的黑色鼻烟壶。她总是穿一身黑衣裳，但她内心充满永不熄灭的愉快而又温和的光芒，透过她的眼睛不停地闪烁着。她总是弯着腰，几乎成了驼背。别看她那么胖，走起路来却轻快敏捷，像一只大猫似的，她全身也柔软得像一只温和的猫。

外婆到来之前，我仿佛在昏睡，仿佛躲在黑暗中。她的出现唤醒了我，使我见到了光明，她把我周围的一切联结起来，把这一切编织成色彩缤纷的花边图案。她很快就成了我终生的朋友，成了我最贴心的人。她最理解我，也是我最珍贵的人，这是因为她对世界充满了无私的爱。这种爱使我感到充实，使我在艰难的岁月里充满了坚强的力量。

四十年以前，乘轮船航行是很慢的。我们搭轮船去下新城，航行了很长时间。我还清楚地记得航行的最初几天沿途所见到的美丽景色。

天气一直很晴朗，我和外婆待在甲板上，从早晨待到傍晚。在明丽的天空下面，伏尔加河两岸像绸缎似的，秋天给河岸镀上了一层金色。火红色的轮船逆流而上，不慌不忙，懒洋洋的。轮片打击着蓝灰色的河水，发出隆隆的响声。船尾有一条长长的拖缆，拖着一条驳船。

灰色的驳船慢悠悠的，活像一只土鳖。太阳在伏尔加河上空不知不觉地浮动着，四周的一切每时每刻都在变化、更新，碧绿的群山宛如大地的华贵衣裳的美丽皱褶。河两岸耸立着城市、乡村，远远望去，好像一块块刻着花纹图案的饼干。金黄色的秋叶在河面上漂浮着。

"你快瞧，多好看啊！"外婆不时地对我说，她在船两侧的甲板上跑来跑去，一副兴高采烈的样子，眼睛睁得大大的，闪烁着快乐的光芒。

她欣赏河岸上的景色，看得着迷，常常忘记了我站在她身旁。她站在甲板上，两手抱在胸前，微笑着，静默不语，而她的眼睛里闪着泪花。这时，我揪了揪她那印花布黑裙子。

"什么？"她全身猝然一震，"我好像打了个盹儿，在做梦呢。"

"那你哭什么？"

"好孩子，我哭是因为我高兴，也是因为我老了，"外婆微笑着说，"我老了，我已经在这人世上活过了六十个春秋啦。"

后来，她闻了一会儿鼻烟，开始给我讲故事。她讲的故事稀奇古怪：有善良的强盗，有圣徒，有各种各样的野兽和妖怪。

外婆给我讲故事的时候，声音很轻，一副神秘的样子。她俯下身来冲着我的脸，眼睛瞪得圆圆的，直勾勾地望着我的眼睛，仿佛要向我心里注入一种令我振奋的力量。她讲故事也像唱歌似的，好听极了，她那动人的话语越讲越好听。听她讲故事有一种说不出的愉快。我总是一边听，一边请求她：

"再讲一个吧！"

"好吧，再讲一个：灶神老头儿坐进炉灶底下的空洞里，他被面条扎伤了脚，一瘸一拐的，哼哼唧唧地叫着：'哎哟哟，小老鼠，好疼哟；

哎哟哟,小老鼠,我忍不住啦!'"

外婆抬起一只脚,两手抱着这只脚,悬空摇晃着,可笑地皱着眉头,仿佛她真的感到疼痛难忍。

那些留着大胡子的和气的水手们站在四周,边听边笑,夸奖外婆讲得好,也请求说:

"好,老婆婆,再讲一个吧!"

后来水手们说:

"走吧,跟我们一起去吃晚饭吧!"

吃晚饭的时候,水手们拿出伏特加酒款待我外婆,给我吃西瓜和香瓜。这一切都是悄悄做的,因为轮船上有一个很严厉的人,他禁止人们吃瓜果,看见谁吃瓜果就夺过来,扔到河里去。这人的穿戴很像巡警,衣服上有一排铜纽扣,老是喝得醉醺醺,人们都躲他远远的。

我母亲很少到甲板上来,即便来了,也离开我们远远的。她一直沉默不语,神色严厉。她身材高大、匀称,脸色暗淡、铁青,浅色的发辫盘在头上,宛如沉重的王冠。她全身结实有力,我每每回忆起来,总觉得她身上笼罩着薄雾或是一团透明的云彩。她那双直率的灰眼睛跟外婆的眼睛一样大,冷漠地从云雾里望着,显得落落寡合。

有一次,母亲严厉地对外婆说:

"人家在嘲笑您,妈妈!"

"上帝保佑他们!"外婆无忧无虑地回答,"让他们嘲笑吧,随他们的便,让他们笑个够吧!"

我至今记得,外婆远远望见下新城时,高兴得像孩子似的,手舞足蹈起来。她拉着我的手,急急忙忙把我推到船栏旁,大声喊道:

"快看,快看,多好看啊!那儿就是,天哪,那就是下新城!神仙住的地方,美极了!你瞧那些教堂,就好像悬空似的!"

她又去央求我母亲,差点哭起来:

"瓦留莎,你过来看一眼好吗?你大概把这些地方都忘了!你看了会高兴的!"

我母亲脸上露出苦笑。

轮船在河心当中停了下来,正对着这座美丽的城市。河面上挤满了船只,桅樯如林。这时,一只载满了人的大木船朝轮船靠过来。有人用钩杆钩住了轮船上放下来的舷梯,于是大木船上的人们一个接一个地登上轮船甲板。走在最前面的是一个干瘦的小老头,他走路飞快,穿一身长长的黑衣服,鹰钩鼻子,赤金色的胡须,一对绿莹莹的小眼睛。

"爸爸!"我母亲深沉而又响亮地喊了一声,就扑倒在这个小老头怀里,小老头抱着她的头,用赤红的小手急急地抚摸着她的脸,尖声叫道:

"你这傻孩子,怎么啦?哎哟哟,瞧你,瞧你……唉,你们这些人呀……"

我外婆像陀螺似的团团转,一会儿工夫就把所有人都拥抱和亲吻过了。这时她把我推到人们面前,急匆匆地说:

"快点过来,这是米哈伊尔舅舅;这是雅科夫舅舅……娜达丽娅舅妈;这是两位表哥,都叫萨沙;表姐卡捷琳娜。这些都是咱家的人,你瞧有多少!"

外公对她说:

"你身体可好,老婆子?"

外婆同他一连接了三个吻。

外公把我从拥挤的人群里拉出来，摸着我的头，问道：

"你是谁家的孩子？"

"我是从阿斯特拉罕来的，是从船舱里跑出来的……"

"他说什么？"外公问我母亲，还没等母亲答话，他就推开我说："颧骨长得像爸爸……快上木船吧！"

我们乘木船来到岸边。下船以后，我们像队伍一样沿着铺满鹅卵石的斜坡向山上走，坡道两旁的山坡上长满枯萎的野草，野草都被人践踏过了。

外公和我母亲走在最前头。外公个子很矮，只到我母亲肩头，他迈着小碎步，走路很快。我母亲俯视着他，同他并排走着，仿佛悬空飘浮着。两个舅舅跟在他们后面，一声不响。米哈伊尔舅舅黑头发，梳得光溜溜的；雅科夫舅舅干瘦，像外公一样，他一头鬈发，头发是淡黄色的；还有几个胖女人，穿着很鲜艳；六个孩子年龄都比我大，都很文静，不爱吵闹。我走在外婆和娜达丽娅舅妈身边，娜达丽娅个子很小，脸色苍白，蓝眼睛，挺着大肚子，走走停停，喘着粗气，低声说：

"哎哟，我走不动了！"

"他们让你来做什么？"外婆生气地埋怨着，"真是一家子蠢货！"

这伙人我一个也不喜欢，不论是大人还是孩子。在他们中间，我感觉自己是个陌生人，就连外婆也显得黯然失色，似乎疏远了我。

我特别不喜欢外公，我马上就感觉到他对我怀有敌意，于是我格外留心他的一举一动，对他怀有一种好奇心，同时又害怕他。

我们来到斜坡顶端，在这里，紧靠右侧的山坡有一所低矮的平房。从这座平房开始，一条街道通向远处。这座房子涂着粉红色油漆，油漆涂得很不均匀。房盖很低,窗子向外突起。从外面看,房子显得很大,但屋里隔成了狭小的房间,光线幽暗,很拥挤。就好像在一艘停靠在码头的轮船里,到处是脸色阴沉的人们,孩子们像一群偷偷觅食的麻雀,到处乱窜。屋里弥漫着一股刺鼻的气味,我过去从未闻过这种气味。

我无意中来到院子里。这院子也令人讨厌。这里挂满了大幅的湿布,摆满一个个大木桶,桶里盛着不同颜色的水,水很浓,水里泡的也是破布。在院子的一角,有一间低矮的快要倒塌的耳房,耳房里生着炉子,炉膛里的木柴烧得正旺。不知在煮什么东西,发出嘟嘟的响声。只听见有人在高声说话,却看不见人。他说的话也令人奇怪:

"紫檀——品红——矾……"

二

、

　　这种沉重的、丰富多彩而又极端古怪的生活一旦开始，便以惊人的速度流动起来。我每每回忆这段生活，都觉得这是一个严酷无情的童话，我觉得这个童话是由一个善良而又过于诚实的天才讲出来的，并且讲得非常好。时至今日，我回顾往事，有时连我自己也难以相信，当时的一切居然会是真的，有许多事情我想反驳，加以否认。"一家子蠢货"的生活是阴暗的，充满许多残酷的事实。

　　然而，事实高于怜悯，因为现在我不是在讲述我自己，而是在讲述那个令人压抑的、充满着阴森可怖的印象的狭小的天地。普通的俄罗斯人曾在这个小天地里生活，而且至今还在生活着。

　　外公家里，人与人之间充满敌意，这种相互敌视的气氛像炽热的雾气一样弥漫着，毒害着大人，也影响着孩子，连孩子们也热心参与这种敌视。后来，外婆多次讲起这些事，我才知道，我母亲回娘家来的时候，正赶上她的兄弟向父亲闹分家，那几天吵得正凶。母亲突然回到娘家来，更加剧了他们要分家的愿望。他们害怕我母亲来讨要嫁妆。外公本来为我母亲预备了一份陪嫁，但因她"私自成婚"，违背父命，陪嫁就被外公扣下了。两位舅舅认为，这份陪嫁应该由他们两人平分。其实他们早已结下怨恨，为了谁在城里开染坊，谁到奥卡河对岸的库纳维诺镇去开染坊吵得不可开交。

我们来这里不几天,吃午饭的时候,厨房里就爆发了一场争吵:两个舅舅忽然跳起来,把身子探过桌子,直冲着外公吼叫起来,满腹怨恨地龇着牙,像狗似的浑身直打哆嗦。外公用汤勺砰砰地敲打着桌子,满脸通红,像公鸡似的尖叫起来:

"我让你们全滚出去讨饭!"

外婆的脸扭歪了,痛心地说:

"全分给他们吧,老头子,分了你也清静一些,给他们吧!"

"呸!你还纵容他们!"外公叫道,眼睛闪着凶光。说来奇怪,外公个子很小,喊叫起来却震耳欲聋。

我母亲从桌旁站起来,不慌不忙地走到窗前,转过身去背对着大家。

这时,米哈伊尔舅舅忽然挥起胳膊朝他弟弟脸上打去,对方吼叫一声,一把揪住米哈伊尔舅舅。于是两人在地板上滚作一团,声音嘶哑,哼哼唧唧地相互辱骂着。

孩子们哭起来,怀着身孕的娜达丽娅舅妈不顾一切地喊叫着,我母亲连忙走过去,抱着她把她拖走了。生性快活的麻脸保姆叶夫根尼娅把孩子们从厨房里轰出去。椅子翻倒了。肩膀宽宽的年轻帮工小茨冈骑在米哈伊尔舅舅背上,而格里戈里·伊凡诺维奇师傅正在心平气和地用毛巾捆住米哈伊尔舅舅的双手。格里戈里·伊凡诺维奇是个秃脑瓜,留着大胡子,戴一副墨镜。

米哈伊尔舅舅的脖子伸得老长,又黑又稀的大胡子在地板上蹭来蹭去,声音嘶哑地喊叫着,怪吓人的。外公围着桌子急急地踱步,一面用抱怨的语气喊叫着:

"亲兄弟,啊!骨肉亲情!唉,你们这些人啊……"

吵架一开始我就吓坏了,连忙爬到炉炕上。我躲在那里观望着,又害怕又惊奇,只见外婆正在用铜盆里的水给雅科夫舅舅洗脸。雅科夫舅舅的脸给打破了,满脸是血,一边哭一边跺脚。外婆沉痛地说:

"这些该死的东西,亡命徒,清醒清醒吧!"

外公把撕破的衬衫往肩膀上拉了拉,冲外婆喊道:

"老妖婆,瞧你生的这些野兽!"

雅科夫舅舅走了,外婆跑到屋角里,令人激动地大声祷告着:

"圣母啊,求求你,把理智还给我的孩子们吧!"

外公站在她身旁,侧身望着桌子,桌上杯盘狼藉,汤水流得满地都是。外公轻声说:

"老婆子,你要留心他们俩,当心他们会欺负瓦尔瓦拉……"

"得啦,上帝保佑你!快把衬衫脱下来,我给你缝上……"

外婆用两手抱着他的头,在他额头上亲了一下,他比外婆个头矮,只好把脸在外婆肩上贴了一下。

"看来,该分家了,老婆子……"

"是得分家啦,老头子,是的!"

他俩谈了好久。起初两人谈得很投机,后来外公开始用脚沙沙地蹭地板,像一只准备斗架的公鸡,伸出指头指着外婆,吓唬她,压低了嗓门大声说:

"我太了解你啦,你比我心疼他们!可是你的米什卡是个人面兽心的家伙,而雅什卡是个虚无党!他俩迟早会把我的家产换酒喝光的,迟早会挥霍干净……"

我在炉炕上笨拙地转动一下身子,不小心把熨斗碰翻了。熨斗哗啦哗啦地顺着梯子滚下去,"扑通"一声掉在泔水盆里。外公闻声跳了起来,冲到梯子上,把我从炉炕上揪下来,仔细打量我的脸,仿佛第一次见到我似的。

"是谁把你放在炉炕上的?是你妈?"

"是我自己。"

"你撒谎。"

"不,是我自己。"我当时吓坏了。

他用手掌在我脑门上轻轻拍了一下,放开了我。

"真像你爸爸!快滚蛋吧!"

我跑出厨房,心里乐滋滋的。

我清楚地看出,外公那双绿莹莹的眼睛既聪明又敏锐,一直在注意着我,所以我还怕他。我记得,那时我一直想避开这双灼人的眼睛。我觉得,外公为人凶狠,不论同谁说话,他都带着嘲讽,盛气凌人,故意找碴儿,惹恼了对方他才甘心。

"唉,你们这些人啊!"他常常这样感叹,尾音拖得特别长。每次听见他这样感叹,我都感到心里烦得很,浑身起鸡皮疙瘩。歇工的时候,或者吃晚茶的时候,我外公、两个舅舅和伙计们从作坊来到厨房,一个个累得疲惫不堪,两手被紫檀染红了,被矾烧得不像样子,头发用带子扎起来,那模样活像厨房角落里那个黑乎乎的圣像。在这一时刻,我总是提心吊胆的,外公就坐在我对面,这使得他的孙子们很羡慕,因为相比之下,外公同我谈话多一些。外公身材匀称,瘦瘦的,看上去很精干。他那件丝线镶边的圆领缎面坎肩已经很旧了,有的地方已经磨破。那件印花布衬衫皱巴巴的,裤子膝盖上有两块补丁,看上去很显眼。但是,同穿着西服和胸衣、脖子上围着丝巾的舅舅们相比,我仍然觉得外公穿得更干净,更漂亮些。

我们到下新城之后,过了几天,外公就让我学念祈祷用语。别的孩子年龄都比我大,已经在学习识字了。教他们识字的是圣母升天教堂里的一个执事①。从外公家的窗户可以望见那座教堂金黄色的圆顶。

娜达丽娅舅妈教我念祈祷词。她是一个文静的女人,胆小怕事,生就一张娃娃脸,那双眼睛清澈透亮,我似乎觉得,透过这双眼睛可以看见她脑后的一切。

我特别喜欢看她的眼睛,一看就是很长时间,目不转睛。她的脑袋转来转去,微微眯缝着眼睛,几乎像说悄悄话似的小声恳求我:

"来,请快点念:'我们在天之父……'"

有时我问她:"'雅科,热'是什么东西?"她便小心翼翼地四下里瞧瞧,低声劝我:

"快别问了,这些东西不好乱问的!我怎么说你就怎么说:'我们在天之父'……怎么啦?"

我安不下心来:为什么这些东西不好乱问?我觉得,"雅科,热"这个词的意思含糊不清,我就故意把它念成别的词,于是这个词就变成了:

"'雅科夫这人','我在皮肤里'……"

可是舅妈总是耐心地纠正我,这时她脸色苍白,仿佛变得软弱无力了,她的声音总是断断续续:

"不对,你就简单地说:'雅科,热'……"

然而,不论是她本人,还是她说的话,都让我难以理解。我对此

---

① 执事是东正教教会中最低等神职人员,负责诵经、打钟、干杂活。

十分恼火,也影响我背诵祈祷词。

有一次,外公问我:

"喂,阿廖沙,你今天做什么事了?玩去了!瞧你脑门上那块青斑,我看出来了。脸上落一个青疙瘩,算不上聪明!'主祷经'记住了吗?"

舅妈悄声对他说:

"他记性不好。"

外公嘿嘿一笑,快活地扬了扬棕红的眉毛。

"既然这样,就该挨鞭子!"

接着外公又问我:"爸爸抽过你吗?"我不明白他问的什么,就没有吭声,而我母亲对他说:"没有,马克西姆从来没打过他,也不准我打他。"

"这是为什么?"

"马克西姆说,靠打是教不好孩子的。"

"那他就是个傻瓜,傻透了,这个马克西姆,他死啦,我不该说他,上帝宽恕我!"外公生气地说,口齿很清楚。

我对他这番话大为不满,他立刻察觉到这一点。

"你为什么噘着嘴?你这小东西……"

说罢,他抬手理了理他那花白的棕红头发,又补了一句:

"等着瞧,为顶针的事,这礼拜六我非抽萨什卡不可。"

"怎么抽啊?"我问道。

大家哄然而笑,我外公说:

"等着吧,你会知道的……"

静下心来，我暗自琢磨：抽，就是把人家送来染色的衣服拆开①，而抽和打大概是一回事。对马、狗、猫都用"打"这个词。在阿斯特拉罕，我看见过巡警打波斯人，可我从来没见过这样打小孩。不过，在这里，舅舅们有时在自家孩子的脑门上或者后脑勺上弹几下，孩子们对此不当回事儿，只是用手搔搔被弹过的地方。我多次问过他们：

"疼吗？"

他们总是勇敢地回答："不疼，一点也不疼。"

为顶针的事闹起的一场风波我是很清楚的。每天晚上，在晚茶和晚饭之间的一段时间，舅舅们和格里戈里师傅就把一块块染好的布料缝成一整块，然后在上面缀上硬纸标签。米哈伊尔舅舅想拿半瞎的格里戈里开个玩笑，便吩咐九岁的侄子把师傅的顶针放在蜡烛上烧烫。萨沙照办了，用剪烛花的镊子夹住顶针放在蜡烛上烧，把顶针烧得滚烫，然后悄悄地放在格里戈里手边上，自己就躲到炉子后面去了。可是正巧外公这时走过来，坐下来就想干点活，便把那只烧烫的顶针往指头上戴。

我记得，当我闻声跑进厨房的时候，外公正用烫伤的手指抓住自己的耳朵，可笑地一蹦一跳的，大声叫道：

"这是谁干的？你们这帮坏良心的家伙！"

米哈伊尔舅舅弓着腰，俯在桌子上，用一个指头拨动那只顶针，一面对它吹气。格里戈里师傅心平气和地在缝布料，烛影在他那光秃秃的头顶上闪跳着。雅科夫舅舅跑进来，躲在炉炕后面的角落里，在那里轻声笑着。外婆在用刨丝器把生土豆刨成丝儿。

---

① 俄语中动词"抽打"，有"拆开"的意思，在这里，幼小的孩子弄混了。

"这是雅科夫的儿子萨什卡干的。"米哈伊尔舅舅冷不防说了一句。

"你胡说!"雅科夫从炉炕后面跳出来,大声喊道。

这时,屋角里传来雅科夫的儿子的哭喊声,他边哭边喊:

"爸爸,别信他的,是他出的主意,是他教我这么干的!"

两位舅舅对骂起来。外公却马上安静了,他在手指上敷了点土豆末,什么话也没有说,就带着我走了。

大家议论纷纷,都说这事怪米哈伊尔舅舅。喝茶的时候,我自然要问外公:该不该抽他?

"该抽。"外公斜了我一眼,气呼呼地说。

这时,米哈伊尔舅舅拍着桌子对我母亲喊道:

"瓦尔瓦拉,好好管教你的小崽子,否则我就揪掉他的脑袋!"

我母亲说:

"你试一试,你敢动他……"

大家都不作声了。

我母亲很会说话,短短的几个词就把人打发了,仿佛把他们甩得远远的,使他们自己也感觉没趣儿,不敢再来惹她。

我心里明白,大家都怕我母亲,就连我外公同她说话语气也柔和些,不像对别人那样粗声粗气。这使我感到高兴,我常常自豪地向表哥们夸耀说:

"我母亲最厉害!"

表哥们没有异议。

可是,礼拜六发生了一件事,稍稍改变了我对母亲的态度。

在礼拜六之前,我也犯了一个过错。

大人可以巧妙地改变布料的颜色,这一招使我特别着迷:他们把黄布料泡在黑水里，黄布料就变成了深蓝色——行话叫"宝蓝色"。把灰布料放在棕红色的水里泡一会儿，它就变成红色的了——行话叫"樱桃红"。做起来很简单，我却无法理解。

我很想亲自动手试一试，就把这个想法告诉了雅科夫舅舅的儿子萨沙。萨沙是个很认真的孩子，喜欢在大人眼前转悠，待人和气、亲热，随时准备为大家效劳，并且会想办法。大人都夸他听话，聪明，但外公却不拿正眼瞧他，总说：

"这孩子是个马屁精！"

雅科夫舅舅的儿子萨沙瘦瘦的，黑皮肤，眼睛像龙虾似的向外突起。他说话很快，声音很小，有时被自己的话噎得气喘吁吁的，总是神秘地朝四下里张望，仿佛打算逃跑，躲藏起来。他的栗色瞳仁呆呆的，一动不动，但他激动的时候，瞳仁就跟白眼珠一起颤动。

我不喜欢他。相比之下，米哈伊尔舅舅的儿子萨沙却给我留下深深的好感，他笨手笨脚，不大引人注意，是个文静的孩子，生了一双忧郁的眼睛，脸上总带着和善的微笑，很像他那位温顺的母亲。他长了一口难看的牙齿，所有的牙齿都向外突起，上颚长了一圈龅牙。他对自己的牙齿很感兴趣，经常把手指放在嘴里，晃动里面一排牙齿，想把它们拔下来。如果谁想摸摸他的牙齿，他也满不在乎，任凭人们去摸。但是，在他身上，我没有发现更有趣的东西。家里每天都挤满人，他却很孤独，喜欢一个人坐在幽暗的角落里，晚上就坐在窗前。有时我同他挤在一起，默默地坐在窗前，整整一个钟头，一言不发，心里却很愉快。从窗户望去，可以看见一群群乌黑的寒鸦在晚霞映红的天空里，绕着圣母升天教堂的金色圆顶盘旋，上下翻飞，有时飞得很高，又落下来，像一张黑色的网似的，忽然遮蔽了渐渐暗淡的天空，随后就消失了,留下一片空寂。眺望这一切,你会默然无语,心头充满甜蜜的惆怅。

雅科夫舅舅的儿子萨沙讲起话来滔滔不绝,不论对什么事,都能像大人一样,讲出道理。听说我想尝试一下染匠的手艺,他就给我出主意,叫我从橱柜里拿一块过节用的白桌布,把它染成蓝色。

"白布最容易上色,这我知道。"他一本正经地说。

我从橱柜里拽出一块沉重的桌布,抱着它跑到院子里,但是,我刚刚把桌布的边缘放进宝蓝色染桶里,小茨冈不知从什么地方朝我扑过来,一把夺过桌布,一面用那双大手拧着桌布上的水,一面朝着躲在门洞里望风的表哥喊道:

"快去叫奶奶来!"

接着,他幸灾乐祸地摇晃着满头蓬乱的黑发,对我说:

"等着瞧吧,干这种事,有你好受的!"

外婆跑过来,哎唷唷地叫苦不迭,甚至气哭了,连声骂我,骂得很好笑:

"哎呀,你这个彼尔米人①,盐腌的耳朵,恨不得摔死你!"

后来,她又去劝说小茨冈:

"凡尼亚,你别告诉他外公!这事我包了,就算过去了……"

小茨冈一面用花围裙擦手,一面忧虑地说:

"我倒没什么,我不会说的。要知道,就怕萨沙嘴不把门!"

"我给他两戈比铜钱。"外婆说罢,把我领回屋了。

礼拜六那天,晚祷之前,有人把我领进厨房。厨房里很黑,静悄

---

① 俄国北方的少数民族。

悄的。我记得,过厅的门和通往各个房间的门都关得严严实实。窗外簌簌地下着小雨,秋天的黄昏灰蒙蒙的。在黑魆魆的炉灶门口,小茨冈坐在一张宽宽的长凳上,一脸怒气,完全不像他往日的模样。外公站在屋角里,紧靠泔水盆,他在水桶里挑选了几根长长的树条,量了量它们的长度,在空中嗖嗖地挥了挥,然后一条接一条地把它们摆整齐。外婆站在暗处,咝咝地闻着鼻烟,唠唠叨叨地说:

"这回得意了……就会折磨人……"

雅科夫舅舅的儿子萨沙坐在厨房中央的椅子上,用两只拳头揉着眼,吓得变了腔调,像个年迈的乞丐似的,拉长声调哀求说:

"看在基督的分儿上,饶了我吧……"

米哈伊尔舅舅的孩子——我的表哥和表姐并肩站在椅子后面,像木头人似的。

"先抽你一顿再饶你,"外公说罢,拿一根长树条在手心里捋了捋,"好吧,快脱掉裤子!……"

外公的语气很平静。在这间昏暗的厨房里,在这低矮的、被烟熏黑的天花板底下,不论是外公的说话声,还是萨沙在吱吱作响的椅子上扭动的声音以及外婆脚擦地板的沙沙声,任何声音都没有扰乱这令人难忘的沉寂。

萨沙站起来,解开裤带,把裤子褪到膝盖,弓下腰,两手提着裤子,磕磕绊绊地走到长凳跟前,那副惨样真叫人看了难受。我的两腿也颤抖起来。

然而,更为糟糕的是,他老老实实地趴在长凳上,凡尼卡用宽宽的毛巾把他从两腋下和脖颈处捆在长凳上,然后向下俯下身,用两只黑乎乎的手握住他的脚踝。

"列克赛①,"外公对我说,"靠近点!……喂,听见没有?……过来瞧瞧什么叫抽人……一下!……"

他稍稍抬起手,挥起树条照着萨沙的光屁股"啪"的就是一下。萨沙一声尖叫。

"你骗人,"外公说,"打得轻,不疼!这一下才叫疼呢!"

一树条抽下去,萨沙身上便立刻肿起一道红斑,表哥直着嗓子号叫起来。

"不好受吧?"外公问道,一边均匀地挥动胳膊抽打着,"不喜欢吧?就为了那个顶针!"

外公的手向上一挥,我的心就随着提起来,他的手落下,我整个人也好像跟着落下来。啊,萨沙可怕地尖叫着,他的叫声有点令人讨厌:

"我再不敢了……桌布的事我都承认了……我都承认……"

外公像念圣诗似的心平气和地说:

"告密不能证明你清白!告密者应该先吃鞭子。这一下是为了那块桌布!"

这时,外婆朝我跑过来。她把我抱起,大声喊道:

"你不能打列克赛!我不让你打,你这恶魔!"

外婆开始用脚踹门,叫我母亲:

"瓦丽娅,瓦尔瓦拉!……"

外公朝她扑过来,把她推倒在地,从她手里把我夺过去,提着我朝长凳走去。我对外公又蹬又踹,揪他的红胡子,并在他手指上咬了

---

① 高尔基的本名叫阿列克谢,这里是简称。

一口。他号叫起来,使劲揪住我,恶狠狠地把我扔在长凳上,摔破了我的脸。他那野蛮的喊叫深深地刻在我的脑海里:

"捆起来!我要打死他!……"

我至今还记得我母亲那张惨白的脸和她那双惊恐的大眼睛。她在长凳旁边跑来跑去,声音嘶哑地喊着:

"爸爸,别打!……饶了他吧!……"

外公把我打得昏了过去,此后我病了好几天。我背朝上趴在一张宽大的床上,床上很热,这是一间只有一个窗子的小屋,屋角的神龛里,摆着许多圣像,神龛前面燃着一盏通红的长明灯。

生病那几天,是我一生中难忘的日子。在那段时间里,我似乎长大了许多,而且产生了一种从来没有过的特别的感觉。从那时起,我便产生了一种对人们的恐惧和注意,仿佛有人撕掉了我心上的皮,所以对任何屈辱和痛苦,不论是别人的还是自己的,我的心都变得极端敏感。

首先使我感到吃惊的是外婆与我母亲的争吵:就是在这间狭窄的小屋里,穿着黑衣裳、身体胖大的外婆朝我母亲扑过去,把她逼到墙角里的圣像跟前,压低嗓门狠狠地说:

"你为什么不把孩子夺过来,啊?"

"我当时吓坏了。"

"瞧你这么大的个子,白长了!也不害臊,瓦尔瓦拉!我是个老太婆,都不怕他!你真不害臊!"

"快别说了,妈妈,我恶心……"

"不,你不爱他,你不可怜你的孤儿!"

我母亲沉痛地大声说:

"我自己这辈子就是孤儿!"

后来,她们俩都哭了,坐在墙角里的箱子上哭了很久,我母亲边哭边说:

"要不是为了阿列克谢,我早就走了,走得远远的!这个家是地狱,在这里我无法生活,无法生活,妈妈!我忍受不了……"

"你是我的亲骨肉,我的心肝。"外婆低声说。

从此我就记住了:我母亲不是最厉害的,和大家一样,她也怕我外公。我妨碍她离开这个家,在这里她无法生活。这一切使我感到难过。时过不久,母亲真的从这个家里消失了。不知到什么地方做客去了。

有一天,外公突然来了,仿佛是从天花板上跳下来的。他在床边坐下来,用那只冰凉的手摸了摸我的头,说:

"你好,乖孩子……你快说话呀,别生气啦!……唉,你这是怎么啦?……"

我真想拿脚踹他,可是身子一动弹就疼。外公那头棕红头发似乎比过去更红了,他的头不安地摇来摇去,那双炯炯有神的眼睛好像在墙壁上寻找什么。他从口袋里掏出一只用蜜糖做的山羊、两只糖角、一个苹果和一串绿葡萄干,把这些东西都放在枕头上,摆在我的鼻子跟前。

"你瞧,我给你带礼物来了!"

外公躬下身子,在我脑门上吻了一下,然后用他那只粗糙的小手轻轻地抚摸着我的头,他的手染得黄黄的,特别是那些像鸟爪似的指甲尤为明显,他一边抚摸我一边说:

"我的确是对你过头了点,小老弟。那时我心里直冒火。你咬了我一口，还把我的脸抓破了，唉，我也是很恼火的呀！话又说回来，你多挨了几下也不算是坏事，对你会有好处的！你要明白，自家人打你，亲人打你，这不算受委屈，这是教育你！要是外人打你，那你不要放过他，自家人打几下没关系！你以为我没让人打过？阿廖沙，我挨的打呀，那才叫厉害呢，恐怕你连做噩梦也没有梦见过。我受过的屈辱你是想象不到的，恐怕连上帝看见了也会流泪的。结果怎么样呢？我是个孤儿，母亲是个乞丐，熬到现在这个位置，当上了行会的会长，也算是人们的长官啦。"

外公那干瘦但却匀称的身躯偎依着我，他讲起了自己童年时代的艰苦岁月，他用词很粗鲁，难懂，但他讲得很流畅，有条有理。

他那双绿莹莹的眼睛充满着热情，闪闪发光，金色的茸毛欢乐地竖起来；他那尖尖的嗓音变得又粗又重，对着我的脸吹嘘起来："你到这里来坐的是轮船，是蒸汽送你来的，可是我年轻的时候，得靠自己的力气拉纤，在伏尔加河上逆水行船。船在水里走，我赤着脚在岸上拉纤，踩着又尖又利的碎石子，就这样从日出到黑夜，不停地拉呀，拉呀。太阳晒得后脑壳直冒油，脑袋里像烧化的生铁似的，可还得不停地拉，腰弯得头点地，弯得浑身的骨头咯咯响，汗流满面，汗浸得睁不开眼，看不见路，心里直想哭，眼泪不住地流。阿廖沙，你要知道，什么话也不能说！只能埋头拉纤，不停地走。有时候滑脱了纤索跌倒了，跌个嘴啃泥，这倒该高兴，力气都用尽了，跌一跤也能喘口气，歇那么一小会儿。你瞧，这都是上帝亲眼看见的，人们过的是什么日子，就在仁慈的我主耶稣眼前！……就这样，我沿着伏尔加这条母亲河的河岸走了三趟：从辛比尔斯克到雷宾斯克；从萨拉托夫到这里；

又从阿斯特拉罕到马卡里耶夫的集市。这三趟足足有几千俄里[①]！到了第四个年头，我就当上了驳船上的工长，因为我向老板显示出聪明能干！……"

听着外公讲述，我仿佛觉得他像一朵云彩似的迅速地长大，由一个干瘦的小老头变成了童话中的大力士，他一个人用纤绳拉着一条巨大的灰色货船沿着伏尔加河逆流而上……

有时他从床上跳下来，神气活现地挥动双手，给我表演纤夫们拉着纤索走路的样子，表演纤夫们如何从船舱里排水，一面低声唱着纤夫的歌谣；后来他又像年轻人那样纵身跳回到床上，一举一动都变得优美异常，他的声音更加深沉、粗重了。他继续讲下去：

"你听着，阿廖沙，当我们停下来休息歇脚的时候，那情景就不同啦。夏天的傍晚，在日古里镇附近，我们通常是在那座绿山脚下找一个地方，生起篝火，在篝火上煮稀饭，一个穷苦的纤夫唱起了心爱的歌谣，所有的人也都跟着他号叫起来，喊声震耳，让你听了浑身直打战。这时，伏尔加河的流水就仿佛流得更快了，河水像一匹脱缰的野马奔腾起来，直冲云霄！这时，一切的痛苦都像尘土似的随风而去。有时候，大伙儿只顾唱歌了，锅里的稀饭溢出来，那个专管煮饭的纤夫头上就得挨勺把子。玩耍的时候可以尽情地玩，但不能忘了该做的事！"

有人朝屋里探了几次头，叫外公出去，可是每次都被我拦住了，我请求道："不要走！"

外公总是微笑着朝人们挥挥手，说：

[①] 1俄里相当于1.067公里。

"再等一会儿……"

外公一直兴致勃勃地讲到天黑,后来他亲切温和地同我道了别,才离开了我。直到这时,我才知道,外公并不是个凶恶的人,不像我想象的那样可怕。但一想起我曾惨遭毒打,我就难过得流泪,这件事我总也忘不掉。

外公来看过我之后,所有的人都敢来看我了,从早到晚,总有人坐在我床前,想方设法为我开心解闷。我记得,即便这样,也不是每次都能让我开心和快活。外婆来看我的次数最多,夜里睡觉时她也守着我,同我睡在一张床上。然而,在这些日子里,小茨冈给我留下了最为鲜明的印象。他长得方方正正的,宽宽的胸脯,大头,一头鬈发。一天傍晚,他来看我,打扮得像过节似的,上身穿一件金黄色的丝绸衬衫,下身穿一条绒布裤子,脚上穿一双带皱褶的吱吱作响的靴子。他的头发油光锃亮,那双向外斜视的快活的眼睛在浓重的眉毛下面忽闪忽闪的,他的小胡子又黑又细,雪白的牙齿在唇髭下面闪闪发光。在长明灯柔和的红光映照下,他那件丝绸衬衫仿佛着了火似的。

"你瞧瞧这里,"他卷起袖子,露出伤痕累累的赤臂,对我说,"你瞧这红肿的地方,本来肿得还要厉害呢,现在已经好多了!要知道,你外公当时气疯了,挥起树条就要打死你,我赶忙伸出这只胳膊挡了一下。我以为,我这一挡,就把树条给折断了,外公再去换树条的时候,外婆或你母亲就可以把你抱走了。谁知那树条折不断,是经水泡过的,有弹性。不过,你总算是少挨了几下,你瞧瞧,这是多少下?要知道,小老弟,我是很狡猾的!……"

他说罢笑起来,笑声柔和、亲切。他又看了看红肿的胳膊,笑着对我说:

"我心里好心疼你呀，我差点哭起来。我一看就知道要坏事！他抽起人来是很厉害的……"

他像马似的打了个响鼻，摇晃着脑袋，谈起了染坊里的一件什么事。我马上感觉到，他是一个可亲近的人，像孩子一样单纯。

我对他说，我非常喜欢他。他立即令人难忘地回答说：

"是啊，我也同样喜欢你呀，正是因为喜欢你，我才为你挨打呀！要是别人，我管过吗？我才不去多管闲事呢……"

后来，他不时地回头朝门口张望着，低声教导我说：

"下回再挨打的时候，要记住，不要缩头缩脑的，不必收缩身子，明白吗？你缩紧身子，会加倍地疼。你要全身放松，轻松自如，让身子软软的，像果冻似的趴在那里！不要憋气，要深深地喘气，拼命喊叫。我说的这些你都要记住，这很有用！"

我问他：

"难道还会打我？"

"怎么不会呢？"小茨冈平静地说，"当然会啦！说不定你会经常挨打呢……"

"为什么要打我呢？"

"你外公总会找出理由的……"

接着，他又满怀忧虑地教导我说：

"他要是自上而下地打，就是说，树条直着落在你身上，这时你就平静地趴在那儿，全身放松；他要是用力抽你，就是挥舞树条边抽边拉，想抽掉你的皮，那时你就朝他翻转身子，随着树条翻动，明白吗？这样会好受些！"

他朝我挤了挤乌黑的斜眼，继续说：

"在这方面,我比警察局长都高明!小老弟,我身上的皮早给打出茧子啦,可以拿去缝手套啦!"

望着他那张乐呵呵的脸,我不禁想起外婆讲过的伊凡王子和傻瓜伊凡的童话。

三

我身体复原以后,才开始明白小茨冈在外公家里的特殊地位:外公对他不像对儿子们那样,动辄喊叫、训斥,在背后提起小茨冈,外公也总是眯起眼睛,摇头晃脑地说:

"小伊凡可有一双巧手哇,这个该死的小家伙,将来有出息!记住这话是我说的。"

舅舅们对小茨冈也很客气,和睦相处,从来不像对待格里戈里师傅那样。他们老跟格里戈里师傅开过火的玩笑,几乎每天晚上都要给他安排一场令人难堪的恶作剧:有时悄悄在火上烧他的剪刀柄儿;有时在他的坐垫底下偷偷塞一个钉子,尖头朝上;有时把几块不同颜色的布料放在这位视力很差的老师傅手底下。他不小心把这些布料缝在一起,就得挨外公的骂。

有一次,格里戈里师傅在厨房的吊床上睡午觉的时候,有人用红颜料给他画了个花脸。老师傅醒来之后毫无察觉,带着滑稽可笑的花脸到处走;花白的胡子里隐隐约约露出两片鲜红的圆眼镜,又画了一只长长的红鼻子,像舌头似的沮丧地耷拉着。

他们的恶作剧是层出不穷的,但格里戈里师傅一直忍受着,从不作声,只是轻声喷喷嘴,在接触熨斗、剪刀、镊子或者顶针之前,先在指头上吐些唾沫。这已成了老师傅的习惯动作,甚至在每天吃午饭的时候,他也要先用唾沫弄湿手指再去拿刀叉,逗得孩子们哄然大笑。当他被弄疼的时候,他那宽大的脸上便出现许许多多的皱纹,皱纹像波浪似的把他的眉毛抬得高高的,古怪地滑过额头,消失在光秃秃的头顶上。

我已不记得外公是如何对待舅舅们的这些恶作剧的,但是外婆每次都挥着拳头责骂我的两个舅舅:

"不要脸的,混账东西!"

但是两个舅舅背地里对小茨冈又气又恨,嘲笑他,挑剔他做的活儿,骂他是小偷、懒汉。

有一次我问外婆,这是为什么。

外婆像往常一样,乐呵呵地给我解释一番,并且解释得清楚明白:

"你想想看,两人都想雇用凡尼亚,他们俩将来都要开自己的染坊,所以两人就当着对方的面骂凡尼亚不好,说他是个很坏的雇工!这是他们故意撒谎,耍滑头。他们还担心凡尼亚不跟他们走,留在你外公这里。你外公脾气是很古怪的,他可以同凡尼亚一起开第三家染坊呢,这么一来,对你两个舅舅就不利啦。明白了吗?"

外婆低声笑起来,又说:

"你两个舅舅老耍滑头,可笑得很!你外公看破了他们的诡计,故意拿他们寻开心,就对他俩说:'我要给伊凡买一张免役证,就不会让他去当兵啦,我自己也需要他呀!'你两个舅舅听了很生气,他们不愿意这么做,心疼钱,因为免役证是很贵的!"

现在我又同外婆住在一起了,就像在轮船上一样,每天晚上睡觉前,她都给我讲童话,讲她过去的童话般的生活经历。有时她也讲一些家务琐事：讲她的孩子们闹分家，讲外公要为自己买一栋新房。她每次谈起这些事，脸上都带着嘲笑，态度很冷漠，仿佛她不是这个家庭里的第二号主人，而是一个陌生人，在静静地讲述邻居家的事。

我从外婆那里得知，小茨冈原本是个弃婴。有一年刚开春，在一个阴雨绵绵的夜里，在门外的一条长凳上捡到了他。

"他躺在长凳上，身上裹着一条围裙，"外婆陷入了沉思，神秘地说，"那时他快冻僵了，呜呜地哭不出来。"

"为什么要把孩子扔掉呢？"

"母亲没有奶，又没有东西喂他；母亲打听到谁家的孩子刚生下不久死了，就把自家的孩子偷偷放到那家门口。"

外婆沉默片刻，摇摇头，连连叹气，望着天花板继续说：

"全都是因为穷啊，阿廖沙。穷到这份儿上，又没法儿对人说啊！还有，没有出嫁的姑娘是不许生孩子的，丢脸！当时你外公想把凡尼亚送到警察局去，被我拦住了。我说：我们自己养着吧，这是上帝送给我们的，上帝最清楚谁家死了孩子。你不知道，我一共生过十八个孩子，要是全活下来，就是整整一条街，一溜儿十八家哩！我不满十四岁就出嫁了，十五岁开始生孩子。想不到上帝看中了我的亲骨肉，一次又一次地拿我的孩子去当天使。我心疼死了，不过也高兴啊！"

外婆坐在床沿上，穿一件衬衫，乌黑而又蓬松的长发披满她庞大的身躯，她的模样很像塞尔加奇来的那个大胡子守林人牵到院子里来的大狗熊。她的胸脯雪白雪白的，干干净净，她在胸前画着十字，轻轻地笑着，身子来回摇晃着，说：

"好孩子都叫上帝拿去了，不好的给我留下来。伊凡卡的来临，让我格外高兴，因为我特别喜欢你们这些小孩子！就这样，我和你外公就收养了他,给他行了洗礼,他就这么长大了,长得很漂亮。当初我给他起名叫'茹克',因为他特别喜欢叫唤,像个甲壳虫①似的,嗡嗡地叫着,在屋子里爬来爬去。你要爱他,他为人老实,心眼好!"

我的确很爱伊凡,他的精彩游戏常常使我惊愕不已。

每逢礼拜六,外公把一周来犯过错的孩子挨个揍一遍,就去做晚祷了。这时,厨房里就开始了非常精彩的活动,好玩极了。小茨冈从炉炕后面捉了几只黑油油的蟑螂,接着,他飞快地用细线做成马具,用纸剪一架雪橇,不一会儿,四匹小黑马就拉着雪橇在刨平的米黄色桌面上奔跑起来。伊凡用一根细长的木片驱赶着它们,眉飞色舞地尖叫道:

"哎,去迎接主教啦!"

接着他又剪一个小纸片,贴在一只蟑螂背上,让它去追赶雪橇,一面解释说:

"忘记带布袋啦,这个修士背着布袋追上去!"

这时,伊凡又用线拴住另一只蟑螂的腿,于是这只蟑螂低着头向前爬去。伊凡拍手叫道:

"这是教堂执事从小酒馆出来,现在去做晚祷啦!"

接着,小茨冈又拿出几只小老鼠。这些小老鼠都听他指挥,直立行走,拖着长长的尾巴,可笑地眨巴着一双机灵的像黑珍珠似的眼睛。他对小老鼠可好啦,把它们藏在自己怀里,用嘴含着糖块喂它们,不时地亲吻它们。他令人信服地说:

"老鼠是家里聪明的宠物,它非常可爱,家神特别喜欢它!谁养老

---

① 俄语中"茹克"意为甲壳虫。

鼠,家神公公就宠爱谁……"

小茨冈还会用纸牌或钱币变戏法,和孩子们一起玩耍,他的喊叫声比孩子们还高,简直同孩子毫无差别。有一回,他跟孩子们一起玩牌,接连几次被孩子们捉了"傻瓜"[①],他伤心极了,生气地噘着嘴,就不再玩了。后来,他气呼呼地向我埋怨说:

"我知道是他们暗中捣鬼!他们相互使眼色,在桌子底下换牌。这能算是玩牌吗?要是捣鬼,我自己也会,而且不比他们差……"

小茨冈十九岁,比我们四个人的岁数加在一起还大。

在那些节日的夜晚,他给我留下的印象尤为深刻。有一回,外公和米哈伊尔舅舅外出做客去了,雅科夫舅舅披散着满头鬈发,抱着吉他来到厨房里,外婆准备了茶水、丰盛的小吃和伏特加酒,绿色的玻璃酒瓶底部有手工雕刻的红花。小茨冈打扮得漂漂亮亮,像陀螺似的旋转着走进来。格里戈里师傅进屋的时候侧着身,轻手轻脚,那副墨镜的玻璃镜片闪闪发光。麻脸保姆叶夫根尼娅也来了,她的脸红红的,体态胖大,像一只大坛子,她天生一双狡猾的眼睛,嗓音很洪亮。有时候,圣母升天教堂的那个长头发执事,还有一些像梭鱼和鲶鱼一样面色阴郁、形迹可疑的人,也来参加我们的节日晚会。

人们先是大吃大喝,只听见呼哧呼哧的喘气声,然后给孩子们分发节日礼物,再给每人一小杯甜果子酒,接着,热闹而又奇特的娱乐活动就渐渐开始了。

雅科夫舅舅小心翼翼地调着吉他,调好之后,每次都说一句:

"喂,诸位,我的演奏现在开始!"

---

① 俄国纸牌的一种玩法。

说罢，他抖了抖满头的鬈发，躬身抱着吉他，像公鹅似的伸长了脖子，他那张无忧无虑的圆脸仿佛在昏睡似的，他那双生动的、令人难以捉摸的眼睛在一层油雾里变得暗淡无光，他轻轻地抚弄着琴弦，弹起令人陶醉而又令人奋起的乐曲。

雅科夫弹奏的乐曲迫使人们安静下来，全场的气氛颇为紧张。曲子像一条湍急的山溪，从远方奔涌而来，浸透着地板和墙壁，激荡着人们的心，使人产生一种古怪的感觉，一种淡淡的哀愁和不安。倾听这音乐，你的怜悯之心会油然而生，你会怜悯所有的人，也怜悯自己。大人也都变得像孩子一样，大家坐在那里屏息不动，一声不响，陷入沉思默想之中。

米哈伊尔舅舅的儿子萨沙听得最为着迷，一副紧张的神气，一直朝雅科夫探着身子，目不转睛地望着吉他，呆呆地张着嘴，口水从嘴角流下来。有时他听得出神，不小心从椅子上掉下来，连忙用两手撑着地板。这时他干脆坐在地板上，瞪着一双呆滞的眼睛，继续听下去。

大家屏息静气地听着，如醉如痴。只有茶炉在低声欢唱，但这并不妨碍人们谛听如怨如诉的吉他声。透过两扇四四方方的小窗，可以看见秋夜黑暗的夜空，时而有人轻轻敲打小窗。桌子上点着两支蜡烛，像长矛似的尖尖的烛焰金灿灿的，轻轻晃动着。

雅科夫舅舅的演奏更加投入了。他仿佛在酣睡，紧紧地咬着牙，只有两只手在单独活动：右手弯曲的手指在深色的吉他腹板上飞快地颤动，宛如一只鸟在扑棱着翅膀拼命挣扎，左手指在琴弦上急速地上下滑动。

他多喝了几杯酒，几乎每次都要用他那难听的、尖细的嗓子唱那支冗长的歌谣：

要是雅科夫能变条狗,
从早到晚他叫不休:
噢哟哟,我好寂寞呀!
噢哟哟,我好发愁!
小修女,街上走;
老乌鸦,站墙头。
噢哟哟,我好寂寞呀!
蟋蟀在灶间叫不够,
吵得蟑螂们昏了头。
噢哟哟,我好寂寞呀!
一个乞丐晾晒包脚布,
另一个乞丐就来偷!
噢哟哟,我好寂寞呀!
是啊,哎,我好发愁!

  这支歌谣听得我痛苦极了,当雅科夫舅舅唱到那两个乞丐的时候,我实在忍耐不住,伤心地痛哭起来。

  小茨冈听音乐的时候,也和大家一样,全神贯注,他把手指插进乌黑的头发里,眼睛盯着屋角,鼻子里发出轻轻的呼噜声。有时他忽然叫起来,惋惜地说:

  "上帝啊,要是给我一副好嗓子,我也来唱一个!"

  外婆这时叹着气说:

  "好啦,雅沙,你弹得让人心里难受!凡尼亚,你来给大家跳个舞吧……"

有时候，外婆的请求不是马上能够得到满足的，不过乐师往往是忽然用手掌按住琴弦，停一秒钟，然后握起拳头，往地板上重重地一甩，仿佛把一件既无形又无声的东西从自己身上甩掉，神气活现地喊道：

"扔掉忧愁和烦恼吧！凡尼卡，出场！"

小茨冈捋了捋蓬乱的头发，拉了拉那件橘黄色衬衫，像踩着钉子似的小心翼翼地走到厨房中央，他那黑黑的面颊泛起红晕，不好意思地微笑着，请求道：

"只是你的节拍要快一点，雅科夫·瓦西里耶维奇！"

于是雅科夫像发疯似的弹起吉他，小茨冈在厨房中央旋转着，仿佛浑身着了火，踏着小碎步，靴跟敲击地板，震得桌子上和橱柜里的餐具哗哗响，一会儿，他又张开双臂，恰如雄鹰展翅，两腿舞得飞快，简直看不出他在迈步；他忽然尖叫，或往下蹲，像一只金色的雨燕飞来飞去，他的丝绸衬衫金光闪闪，颤抖着，浮动着，映照着周围的一切。

小茨冈忘情地跳着，毫无倦意。看来，如果现在打开门让他到外面去跳，他会沿着大街一直跳下去，跳遍全城……

"横穿一次！"雅科夫舅舅用脚打着拍子，喊道。

接着他尖厉地吹了一声口哨，用挑逗的声音喊了几句插科打诨的俏皮话：

　　哎嗬哟！我这双破草鞋呀，
　　扔了怪心疼，
　　要是没有这破草鞋呀，
　　我早就把老婆孩子扔！

坐在桌子四周的人们全身颤动着，有时像被火烧着似的，尖声喊叫着。留大胡子的师傅不时拍打自己光秃秃的头，嘴里低声念叨着什么。有一次，他朝我俯下身来，柔软的大胡子盖住了我的肩头，像对大人似的凑近我的耳朵小声说：

"列克赛·马克西梅奇①，要是你父亲还活着，请他到这里来，他会跳得更红火！他是个快活开朗的人，喜欢逗人乐。你还记得他吗？"

"记不得了。"

"记不得了？他常常和你外婆跳舞，你等一下！"

老师傅说着站起身来，他个子很高，脸色像圣像似的，显得疲惫不堪。他向我外婆鞠一躬，用异常深沉的声音请求道：

"阿库里娜·伊凡诺夫娜，劳您的大驾，给大伙儿跳个舞吧！就像您过去跟马克西姆·萨瓦杰耶维奇那样，跳个舞，让我们高兴高兴吧！"

"你说什么，亲爱的，你说什么，格里戈里·伊凡内奇先生？"外婆向后缩着身子，面带微笑地说，"我哪里会跳舞呀！我就会逗人发笑……"

可是大家不放过她，齐声请求她，这时她像年轻人似的"霍"的一声站起身来，整了整裙子，挺直身子，仰起她那笨大的头，在厨房里跳起舞来，边跳边喊：

"好哇，你们尽情地笑吧！喂，雅沙，你给换一个曲子！"

雅科夫舅舅一跃而起，全身挺直，两眼微闭，缓缓地弹奏起来。小茨冈停了一下，跳到外婆跟前，半蹲着身子，围绕着外婆跳；而外婆舒展双臂，轻轻地跳着，她的两脚在地板上无声地滑动，仿佛在空

---

① 主人公的名字和父称。俄国人的习惯，称呼名和父称表示尊敬。

中飘浮着,她扬着眉毛,那双乌黑的眼睛望着远方。我觉得,外婆的样子很滑稽,忍不住"扑哧"一笑。格里戈里师傅立刻伸出一个指头严厉地制止我,所有在场的大人也都用责备的目光扫了我一眼。

"别再跺脚了,伊凡!"格里戈里师傅讥笑地说。小茨冈很听话,立刻跳到旁边,在门槛上坐下来。这时保姆叶夫根尼娅提起嗓子唱起来,她的嗓音不高,但清脆悦耳:

绣花姑娘哟,真可怜,
一个礼拜她要绣六天,
累得她腰酸腿又疼哟,
哎哟哟,忙得她整天不得闲!

外婆不跳了,仿佛在低声讲述什么。这时她轻轻地走来走去,身子摇晃着,若有所思,有时手搭凉棚朝四下里瞧瞧,整个胖大的身躯在优柔地摇动,脚步迟缓,小心翼翼。她停下来,忽然被什么东西吓一跳,脸哆嗦了一下,皱了皱眉,脸上立刻浮现出和蔼可亲的微笑。她朝旁边躲了躲,伸出一只手,恭恭敬敬地给人让路。然后她垂下头,屏息静气,脸上的笑容更加迷人,她仔细听了听乐曲,忽然间,她迈开舞步,像旋风似的旋转起来,整个身子显得更加匀称,身材也显得更高大了。此时此刻,她奇迹般地恢复了青春,变得漂亮、可爱,优美动人的舞姿紧紧地吸引着人们的视线!

叶夫根尼娅用深沉、洪亮的嗓音唱道:

好容易熬到礼拜天,

做完午祷就去舞翩翩。

她最后一个回家转呀，

真可惜，美妙的节日实在短！

外婆跳完之后，回到茶炉旁边，坐在自己的位子上。大家都夸她的舞跳得好，而她理了理头发，说：

"你们算了吧！真正会跳舞的女子你们还没见过呢。在我们巴拉罕纳城，曾经有一个姑娘，我不记得她是谁家的姑娘，叫什么名字了，看她跳舞，有些人会高兴得流泪！只要你看她一眼就够幸福的了，别的什么都不需要了！我非常羡慕她，真是惭愧！"

"歌唱家和舞蹈家，是世界上最聪明的人！"保姆叶夫根尼娅严肃地说，这时她又唱起有关大卫王①的歌儿，而雅科夫舅舅搂抱着小茨冈，对他说：

"你要是能在酒馆里跳舞就好了，人们看了你的舞蹈会着迷的！……"

"我想有一副好嗓子！"小茨冈用抱怨的口吻说，"要是上帝给我一副好嗓子，我呀，先唱十年，然后就去当修士！"

大家都喝了不少酒，格里戈里的酒量特大。外婆一杯接一杯地给他倒酒，一面警告他说：

"格里沙，你要当心呢，再喝下去，你的眼睛会喝瞎的！"

格里戈里满不在乎地回答说：

"那就喝瞎好啦！这双眼睛我也用不着啦，什么世面咱没见

---

① 传说中的古以色列王，诗人和音乐家。

过呢……"

他虽然没有喝醉，可是话越来越多，几乎说的都是我父亲的事："马克西姆·萨瓦杰耶维奇是我的好朋友，他真是个心胸宽广的人……"

外婆连声叹息地附和说：

"是啊，他是上帝的好孩子……"

这一切都非常有意思，深深地吸引着我，令我不安，这一切流露着淡淡的哀愁，悄悄地，无休止地侵扰着我的心。在人们身上，哀愁和欢乐同在，无法分开，有时莫名其妙地相互交替着，变幻无常，令人难以捉摸。

有一次，雅科夫舅舅喝了酒，并没有完全喝醉，就动手撕自己的衣服，疯狂地揪自己的头发和稀疏的淡黄色胡子，揪自己的鼻子和下垂的嘴唇。

"这是怎么回事，怎么回事？"他号啕大哭，泪流满面，"这是为什么？"

他在自己脸上、额头上和胸脯上捶打着，大声哭诉着：

"我是恶棍，下流坯，我是不要脸的东西！"

格里戈里也在大声号哭：

"说得对，骂得好！……"

我外婆也带着醉意，她抓住儿子一只手，劝解说：

"得了，得了，雅沙，上帝知道该怎么教导人！"

外婆喝酒之后，变得更好看了：那双乌黑的眼睛笑眯眯地看着每个人，闪烁着温暖人心的光芒，她挥动头巾扇着通红的脸，用唱歌似的嗓音说：

"上帝呀，上帝，一切多么美好啊！哎，你们快瞧瞧吧，一切是多么美好啊！"

这是她的心声，她终生都在发出这样的呼喊。

一向无忧无虑的舅舅痛哭流涕，发疯地喊叫，这使我大为惊奇。我问外婆，舅舅为什么哭，为什么骂自己、打自己。

"你什么都想知道！"外婆一反常态，闷闷不乐地说，"以后你就知道啦，现在打听这些事还太早……"

外婆的话更加撩拨我的好奇心。我到作坊里去找伊凡，缠着他问个究竟，但他不想回答我，只是轻声笑着，斜眼望着格里戈里师傅。后来，他不耐烦了，把我从作坊里攮出来，高声喊道：

"别缠人了，出去！当心我把你放到染锅里，把你给染了！"

老师傅站在宽大低矮的炉台跟前，炉台上砌着三口大铁锅，他用一根长长的黑色木棒在锅里搅和着，时而拿出木棒瞧一瞧，仔细查看木棒下端滴下的带颜色的水。炉火烧得很旺，火光映在他那条像神父的祭衣似的花花绿绿的皮围裙上。大锅里的染料水在咝咝作响，刺鼻的水蒸气像浓云似的涌向门口，院子里飘荡着干燥的雪糁。

老师傅从眼镜下方瞥了我一眼，他那双混浊的眼睛充满血丝，语气粗鲁地对伊凡说："劈柴！难道你没长眼？"小茨冈跑出去拿劈柴了，格里戈里在染料袋子上坐下来，向我招了招手：

"过来！"

他让我坐在他膝盖上，用他那温暖柔和的大胡子扎着我的脸，令人难忘地讲给我听：

"你舅舅把老婆打死了，折磨死了，而现在后悔了，良心上受折磨，明白了吗？你呀，什么事都应该明白，不然会上当的！"

格里戈里师傅很随和，跟他在一起，就像跟外婆在一起一样，可以无拘无束，但他有点叫人害怕，仿佛他从眼镜底下能看穿一切似的。

"怎么打死的？"他不紧不慢地说，"是这样的，同老婆一起睡觉的时候，用毯子蒙着她的头，拼命地挤她，打她。为什么打她？恐怕连他自己也不知道。"

这时，伊凡从外面抱了劈柴回来，蹲在炉灶前烤手，格里戈里师傅对他并不在意，生动有力地说下去：

"他打老婆，大概是因为老婆比他好，他嫉恨她。小兄弟，卡希林父子不喜欢好人，他们嫉妒好人，容不下他，就千方百计地折磨他，总想害死他。你去问问外婆，他们是怎样排挤你父亲的，他们本来就想整死你父亲。你外婆会把一切都告诉你的，她不喜欢说谎，也不会说谎。别看她又喝酒又闻鼻烟，可她纯洁得像个圣徒，她为人憨厚、天真。你可要好好跟着她……"

说到这里，他把我推开了，我朝院子里走去，闷闷不乐，心里很害怕。在大门的过厅里，伊凡追上我，他抱着我的头，在我耳边小声说：

"你不要怕他，他是个很善良的人，听他讲话的时候，你要直接望着他的眼睛，他喜欢这样。"

这里的一切都是古怪的，令人不安。我虽然还不了解别处的生活，但我模模糊糊地记得，我父母的生活并不是这样：他们说的话与这里不同，娱乐也是另一种样子。不论是走路还是坐下，他俩总是肩并肩，形影不离。晚上，他们常常坐在窗前，久久地欢笑，大声唱歌，街上的人们围上来，隔着窗户看他们。人们都仰着脸，样子很可笑，使我想起饭后的脏碟子。这里的人很少笑，即便笑也是嘲弄人，而且不明白他们笑什么。在这里，相互叫骂、威胁是家常便饭，经常看见有人躲在暗处窃窃私语。孩子们不敢吵闹,而且无人理睬,他们像雨打的尘土一样,被踩在脚下。我感觉我在这里是外人,这里的生活使我变得精神紧张、多疑,仿佛到处布满了尖刺,我不得不紧张地注视着周围的一切。

我同伊凡一天天地要好起来,外婆忙于家事,从日出到深夜,根本顾不上我。我几乎整天围着小茨冈转。外公每次打我,他都伸出手来保护我,第二天,他就伸出红肿的手给我看,抱怨说:

"哎,我用手挡住也没用,照样抽你!你也没有少挨树条子,你瞧瞧,我这只手被打的,成什么样了!下次我再不管了,不管你了!"

可是到了下一次,他又多余地保护我一次,手又被打肿了。

"你不是不愿意管我吗?"

"是不愿管你,可是又伸了手……不知是怎么搞的,不知不觉就把手伸过去了……"

时过不久,我又打听到有关小茨冈的一件事,这件事更引起我对他的兴趣,使我更加喜欢他了。

每逢礼拜五,小茨冈就赶着雪橇到集市上去买东西。他把那匹枣红骟马套在宽大的雪橇上,这匹马是外婆最宠爱的马,名叫沙拉普,又滑头又淘气,吃草料也特别挑剔。小茨冈穿一件短皮袄,戴上一顶沉重的皮帽,腰里紧紧地扎着一条绿色的宽腰带。有时他很晚还没有回来,家里人就全都坐卧不安,不时地走到窗前,哈气融化了玻璃上的冰,焦急地朝街上张望着。

"回来了吗?"

"没有。"

最着急的是外婆。

"哎呀呀,"她对外公和舅舅们说,"你们干的好事,连人带马都给你们毁啦!真是不知羞耻,不要脸的东西!自己家里的东西还少吗?哎呀呀,一家子蠢货,贪心不足,你们迟早会遭报应的!"

外公哭丧着脸嘟哝说:

"好啦,别说了。下不为例……"

有时,小茨冈直到晌午才回到家。舅舅们和外公慌里慌张地跑到院子里去接他,外婆也跑出来,使劲闻着鼻烟,像大狗熊似的跟在后面。不知为什么,每到这时,外婆就显得特别蠢笨。孩子们也跑来了,只见雪橇装得满满的,有小猪崽,宰好的鸡、鸭、鱼和各种肉类,人们快活地把这些东西从雪橇上卸下来。

"叫你买的东西都买了吗?"外公那双锐利的眼睛斜视着雪橇,问道。

"该买的都买了。"伊凡兴高采烈地回答,他在院子里蹦跳着,啪啪地拍打着戴大手套的双手,以便暖和冻僵的手脚。

"别拍打手套,手套也是花钱买来的,"外公厉声喝道,"找回零钱了吗?"

"没有。"

外公慢腾腾地围着雪橇转了转,低声说:

"你拉来的东西又多了许多。你老实说,有些东西你没付钱吧?我可不想让你这么做。"

说到这里,他便皱着眉头快步走开了。

舅舅们立刻兴冲冲地朝雪橇扑过来,一会儿拿起鸡、鸭、鱼、鹅肝,一会儿拿起牛犊腿或者大块的肉,放在手里掂量着,吹着口哨,吵吵嚷嚷,赞不绝口:

"好家伙，挑的真棒！"

米哈伊尔舅舅更是喜形于色，他围着雪橇跳来跳去，脚下仿佛装着弹簧，伸着他那啄木鸟似的鼻子，每样东西都要闻一闻，有滋有味地咂着嘴，扬扬得意地眯缝着那双不安分的眼睛。他长得像外公一样干瘦，但个子高些，乌黑的头发像烧焦的木头。他把冻僵的手抄在袖筒里，开始盘问小茨冈：

"父亲给了你多少钱？"

"五个卢布。"

"可这些东西值十五个卢布。你花了多少钱？"

"四卢布零十戈比。"

"这么说，你口袋里还剩下九十戈比。你瞧见了吧，雅科夫，他的钱是怎么攒的？"

雅科夫舅舅只穿一件衬衫，站在寒气逼人的院子里，眨巴眼睛望着寒冷的蓝天，轻声笑着。

"凡尼卡，你给我们俩来半瓶伏特加酒吧。"他懒懒地说。

外婆在卸马。

"怎么啦，好孩子？怎么啦，我的小猫儿？又想淘气啦？好吧，随你的便，上帝的宠儿！"外婆唠唠叨叨地对马说。

高大的骟马摆动着浓密的马鬃，用白牙蹭着外婆的肩膀，把她的丝头巾从头发上拽下来，它的眼睛快活地忽闪忽闪着，抖掉粘在睫毛上的霜，高兴地望着外婆的脸，低声嘶叫着。

"想吃面包呀？"

外婆把一大块咸面包塞进马嘴里，一边伸出围裙放在马头下面，去接马嘴里掉下来的面包屑，若有所思地望着马儿贪吃的样子。

小茨冈也像小马驹似的,欢蹦乱跳地跑到外婆面前。

"奶奶,大骟马真棒,特聪明……"

"你一边待着去,别在这儿尽说好听的!"外婆跺了跺脚,冲他喊道,"明白吗,今天我不喜欢你。"

外婆给我解释说,小茨冈名义上是去集市上买东西,但东西多半是偷来的。

"你外公要是给他五个卢布,他就花三个卢布买东西,再去偷人家十卢布的东西。"外婆闷闷不乐地说,"喜欢偷,是给惯坏的!他试着偷了一次,得手了,家里人很高兴,夸他能干,他就养成了偷窃的习惯。你外公从小吃够了苦,受够了穷,到老了变得贪心不足,他把钱看得比亲骨肉还重,喜欢占便宜!你两个舅舅……"

她厌恶地挥一下手,沉默片刻,然后望着打开的鼻烟壶,唠唠叨叨地说下去:

"廖尼亚,这人世间的事就像织出的花边,而这花边是一个瞎眼老婆婆织的,我们哪能去毁坏那上面的花呢?伊凡卡偷东西的时候要是被捉住,人家非打死他不可……"

她沉默了一会儿,又低声说:

"唉,我们的规矩多得很,可是没有真理……"

第二天,我去找小茨冈,求他不要再去偷东西。

"你再去偷东西,人家会打死你的……"

"捉不住我,因为我会脱身:我机灵,是一匹快马!"他嘿嘿地笑着说,但他马上皱起眉头,露出愁容,"我知道偷东西不是好事,而且担惊受怕的。我这是随便玩玩,解闷罢了。我不攒钱,就是攒几个钱,不出一个礼拜,你两个舅舅就会把我骗光的。不过我也不心疼,让他们都拿去吧！我能吃饱肚子就行啦。"

他忽然把我抱起来，轻轻地摇晃着。

"你身子很轻，人又瘦，可你的筋骨很结实，你会成为大力士的。我倒有个主意：你应该去学弹吉他，让雅科夫舅舅教你，真的！你还小，这太可惜啦！你人小，脾气可挺大的。你不喜欢外公，对吗？"

"不知道。"

"除了奶奶，卡希林这家人我谁也不喜欢，让魔鬼去喜欢他们吧！"

"还有我呢？"

"你不姓卡希林，你姓彼什科夫，你是别人家的骨肉，不属于这家的人……"

他忽然把我抱紧了，几乎像呻吟似的喃喃地说：

"唉，上帝啊，上帝，你要是给我一副好嗓子该多好啊！我会唱得人们心里发烧……小兄弟，你走吧，我该干活啦……"

他把我放在地上，抓起一撮小钉子放在自己嘴里，把一幅黑布料拉紧了钉在一块方方的大木板上。

不久，他死了。

事情的经过是这样的：在院子里，大门旁边，紧靠围墙放着一个高大的橡木十字架，根部粗大而结实。十字架在那里已存放很久。我来外公家生活的最初几天，就发现它放在那里。当时它还比较新，看上去黄黄的，可是整整一个秋天风吹雨淋，它早变得黑漆漆的，散发着水泡橡木的苦味。在这个狭小而又肮脏的院子里，它显得碍手碍脚。

雅科夫舅舅买这个十字架是为了安放在妻子墓前。他曾发誓说，在妻子去世一周年那天，他要亲自把十字架背到墓地去。

这一天来临了。那是初冬的一个礼拜六。天气寒冷，刮着风，一团团的积雪从房顶上吹落下来。全家人都出动了,来到院子里。外公和外婆带着三个孙子提前到墓地去做安魂弥撒,我因犯了过错被罚留在家里。

两个舅舅穿着一样的黑色短皮袄,把十字架从地上扶起来,站在横木的两翼下面。格里戈里和一个生人吃力地抬起沉重的根部,放在小茨冈宽宽的肩膀上。小茨冈的身子摇晃了一下,叉开了两腿。

"扛得动吗?"格里戈里问他。

"不知道。好像够重的……"

这时米哈伊尔舅舅生气地喊起来:

"快去开大门,瞎眼鬼!"

雅科夫舅舅说:

"不害臊,凡尼卡,我们俩加在一起也不如你结实!"

可是格里戈里开门的时候,厉声嘱咐伊凡说:

"当心别压坏了身子!好啦,现在走吧!"

"秃头的老东西!"米哈伊尔舅舅从院子外面喊了一声。

院子里的人都笑了,兴致勃勃地谈论着,仿佛抬走十字架正合大家的心意似的。

格里戈里·伊凡诺维奇拉着我的手,领我去作坊,他一边走一边对我说:

"看来外公今天不会打你了,他今天脸色很和气……"

走进作坊,他让我坐在一堆准备染色的毛线上,并且耐心地用毛线把我围起来,一直围到我的肩头,然后他闻了闻染锅里冒出的蒸汽,若有所思地说:

"好孩子,我认识你外公三十七年了,从他开始创业到今天我都亲眼看见了。过去我同他是好朋友，一起创业，开染坊是我们两人的主意。你外公真是聪明过人啊！他自己当起了老板，我就没这个本事。不过上帝比我们所有人都聪明：他只要微笑一下，连最聪明的人也成傻瓜了。你现在还不明白，人们的言谈举止用意何在，可是不论什么事你都应该弄明白呀。孤儿是很苦的，日子很艰难。你父亲马克西姆·萨瓦杰耶维奇是个仪表堂堂的男子汉，胆识过人，什么事都懂得，所以你外公不喜欢他，不承认他⋯⋯"

听着老师傅和善动人的话语，我感到由衷的愉快。此刻，我看见橘红色的火苗在炉膛里跳跃着，染锅上方，升腾着乳白色云雾，云雾飘过倾斜的房顶，在房顶的木板上留下一层瓦灰色的霜，透过毛茸茸的板条的缝隙，看得见条状的蓝天。风变小了，太阳不知从什么地方照过来，照得满院子的雪糁闪闪发光，犹如撒了一层玻璃粉末。街上传来雪橇滑板发出的尖叫声。一缕蔚蓝的炊烟从房屋的烟囱里袅袅升起，淡淡的影子在雪地上滑动，仿佛也在悄悄讲述着什么。

格里戈里身材高挑，瘦骨嶙峋，留着大胡子。他没戴帽子，长着两个大耳朵，像个善良的魔法师。他用木棒搅着滚开的染料水，同时不停地教导我：

"不论对什么人，你都要正直地望着他的眼睛；就是一条狗向你扑过来，你也要这样望着它，这样一来，它就不再纠缠你了⋯⋯"

他鼻梁上架着一副沉重的眼镜，和外婆一样，他的鼻尖布满了发青的血丝。

"你等一下。"他忽然说，仔细听了听外面的动静，然后用脚关上炉门，冲出门去在院子里飞跑起来。我也跟着他跑出来。

小茨冈躺在厨房里的地板上，脸朝上，阳光从窗户照进来，一条条宽宽的光带落在他头上、胸脯上和腿上。他的额头古怪地闪着亮光，眉毛抬得高高的，那双斜视的眼睛注视着乌黑的天花板，深色的嘴唇不时地抽搐着，嘴里冒出粉红色的气泡，鲜血从他的嘴角流出来，顺着面颊和脖子流到地板上，他身下积着一大片浓血，向四处流着。他的两腿很不自然地伸着，肥大的裤子显然已被血浸透，粘在地板上，地板用沙子擦过，干干净净，闪着亮光。小茨冈的血鲜红鲜红的，顺着被阳光照亮的地板向门口流去。

他的身子静静地躺着，伸直的胳膊放在身体两侧，只有手指还在微微动弹，有时在地板上抓几下，染了色的指甲在阳光下闪闪发光。

保姆叶夫根尼娅蹲在他身旁，把一根细细的蜡烛塞在他手里。伊凡握不住，蜡烛掉下来，烛芯的一端浸在血泊里。保姆捡起蜡烛，用围裙边擦了擦，又试图插在他那微微动弹的手指里。人们在厨房里低声议论着，谈话声忽高忽低，像刮风似的向我吹来。我站在门槛上，紧紧地抓住门把手，站稳身子。

"他脚下绊了一下。"雅科夫舅舅讲述着，不知为什么，他的声音显得很阴沉，他的头颤抖着，不停地转来转去。他面色灰暗，无精打采，两眼失神地眨巴着。

"他跌倒了，被压在下面，十字架砸在他脊背上。幸亏我们及时撒了手，不然我们也会被砸成残废的。"

"是你们把他压死的。"格里戈里低声说。

"是的，你要怎么样……"

"你们！"

血一直在流着。门槛下面已汇集了一大片血，黑乎乎的，仿佛在不断升高。小茨冈嘴里吐着鲜红的泡沫，像在梦中似的大声哼哼着。

他明显地消瘦了，身子渐渐塌下去，紧贴着地板，似乎在不断地下陷。

"米哈伊尔骑马去教堂叫父亲了。"雅科夫舅舅小声讲述着，"我立刻雇了辆马车把他拉回来……幸亏我没有抬十字架根部那一头，否则我也……"

保姆又在往小茨冈手里塞蜡烛，蜡油和着眼泪滴在他的掌心里。

格里戈里粗暴地喊道：

"蠢东西，你把蜡烛立在他脸前的地板上！"

"好吧。"

"脱下他的帽子！"

保姆把帽子从伊凡头上拽下来，他的后脑勺在地板上"咚"的一响。这时他的头偏向一侧，血流得更急了，但只是从一边嘴角流出来。鲜血可怕地流了很久。起初，我以为小茨冈休息一会儿就起来，坐在地板上，吐一口唾沫说：

"呸，热死啦……"

每逢礼拜天，他睡午觉醒来之后总是这样。但这次他没有起来，他躺在那里，在渐渐消瘦。阳光已离开他，明亮的光带变短了，只能照射到窗台上。这时他脸色发黑，手指已不再动弹，嘴角上的泡沫也消失了。他头顶上方和耳朵两侧立着三根蜡烛，金黄色的烛焰跳跃着，照耀着他那乱蓬蓬的黑得发青的头发。日光反射的黄灿灿的光点在黝黑的面颊上颤动，尖细的鼻尖和殷红的嘴唇闪着光泽。

保姆跪在他身旁，伤心地哭诉着：

"亲爱的，我的快乐的小鹰，人人喜欢你……"

我觉得可怕，浑身发冷，就钻到桌子底下，躲在那里。后来，外公和外婆咚咚地走进来，外公穿着浣熊皮大衣，外婆也穿着大衣，脖子上围着狐尾领,米哈伊尔舅舅和孩子们也来了,还来了不少陌生人。

外公脱下大衣,扔在地板上,愤怒地喊道:

"你们这些混账东西!多好的一个小伙子,让你们给白白地毁了!再过四五年,他就是一把好手,千金难买啊……"

堆在地板上的衣服挡住了我的视线,我看不见伊凡,就从桌子底下爬出来,正好爬到外公脚跟前。他一脚把我踢开,挥舞着红红的小拳头威吓舅舅们,骂道:

"恶狼!"

他在长凳上坐下来,两手撑着凳子,抽抽搭搭地欲哭无泪,一面用尖细的嗓子诉说着:

"我知道,他不听你们的摆布,你们嫉恨他……唉,可怜的凡尼亚,我的小傻瓜!你叫我怎么办呀?听见没有,我该怎么办?别人家的马,不该我使唤,缰绳烂了也枉然。老婆子,这些年上帝不喜欢我们,是不是,老婆子?"

外婆伏在地板上,两手在伊凡脸上头上和胸部抚摩着,对着他的眼睛呼吸着,然后拿起他的手,轻轻地揉搓。蜡烛全被她碰倒了。后来她吃力地站起身来,脸色铁青,身上的黑衣服闪着亮光。她可怕地瞪大眼睛,低声说:

"滚出去,该死的东西!"

除了外公,厨房里的人都走了。

小茨冈被悄悄埋掉了,没有举行葬礼。

四

我躺在宽大的床上，身上裹着折成四层的沉重的毛毯。我听见外婆在祈祷，她跪在地上，一只手按在胸前，另一只手慢条斯理地画着十字。

院子里寒气袭人。淡绿色的月光透过布满冰花的玻璃窗照在外婆身上，我清楚地看见外婆那张慈祥的面孔、那皮肉松弛的大鼻子和那双像磷火似的闪闪发光的黑眼睛。她头上的丝巾闪烁着铸铁般的亮光，披在她身上的黑衣服在轻轻颤动，慢慢从肩上滑下来，掉在地板上。

祈祷结束之后，外婆一声不响地脱下衣服，整齐地叠起来，放在屋角箱子上，悄悄来到床前。我立刻屏息静气，装作酣睡的样子。

"又在装相，淘气包，没睡着吧？"外婆低声说，"听见没有，我的心肝，宝贝，没睡着吧！喂，给我毯子！"

我预感到她会如何对付我，禁不住笑出声来。这时她大声嚷道："好啊，开起外婆的玩笑来了！"

她抓住毯子边敏捷地用力一拉，立刻把我拉起来，我悬空翻了几个转儿，"扑通"一声掉在柔软的羽毛褥子上。外婆哈哈大笑："怎么样，小萝卜头？知道我的厉害了吧？"

但有时她祈祷的时间特别长，我不知不觉地睡着了，也就不知道她是怎样躺下的。

每逢遇到伤心事或者孩子们吵嘴打架,晚上外婆祈祷的时间就特别长。听她祈祷很有意思。外婆把家里发生的事详细讲给上帝听,她庞大的身躯跪在那里,像个小山包,开始她讲得很快,含糊不清,后来变成了低声唠叨,语气粗重:

"上帝啊,你最清楚啦,人人都盼望日子过得好一些。米哈伊尔是长子,本应该留在城里。让他搬到河对岸去住,他的确感到委屈,再说那儿是新地方,还没住过人,不知将来会怎么样。可他父亲比较喜欢雅科夫。唉,做父亲的,对孩子偏心有什么好处呢?老头子还挺固执,上帝啊,你开导开导他吧。"

她用那双炯炯有神的大眼睛望着黑黢黢的圣像,给上帝出主意说:

"上帝啊,你可以给他托一个吉祥的梦,让他明白,应该怎样给孩子分家!"

她说罢便画十字,趴在地上磕头,她那宽大的额头在地板上磕得咚咚响。然后,她挺起身来,富有感染力地说:

"求你给瓦尔瓦拉一点欢乐,让她也笑一笑!她什么地方得罪你了?难道她比别人罪过大?一个年轻女子,身强力壮,一天到晚凄凄惨惨的,这是怎么回事啊?上帝啊,你还得多关照格里戈里,他的视力越来越不行了。一旦瞎了,就得去讨饭,这多不好啊!他为我们老头子干了一辈子,耗尽精力,可是老头子真会帮助他吗……唉,上帝啊,上帝……"

她恭顺地低着头,垂着手跪在那里,久久地沉默着,屏息静气,仿佛在沉睡。

"还有什么?"她稍稍皱起眉头,低声回忆着,"保佑所有的东正教徒，怜悯他们吧！宽恕我这个可恶的蠢人吧，你知道，我违背教规不是出于恶意，而是因为我愚蠢、糊涂。"

她深深地叹一口气，语气亲切、心满意足地说下去：

"你什么事都清楚，亲爱的，你什么事都知道，我的上帝。"

我特别喜欢外婆的上帝，因为他对外婆非常亲近。我经常缠着外婆说：

"给我讲讲上帝的事吧！"

她一讲起上帝，神气就不同啦：她把嗓门压得很低，奇怪地拖着长长的声调，微微闭上眼睛，并总是坐着讲。她稍稍欠起身，坐正，戴上头巾，看来她准备讲很久，一直讲到我睡着为止：

"在天堂里的草地中央，有一座山冈，上帝就在这座山冈上，他坐在蓝宝石宝座上，在银白色的椴树下面，而那些椴树一年四季枝叶繁茂。天堂里没有冬天，也没有秋天，鲜花总是盛开，永不凋谢，那是为了让上帝的信徒们高兴。上帝周围有很多天使，他们像雪花或者蜜蜂一样飞来飞去，多得不计其数。这些天使像白鸽子似的一会儿从天空飞临人间，一会儿又从人间飞回天上，向上帝禀告我们人间的是是非非。这里面有你的天使、我的天使，也有你外公的天使。上帝给每个人都安排一个天使，对大家是很公平的。比如说，你的天使向上帝禀报说：'列克赛对外公不礼貌！'那么上帝就吩咐说：'好吧，那就让老头儿揍他一顿！'就这样，天使把一切事情，每个人的事情都禀告上帝，上帝再根据情况来确定给大家的赏罚——有人被罚受苦，有人赏给欢乐。上帝总是赏罚分明的。在上帝身边一切都是美好的，所以天使们总是高高兴兴的，一边扇动翅膀，一边不停地对上帝唱着：'光荣属于你，上帝，光荣属于你！'但是可爱的上帝只是对他们微微笑着,好像说:'得了,得了!'"

外婆自己也在微微笑着,头轻轻地摇来摇去。

"这些你都见过?"

"没见过,但我知道!"她若有所思地回答。

外婆每次讲起上帝、天堂和天使,就马上变得像小孩子似的,语气温和、天真,她那张脸变年轻了,湿润的眼睛闪烁着热情的光芒。我抚摩着她那沉甸甸的光滑的发辫,把它绕在我脖子上,一动不动、聚精会神地听她讲述着。她的故事好像永远讲不完,我每次都兴致勃勃地听,从不厌烦。

"凡人是看不见上帝的,看见了你就得变成瞎子。只有圣徒才能睁开眼睛看上帝。不过,我倒是经常看见天使。当你心灵纯洁,没有杂念的时候,他们就显现出来。早晨我去做祈祷,站在教堂里,就看见祭坛上有两个天使,他们像云雾,既模糊又透明,透过他们,可以看见他们身后的一切。他们的翅膀长长的,垂到地上,好像镶着花边,像轻纱似的。天使们在供桌周围走来走去,还帮助伊利亚老神父,每当伊利亚抬起衰老的手做祈祷的时候,天使们就托着他的胳膊肘。伊利亚年高老迈,眼也瞎了,走路的时候跌跌撞撞的,此后不久,老头儿就去世了。那一次,当我看见天使的时候,高兴得差点没昏过去,心里直发紧,眼泪哗哗地往下流。啊,当时我真是高兴极了!哎呀,廖尼亚,我的心肝宝贝,在上帝身边一切都是美好的,不论是在天上还是在人间,都是美好的……"

"难道我们这里也美好吗?"

外婆在自己身上画了个十字,答道:

"感谢圣母保佑,一切都好!"

这句话使我迷惑不解，因为很难断定这个家里一切都好。我觉得，这里的生活一天不如一天了。

有一次，我经过米哈伊尔舅舅房门口，看见娜达丽娅舅妈穿着白衣服，两手按在胸前，在房间里急躁地乱窜，低声呼喊，声音很可怕：

"上帝啊，我求求你，收留我吧，把我带走……"

我明白了她为什么祈祷，也理解格里戈里师傅了，他总是唠唠叨叨地说：

"等我眼瞎了，我就去讨饭，讨饭也比在这儿好……"

我盼着他的眼快点瞎，那时我自愿当他的引路人，我们俩一起去讨饭。我给他说了这个想法，老师傅翘起大胡子嘿嘿一笑，回答道：

"这很好啊，我们去讨饭吧！我要让全城的人都知道，这就是行会会长瓦西里·卡希林的外孙子！那才好看哩……"

我不止一次看见，娜达丽娅舅妈那双发呆的眼睛下面鼓起青斑，面色憔悴，嘴唇红肿。

我问外婆：

"是舅舅打的吗？"

外婆唉声叹气地说：

"这个该死的东西，老是偷偷地打她！你外公不许他打，他就夜里打。他是个凶神，可你舅妈太软弱……"

说到这里，外婆兴奋起来：

"现在总算比过去好些，不像过去打得那么狠了。现在打嘴，打耳朵，揪辫子，要是在过去呀，一打就是几个小时！有一回，在复活节的头一天，你外公打我，从做午祷时一直打到天黑。他打累了就歇一歇，然后又打。用缰绳抽，什么都用过了。"

"为什么打你呢?"

"不记得了。还有一回,他把我打得死去活来,还饿了我五天,差点把我折磨死。不然他还要打……"

这件事使我大为惊奇:外婆身体又粗又壮,顶两个外公那么大,真难让人相信外公打得过她。

"难道他力气比你大?"

"力气不比我大,可他比我年长!再说,他是丈夫!上帝叫他管住我,我只能忍受,命该如此……"

我兴致勃勃地看着外婆擦去圣像上的尘土,擦拭圣像上的金属衣饰,她那副虔诚的神气真令人愉快。圣像做得很精美,圣母头上的光轮镶着珍珠、银饰和花花绿绿的宝石。外婆用灵巧的双手捧起圣像,笑眯眯地望着它,大为感动地说:

"你瞧这小脸儿,多漂亮,多可爱!……"

她在自己身上画十字,亲吻着圣像。

"落上尘土啦,熏黑啦,哎呀呀,我万能的圣母啊,你是我的欢乐,你永远保佑我!你瞧,廖尼亚,我的心肝宝贝,这圣像画得多细呀,图像很小,可是很生动。这一幅叫作'十二祭日',中间是'至善圣母'费奥多罗夫斯卡娅。这幅是:'勿哭我圣母'……"

有时候,瞧着她摆弄圣像时那副虔诚而又认真的样子,我觉得她就像受气包卡捷琳娜表姐摆弄木偶。

外婆时常遇见鬼,有时遇见许多,有时只遇见一个。

"在大斋期的一天夜里,我路过鲁道夫家门口。月光明亮,天气寒冷。忽然,我看见一个黑黑的东西骑在屋顶上,它头上长着角,弓着身子趴在烟囱上,正在闻烟囱里的气味呢。闻了一会儿,它打了一个喷嚏。它又高又大,身上长满长毛。它一边闻,一边在房顶上摇尾巴,沙沙作响。我对着它画了个十字,说:'求上帝快显灵,驱散恶鬼!'我话音刚落,它就低低地尖叫一声,头朝下从房顶上栽下去,滚到院子里去了。它被驱散了!大概鲁道夫家那天煮荤菜,鬼闻到味道,高兴起来……"

鬼从房顶倒栽葱掉下来的确可笑,我忍不住笑起来。外婆也笑了,接着说:

"那些鬼呀,特别喜欢胡闹,恶作剧,就跟小孩子一样!有一回,我在浴室里洗衣服,已经是午夜时分了。忽然,壁炉的门自动打开了!一群小鬼从壁炉里拥出来,有红的,有绿的,有像蟑螂一样黑的,它们的个子一个比一个小。我赶快往外跑,可是晚了,无路可走了。我被小鬼们包围了。浴室里挤满了小鬼,我动弹不得,连转一下身都困难。它们在我脚下跑来跑去,又揪又拽,把我挤得紧紧的,我也没法画十字,腾不出手来!这些毛茸茸的小东西,身子柔软,热乎乎的,像小猫崽,只是它们全都直立行走。它们旋转着,嘻嘻哈哈,淘气,胡闹,龇着老鼠般的细牙,小眼睛闪着绿光。头上的角刚长出来,鼓起一个小圆包,尾巴很像小猪的尾巴。哎呀,我的上帝,我实在受不了啊!我失去了知觉。等我醒来的时候,蜡烛快燃尽了,浴盆里的水凉了,洗好的东西全扔在地板上。我心想,嘿,这帮小鬼,真该让大力神驱散你们!"

我闭上眼睛,看见那些花花绿绿的、毛茸茸的小鬼从壁炉门口和灰色炉壁上密密麻麻地拥出来,挤满了狭小的浴室,它们吹蜡烛,淘气地伸出粉红色的舌头。小鬼们也很可笑,但是令人害怕。外婆沉默片刻,摇了摇头,忽然又眉飞色舞起来。

"还有一回呀,我看见几个被赶出家门的鬼。这回也是在夜里,冬天,风雪交加,我穿过丘克山谷。还记得吗,我给你讲过,在那个山谷的池塘里,你舅舅雅科夫和米哈伊尔曾打算把你父亲扔进冰窟窿里淹死。我就是在那个山谷里走着,在山间小道上,我不小心跌了一跤,头朝下滚下去,刚滚到谷底,只听见一声口哨,山谷里立刻响起一片追杀声。我抬头一看,只见三匹黑马驾着雪橇朝我疾驶过来,驭手座位上站着一个身材高大的鬼,它头戴红色尖顶帽子,像木桩似的站在那里,伸出双手握着锁链做的缰绳。山谷里没有车道,三匹马拉着雪橇直冲着池塘飞去,消失在迷茫的大雪里了。那雪橇里坐的也是鬼,它们吹口哨,大喊大叫,挥舞着尖顶帽子。就这样,七辆三匹马拉的雪橇像消防车似的呼啸而过。所有的马都是黑马,这些马都是人,是被父母赶出家门的人。这些人给鬼效力,供它们取乐,鬼拿他们当马使,每到夜里他们就拉着鬼四处去赴宴、过节。我那回遇上的鬼,大概是去举行婚礼……"

外婆的话不得不信,因为她讲得合情合理,令人信服。

但她念起诗来就更加动人了。在一首诗里,讲到圣母巡视苦难的人间,讲她如何劝诫绿林女杰安加雷契娃"女公爵",叫她不要殴打和抢劫俄罗斯人。有讲出家人阿列克谢的诗,讲勇士伊凡的诗,以及讲绝顶聪明的瓦西里萨、山羊神父和上帝的教子的童话;有讲官宦之妻玛尔法、绿林女杰乌斯达和古埃及荡妇玛利亚的可怕的故事;还有关于强盗的母亲的悲惨遭遇的传说。外婆知道的童话、故事和诗歌多得不计其数。

外婆不怕任何人,也不怕外公,不怕鬼,也不怕其他任何妖怪,却怕乌黑的蟑螂,甚至离得老远她都能感觉到蟑螂在爬,吓得要命。有

时深更半夜她把我叫醒,小声对我说:

"阿廖沙,乖孩子,有个蟑螂在爬呢,你快去把它碾死,看在上帝的分上!"

我困得睁不开眼,点上蜡烛,在地板上爬来爬去,寻找那只蟑螂。有时需要找半天,而且不是每次都能找到。

"都找遍了,哪儿都没有。"我说。她躺在那里不敢动弹,用毯子蒙着头,声音低得几乎听不见,她请求说:

"哎呀,有蟑螂!你快去再找找吧,我求你啦!它就在这儿,我知道……"

她每次都说得准确无误:我果然在离床很远的地方找到了那只蟑螂。

"打死没有?好,谢天谢地!也谢谢你啦……"

她把毯子从头上撩开,如释重负地叹了口气,笑了。

假如我找不到这个小虫子,她就睡不着觉。深更半夜的,屋里静得出奇,只要有一丝一毫的响动,我就能感觉到她的身子在颤抖,只听见她屏住呼吸悄声说:

"门槛旁边有一只蟑螂……爬到箱子下面去了……"

"你干吗要害怕蟑螂呢?"

她很有道理地解释说:

"因为我不明白,它们到底是干什么的。一天到晚到处乱爬,黑不溜秋的。上帝给每个小虫子都指派了任务:比如土鳖吧,它出来露面是让人知道屋里潮气太重;臭虫是告诉你,墙壁太脏了;虱子咬人了,说明这个人身上有病。这一切都不难理解。可是这些蟑螂是干什么的?它们身上带有什么法术?上帝派它们来做什么?谁也不知道!"

有一天,外婆跪在神龛前,正在诚恳地同上帝谈话,外公突然闯进来，声音嘶哑地说：

"唉，老婆子，上帝拜访我们来了：我们家着火啦！"

"你说什么！"外婆连忙从地上爬起来，大声嚷道。两人迈着沉重的步子，慌里慌张地向黑乎乎的正厅里跑去。

"叶夫根尼娅，快去摘圣像！娜达丽娅，快给孩子们穿衣服！"外婆严厉而又坚定地吩咐道，而外公却在那里低声哀号：

"哎呀呀……"

我跑进厨房。只见面朝院子的窗户仿佛被镀了一层金，亮光闪闪，黄澄澄的光影在地板上滑动。雅科夫舅舅赤着脚，正在穿靴子，在地板上一蹦一跳的，仿佛被火烧着脚掌。他边跳边喊：

"准是老大放的火，放了火他就跑了，哎呀！"

"你给我住口，狗东西。"外婆骂道，往门口使劲推了他一把，差点没把他推倒。

透过结了霜的窗玻璃，看得见作坊的屋顶上火光冲天，作坊的门敞开着，卷曲的火舌旋风似的向门外乱窜。黑夜静悄悄的，红色的火光像盛开的花朵似的，没有烟雾，只见高空中飘浮着一朵灰蒙蒙的云，但它并没有遮蔽泛着白光的银河。雪地被火光映红了。房屋的墙壁在颤抖、摇晃，仿佛要向正在燃烧的染坊跑过去似的。染坊坐落在院子的角落里，此刻，火舌在那里快活地跳跃着，把染坊宽宽的墙缝照得通红，墙缝里露出许多烧红的钉子，渐渐弯曲变形。房顶上，黑黢黢的干燥的木板很快就燃烧起来，金色的和红色的火舌在木板条上缠绕着；细细的陶制烟囱冒着黑烟，兀立在大火之中，发出刺耳的呼啸声。作坊的玻璃窗沙沙作响，时而发出轻轻的破裂声。大火越烧越旺。整个作坊被火光映照得格外美丽，像教堂里挂满圣像的墙壁似的，充满着令人不可抗拒的诱惑,我真想跑到它跟前去看看。

我拿一件沉重的短皮袄蒙着头,拿起一双不知是谁的靴子套在脚上,便摇摇晃晃地穿过门厅走到门口的台阶上,立刻惊呆了:熊熊大火照得我头晕目眩,外公、格里戈里和雅科夫舅舅大声喊叫着,加上大火噼噼啪啪的响声,震得我耳朵嗡嗡直叫。外婆的举动让我大吃一惊:她用一只空袋子蒙着头,身上裹着马被,毫不畏惧地朝作坊跑过去,冲进熊熊大火里,她边跑边喊:

"硫酸盐,傻瓜蛋!硫酸盐会爆炸的……"

"格里戈里,快拉住她!"外公拼命喊叫,"哎哟哟,她这下完了……"

可是这时外婆已经从作坊里钻出来。她浑身冒烟,使劲摇着脑袋,弓着身子,两手抱着一只水桶大的瓶子,瓶子里盛的是液态的硫酸盐。

"老头子,快把马牵出去!"她连声咳嗽,声音嘶哑地喊道,"快帮我脱掉它,我身上着火啦,难道你们看不见?……"

格里戈里连忙把烧着的马被从她身上撕下来,撕成了两段,然后挥起铁锹铲着大块的积雪朝作坊门里扔去;雅科夫舅舅手里拿一把斧子,在他身旁又蹦又跳;外公在外婆身边跑来跑去,往她身上撒雪。外婆把盛着硫酸盐的瓶子塞进雪堆里,就向大门口冲去。她打开大门,向跑进来的人们鞠一躬,说:

"邻居们,请帮帮忙,保住这间库房!火很快就要烧到库房,烧到干草棚,要是我们家全被烧了,你们家也保不住!把库房的顶盖掀掉,干草扔到花园里去!格里戈里,从上面往远处扔,你干吗老往地下扔啊!雅科夫,不要跑来跑去的,把斧子给大伙儿,还有铁锹!

可敬的邻居们,齐心合力加油干呀,上帝会帮助你们的!"

她那副样子像大火一样有趣:火光仿佛在到处捕捉她,照得她浑身亮堂堂的,她穿着黑衣服,在院子里奔忙着,有条不紊地指挥大家救火。

大骟马跑进院子里,它忽然直立起来,把外公掀起来,瞪大的马眼被大火照得通红,马放下前蹄,"噗噗"地打着响鼻。外公松开缰绳,闪开身子,喊道:

"老婆子,抓住它!"

外婆朝腾空而起的马跑去,站在马前腿下面,伸开胳膊挡住它。马不满地嘶叫着,斜眼望着火光,缓缓地向她俯下身来。

"你不要害怕!"外婆抓住缰绳,轻轻地拍打着马脖子,粗声粗气地说,"我哪能丢开你呀,哪能叫你受惊啊?哎呀呀,我的小老鼠……"

小老鼠的个子比她大三倍,却顺从地跟着她朝大门口走去,打着响鼻,望着她那张通红的脸。

保姆叶夫根尼娅领着几个穿得厚厚的、哭哭啼啼的孩子从屋里走出来,大声喊道:

"瓦西里·瓦西里奇,阿列克谢不见了……"

"快走吧,快走吧!"外公挥挥手答道。我不愿让保姆把我领走,就在门口台阶下面躲起来。

作坊的房盖塌下来,一根根细细的橡木指向天空,冒着烟,金色的火炭闪着亮光。作坊内部在噼噼啪啪爆炸着,绿色的、蓝色的和红色的染料像旋风似的飞起来,一束束火焰飞到院子里,飞向聚集在那里的人群。人们面对这一大堆庞大的篝火,正在用铁锹朝火堆里扔雪块。那几口染锅在大火中咕嘟咕嘟地沸腾着，烟气缭绕，升起一团团云雾，一股股怪味在院子里飘荡着，呛得人们直流眼泪。我从台阶下爬出来，正好爬到外婆脚旁。

"快走开！"外婆叫道，"不然会踩死你的，快走开……"

这时，一个头戴鸡冠形铜头盔的人骑着马闯进院子，那匹棕色的马嘴里吐着白沫。骑马的人高高地举起马鞭，耀武扬威地喊道："闪开！"

响起快活而又急促的铃铛声。院子里像过节似的，又热闹，又好看。外婆把我推到台阶上，大声说：

"你听见没有？快点走开！"

在这种时刻我不敢不听她的话。我来到厨房里，把脸贴在玻璃窗上，继续朝外看着，但是黑压压的人群挡住我的视线，我看不见火光，只见一些铜头盔在黑色的棉帽和带檐的帽子中间闪闪发光。

人们在浇水，扑打，用脚踩，大火很快就被压下去了。警察驱散了人群，外婆来到厨房里。

"这是谁呀！是你呀？你没睡，害怕了吧？不要怕，现在一切都结束了……"

她坐在我身旁，不再说什么，身子微微摇晃着。夜又归于寂静和黑暗，这令人愉快，但大火熄灭了怪可惜的。

外公来了，在门口停下来，问道：

"老婆子呢？"

"我在这儿。"

"烧伤了吗？"

"没事儿。"

他划着了一根火柴，蓝蓝的火苗照亮了他那黄鼬似的脸，他脸上带着烟灰,黑黢黢的。他在桌子上找了根蜡烛,然后不慌不忙地在外婆身旁坐下。

"你去洗洗脸吧。"外婆说,她自己脸上也带着烟灰,浑身散发着刺鼻的烟味。

外公长叹一声,说:

"上帝偏爱你,给了你超人的智慧……"

他摸了摸外婆的肩膀,龇牙笑笑,接着说:

"时间虽短,只有一个小时,但上帝总算是偏爱你啦!……"

外婆也笑了笑,刚要说点什么,但外公把脸沉下来。

"格里戈里该解雇,这回失火是因为他马虎造成的!这乡巴佬,不想在这儿干啦!他活腻了!雅什卡坐在台阶上哭呢,没用的东西……你去劝劝他……"

外婆站起来朝外走去,她把一只手抬起来,边走边吹着手指头。外公眼睛望着别处,低声问我:

"失火的时候全看见了?一开始就瞧见了?外婆怎么样?嗯?她虽然老了……吃过不少苦,不中用啦……可这回全靠她!嘿,你们这些人呀……"

他弓着腰沉默了很久,然后站起身,用手指掐掉烛花,又问我:

"害怕了吧?"

"没有。"

"失火并不可怕……"

他生气地脱下衬衫,走到墙角的洗脸池前,在黑暗中跺着脚嚷道:

"失火简直是愚蠢至极!应该把遭火灾的人拉到广场上去示众,抽他一顿鞭子。这种人是笨蛋,要不就是贼!就该这么办,这么办就不会再失火了！你去睡吧。坐在这儿干吗？"

我去睡了，但这天夜里根本无法睡好。我刚刚躺下，就被一阵瘆人的惨叫声吓一跳。我急忙从床上爬起来，又朝厨房跑去。外公站在厨房中央，没穿衬衫，两手捧着一根蜡烛。蜡烛在他手中颤抖着。他沙沙地用脚跟蹭地板，没有挪动地方，声音嘶哑地问："老婆子，雅科夫，出什么事了？"

我爬上炉炕，躲在角落里。这时，家里又忙乱起来，像失火时一样，紧张的喊叫声越来越高，断断续续，不时地在天花板和墙壁上荡起回声。外公和舅舅跑来跑去，神色呆板，外婆大声吆喝着把他们赶出去了。格里戈里抱来劈柴，"哗"的一声放在地上，然后填进炉膛里，又往铁锅里倒水，在厨房里走来走去，摇头晃脑的，活像一头阿斯特拉罕骆驼。

"你先把炉子点着啊！"外婆吩咐道。

他连忙跑去找松明子，摸到了我的脚，惊叫道：

"这是谁呀？嘿，吓我一跳……你到处乱钻……"

"出什么事啦？"

"你舅妈娜达丽娅生孩子。"他跳下炉炕，冷冷地说。

在我的记忆里，我母亲生孩子时并没有这样惨叫。

格里戈里把铁锅坐在火上，然后爬上炉炕，从口袋里掏出一只陶制烟斗，在我眼前晃了晃。

"我开始抽烟了，为了这双眼睛！你外婆劝我闻鼻烟，但我认为抽烟斗更好……"

他坐在炉炕沿上，垂着两腿，向下望着桌上淡白的烛光。他的耳朵和面颊上粘着烟灰，衬衫的腰部剐破了，我看得见他那一排像铁箍

073

似的宽宽的肋骨。他的眼镜打破了一块镜片,有半块镜片从镜框里掉了下来。透过镜片的破洞,我看见了他的眼睛:像伤口似的通红,湿乎乎的。他往烟斗里塞满烟叶,侧耳听听产妇的号叫声,像醉汉似的含含糊糊地低声说:

"你外婆的手烧伤了。她怎么能去接生呢?听,你舅妈在叫呢!谁也没有想起她。要知道,火刚一烧起来,她就开始抽搐,是受惊啦……你看,生孩子多难啊,可是妇女得不到尊重!要记住,应该尊重妇女,也就是尊重母亲呀!……"

我昏昏欲睡,但马上就被吵醒了,不时地传来吵嚷声、关门声和吃醉酒的米哈伊尔舅舅的喊叫声。这时,一些古怪的词语叩击着我的耳鼓:

"得把教堂里圣障的中门打开①……"

"给她喝长明灯的油,掺上罗姆酒和烟灰:半杯灯油、半杯罗姆酒,再加一汤匙烟灰……"

米哈伊尔舅舅死乞白赖地请求说:

"让我过去看一眼吧……"

他坐在地板上,叉开两腿,往自己面前吐着脏水,同时用两手拍打着地板。炉炕烧热了,我热得受不了,就爬下来,可是刚走到舅舅身边,冷不防他抓住了我的一条腿,用力一拽,把我掀倒在地板上,后脑勺重重地磕了一下。

"傻瓜!"我对他说。

他突然跳起来,又抓住我,抡起我的身子,声嘶力竭地喊道:

---

① 俄国民间迷信,以为求神父打开教堂里的圣障中门可以解救难产。

"我要在炉炕上摔死你……"

醒来之后,我发觉自己在正厅里,在墙角的圣像跟前,躺在外公腿上。外公望着天花板,轻轻摇晃着我,自言自语地低声说:

"我们大家都有罪,谁也逃不了……"

他头顶上方亮着耀眼的长明灯,屋子中间的桌子上点着蜡烛。窗外微微泛白,冬天雾蒙蒙的早晨来临了。

外公向我俯下身,问道:

"哪儿疼?"

我浑身发疼,头上湿乎乎的,身子沉沉的,动弹不得。但我不愿把这些告诉外公,因为四周的一切令人奇怪:几乎所有的椅子上都坐着生人,有穿紫袍的神父,有穿军服、戴眼镜的白胡子老头儿,还有许多其他的人。他们全都像木头人似的,坐在那里纹丝不动,呆呆地等待着什么,静听着近处哗哗的溅水声。雅科夫舅舅直挺挺地站在门框旁边,倒背着双手。外公对他说:

"你过来,领这孩子睡觉去……"

舅舅伸出一个手指,打手势叫我走过去。他蹑着脚朝外婆的房门口走去,我上床之后,他低声对我说:

"娜达丽娅舅妈死了……"

这个消息并没有使我感到吃惊,因为我已经好久没见到她了,她不去厨房,也不和大家一起吃饭。

"外婆哪儿去了?"

"在那边。"舅舅挥一下手,回答说。他又蹑起赤裸的脚走出去了。

我躺在床上,四下里张望着。我发现有不少人脸贴在窗户玻璃上,披散着长长的白发,眼睛都是瞎的。屋角里的箱子上方,挂着外婆的一件衣服，这我很清楚，但这时我觉得有一个活人藏在那里，等待着什么。我连忙把头扎进枕头底下，只露出一只眼睛，留心观察着房门。此刻，我真想跳下床逃出去。屋里很热，充满了一种浓重难闻的气味，让人喘不过气来，我不禁想起小茨冈临死时满地是血的情景。我感到头脑发胀，心里鼓起一个肿块。在这间屋子里，我所看见的一切，接二连三地朝我压过来，像冬天大街上驶过的载重马车队，渐渐地把我碾碎了……

房门缓缓打开了，外婆从门口吃力地爬进来。她用肩膀顶开门，然后靠在门上，向闪着绿光的永不熄灭的长明灯伸出两手，像孩子似的低声抱怨说：

"我的手呀，我手疼啊……"

五

这年一开春，舅舅们就分了家。雅科夫舅舅仍旧住在城里，米哈伊尔舅舅搬到奥卡河对岸去了。外公在波列瓦雅大街为自己买了一所漂亮的新房，这所房子很大，底层是石砌的，开着一家酒馆，阁楼上有一间舒适的小房间。从花园里走下去是一条山沟，山沟里长满柳丛，光秃秃的枝条像鬃毛似的。

"树条子够用啦！"外公挤眉弄眼地对我说。他这天情绪很好，带着我走在松软的、冰雪消融的小路上，欣赏着他的花园，"我很快就要教你识字了，到那时，这些树条子就派上用场啦……"

外公把房子租出去，家里住满了房客，他只在楼上留了一个大房间自己住并兼作客厅。外婆带着我住在阁楼上。阁楼的窗户朝着大街，每天晚上，尤其是遇上节日，从窗台上探着身子，可以看见酒鬼们从楼下的酒馆里摇摇晃晃地走出来，在大街上跌跌撞撞地边走边喊。有时他们被抬出来，像麻袋似的扔在路旁，但他们又爬起来，向酒馆门口扑去，砰砰地砸门，于是，随着吱吱嘎嘎的开门声，便开始了一场殴斗。从楼上观望着这一切，简直好玩极了。外公早出晚归，到两个儿子的染坊里去，帮助他们料理开业的事。晚上回来他总是满脸倦容，憋着一肚子火气，怒冲冲的。

外婆一天忙到晚，做饭、做针线活、在菜园和花园里整地，她像个大陀螺似的，被无形的鞭子抽得团团转，整天不得安闲。有时她美美地闻鼻烟，痛痛快快地打几个喷嚏，擦着脸上的汗说：

"啊哟，善良的人们，愿你们大吉大利，长命百岁！你瞧瞧，阿廖沙，我的心肝宝贝，咱们又过上安静日子啦！感谢圣母保佑，看来一切都会好起来的！"

我倒没有觉得这里的日子过得安静，房客们一天到晚匆匆忙忙地走来走去，不论是屋里还是院子里，老是乱哄哄的。邻居家的女人时而露一下面，马上又急匆匆地走了，不论去做什么事，总是哼哼唧唧地喊着"要迟到啦！"并且大声呼叫我外婆的名字：

"阿库里娜·伊凡诺夫娜！"

我外婆总是和颜悦色地对大家微笑着，不论对什么人，她都同样和气、关心。她用大拇指把鼻烟按在鼻孔里，用红方格手绢认真擦一擦鼻子和手指，说：

"夫人，要想不生虱子，就得多洗澡，要去洗薄荷蒸汽浴。你要是生疥癣，就拿一汤匙纯净的鹅油，一茶匙氯化汞，三滴水银，把这些东西放在一只茶碟里，用一块陶瓷碎片研七遍，然后涂在患处！你要是拿木匙或者骨头制品来研调这些东西，就把水银给糟蹋了。铜器和银器都不能用，对人体有害！"

有时她沉思片刻，帮人出主意说：

"老妈妈，这个问题我无法回答您，您到佩乔雷修道院去吧，到那里去找苦行修士阿萨弗。"

她给人家当接生婆，帮助调解家庭纠纷，给孩子治病。她能从头至尾地背诵教堂诗歌《圣母的梦》，她教别的妇女们背诵这首诗，说是背熟了就可以交好运。她还教人家如何做家务活儿：

"黄瓜自己会告诉你，应该什么时候用盐来腌它。你得先把它放一放，等它没有土腥味，也没有其他别的气味了，这时候你就可以腌了。克瓦斯要发酵，才能保持它的味道，喝起来才有气泡。克瓦斯不能做成甜的，在里面放一点葡萄干就够了，即使要放糖也不要放得太多，一桶里面放一点点就行。酸奶的做法有多种：可以做多瑙河口味的、西班牙口味的，也可以做高加索口味的……"

我整天跟外婆形影不离，有时跟她去花园，有时在院子里，有时跟她到邻居家串门儿。在邻居家里喝茶，一坐就是几个小时，她滔滔不绝地讲各种故事。我仿佛长在了她身上，在我这一时期的生活里，我只记得这位整天忙忙碌碌的慈祥的老婆婆，除她以外我不记得还见过别的东西。

有时候，我母亲回来待一会儿，也不知道她是从哪儿来的。她一脸傲气，神色严厉，那双冷淡的灰眼睛像冬天的太阳似的，傲视着一切。她很快又不见了，没有给我留下可回忆的东西。

有一次，我问外婆：

"你当过巫师吗？"

"好，你的想象力真丰富！"外婆笑了笑，马上又若有所思地说，"我哪能当巫师呢，巫术是一门学问，很难学。你知道，我不识字，是个睁眼瞎子，你外公才是个有学问的人呢，可是圣母没让我学精明。"

接着，她又向我吐露了她童年时代的一段往事：

"我小时候也是个孤儿，我母亲一贫如洗，而且是个残疾人。当她还是个姑娘的时候，受到地主老爷的威吓。一天夜里，她吓得跳窗户逃走，结果摔伤了腰，膀子也摔坏了。从那时起，她的右手，也是用得最多的手,就得了麻痹症。我母亲本来是个织花边的能手,远近闻名。可是自从伤了手,地主老爷就不用她了,发给她一张自由证①,让她去自谋生路。可是她只剩下一只手怎么去谋生呢?于是她只好沿街乞讨,靠人们的施舍度日。那时候,人们过得比现在富裕,也比现在善良,巴拉罕纳城的木匠们和织花边的妇女们,心眼好极了,所有的人都慷慨大方!每年冬天和秋天,我和母亲就在城里沿街乞讨,等到天使长加夫利洛挥舞宝剑驱散了严冬,春天拥抱大地的时候,我们母女俩就往远处走,四处流浪,眼睛望到哪儿就往哪儿走。就这样,我们去过穆罗姆城,去过尤里耶维茨镇;沿着伏尔加河往上游走,也曾在静静的奥卡河畔流浪过。春天和夏天,在大地上徒步行走是很愉快的。大地充满了温情,草地像天鹅绒一样美丽,至圣的圣母让田野开满了鲜花,这时你会感到说不出的欢乐,你会觉得心胸特别宽广!我母亲常常微微闭上蔚蓝色的眼睛,放开嗓子唱起歌来。她的嗓子不怎么好,可是很响亮,听见她的歌声,四周的一切仿佛都被迷住了,纹丝不动地静听着。感谢基督,那时日子过得很快活!等我过了九岁,母亲就在巴拉罕纳城住下来,她觉得再带着我四处讨饭实在有失体面,她怕我难为情。后来她就一个人出去,挨家挨户求乞,每逢节日就到教堂门前去收集施舍。我坐在家里,专心学织花边,夜以继日地学,想快点学出来,好帮助母亲养家糊口。有时织得不好,急得直哭。你瞧,只用了两年多时间,我就学会了这门手艺,并且在城里出了名:谁要是想要精细的活儿,就马上来求我们。'阿库利娅,抖一抖你的织花杆儿吧!'人们这样求我,我倒是乐意织,我织起花边来就像过

---

① 旧俄农奴主释放农奴时发给农奴的身份证。

节一样高兴！当然啦，不是靠我的技巧，而是靠妈妈的指点。虽然她只有一只手，不能亲自动手做活，但她会告诉我该怎么做。一个好师傅比十个徒工更珍贵。不过，那时我还真的骄傲起来，我对母亲说：'妈妈，你不要再出去讨饭了，现在我自己干活也能养活你！'母亲却说：'别这么说，你要知道，这是给你攒嫁妆呢。'后来不久就遇上了你外公，他是个很能干的小伙子，二十二岁就当上了大船上的工长！他母亲看中了我，因为我会织花边，又是乞丐的女儿，将来一定会听话……她是个卖面包的，是个心眼很坏的女人，不值得提起她……唉，我们何必去回想那些坏人？上帝亲自看着他们呢。上帝看着他们，而魔鬼喜欢他们。"

外婆由衷地笑了，她的鼻子可笑地颤动，眼睛炯炯有神，若有所思地、亲切地望着我。她的目光在向我讲述着一切，比言语表达得更清楚。

我记得，在一个宁静的黄昏，我和外婆在外公的房间里喝茶。外公身体不适，他没穿衬衫，披着长长的浴巾坐在床上，几乎一刻不停地擦汗，喘着气，嗓子嘶哑。他那双绿眼睛失去了光泽，脸肿了，呈紫红色，两只尖尖的小耳朵通红通红的。他伸手接茶碗的时候，手抖得很厉害。他这时很温和，不像平时那气势汹汹的样子。

"茶里为什么不放糖啊？"他像一个娇惯的孩子似的，用挑剔的口吻问外婆。外婆耐心地回答他，但语气很生硬：

"快喝吧，是蜜茶，对你有好处！"

他气喘吁吁地哼哼着，不停地喝着热茶，又说：

"你要用心侍候，不要让我死掉！"

"不要怕，我会把你照看好的。"

"这就对啦！要是现在死了，这辈子就算白活了，前功尽弃，一切都完啦！"

"快别说话了，安静地躺着！"

他沉默了一会儿，闭上眼睛，咂巴着发黑的嘴唇，然后忽然像针扎着似的，全身猝然一震，喃喃自语道：

"得尽快给雅什卡和米什卡续弦，也许，有了老婆，再生个孩子，他们俩会安分一些，对吗？"

接着他又去回想城里谁家有待嫁的姑娘，适合做他的儿媳。外婆沉默不语，一杯接一杯地喝茶。我坐在窗前，望着窗外的景色，城市上空升起殷红的晚霞，照得房屋上的玻璃窗红光闪闪。外公不让我在院子里和花园里玩耍，因为我又犯了过错。

花园里有许多甲壳虫，绕着白桦树飞来飞去，嗡嗡叫。一个箍桶匠在邻居家的院子里干活，附近有人在磨菜刀，孩子们在花园后面的山谷里玩耍，在浓密的灌木丛里跑来跑去，不时传来吵闹声。这一切吸引着我。我多么想跑出去自由自在地玩耍啊！黄昏时分，我心中充满淡淡的愁绪。

转眼之间，外公不知从哪里弄到一本崭新的小书，在手心里啪地一拍，精神抖擞地叫我到他那里去，他说：

"喂，调皮鬼，不听话的小家伙，你快点过来！你这个高颧骨的小家伙，快坐下。你看见这个字母了吗？这是阿兹。你说：阿兹！布吉！维迪！[①] 这是什么？"

"布吉。"

[①] 此处原文是俄文识字课本里的字母名称。

"念对了。这个呢?"

"维迪。"

"不对,是阿兹!注意看:格拉戈尔,道布罗,叶斯气。这是什么?"

"道布罗。"

"念对了,这个呢?"

"格拉戈尔。"

"念得对!这个呢?"

"阿兹。"

这时外婆插话说:

"老头子,你还是好好躺着吧……"

"得了,你别多嘴!我正好找点事做,不然就会胡思乱想,没意思。来吧,列克赛,接着念!"

他用汗津津的烫人的胳膊搂着我的脖子,把书放在我面前,另一只手越过我的肩膀用手指指着字母。他浑身散发着酸溜溜的汗味和炒葱头味,呛得我几乎喘不过气来,但他却兴奋起来,声音嘶哑地在我耳边喊道:

"杰姆利亚!柳季!"

认字并不难,可是斯拉夫字母的形状与字义不一致,比如说,"杰姆利亚"[1]像一条虫子;"格拉戈尔"[2]像驼背的格里戈里;"亚"[3]像外婆和我,可是外公似乎与识字课本中的所有字母都有某些共同之处,他

---

[1] 意为"大地"。
[2] 意为"动词"。
[3] 意为"我"。

让我反复念字母表,然后提问,有时按字母表的顺序问我,有时不按字母表顺序。我被他那热烈的兴奋情绪所感染,浑身直冒汗,也大着嗓门喊。他忍不住笑起来,抓着胸口大声咳嗽着,把书也揉皱了。他声音嘶哑地说:"老婆子,你瞧他念得多起劲儿!像发疟疾似的,你喊什么啊?"

"因为你在喊……"

这时,望着他和外婆,我心里很快活。外婆把胳膊支在桌子上,用拳头抵着面颊,她望着我和外公,低声笑道:

"你们俩别再大喊大叫了!"

外公和蔼地对我说:

"我喊嘛,是因为我有病,可你喊什么呢?"

他满头是汗,摇头晃脑地对外婆说:

"已过世的娜达丽娅说他记性不好,她说得不对。感谢上帝,这孩子的记性好极了!小翘鼻子,接着念吧!"

他终于把我从床上推开了,像跟我逗着玩儿。

"得了!拿着这本书。明天你把所有的字母念给我听,不能念错!要是念得好,我就赏你五个戈比……"

我伸手接书的时候,外公又把我拉过去,搂在怀里,沉着脸说:"是你妈妈把你扔在这人世上,孩子……"

外婆打了个哆嗦,说:

"啊呀,老头子,你这是扯到哪儿去啦?……"

"本来不想说,可我心里憋得难受……唉,好好的一个姑娘,走错了路……"

他突然又推开我,说:

"出去玩吧!不许到街上去,在院子里和花园里玩吧……"

我正好想到花园里去。我刚刚来到花园里的山坡上,山谷里的孩子们就开始向我扔石子,我也高兴地捡起石子朝他们扔去。

"贝利来啦!"孩子们远远地看见我,就大叫起来,连忙在地下捡石子,"快打他呀!"

我不明白"贝利"是什么意思,并不在乎他们给我起外号。我一人抵挡他们许多人,并且每次都打退他们,心里高兴极了。我扔出的石子百发百中,打得对手们四处逃窜,不得不躲藏在灌木丛里。这种打闹双方都没有恶意,结束时大家都和和气气。

我学认字毫不费力。外公对我越来越重视,动手打我的情形渐渐少了,虽然在我看来,他应该更多地揍我。我渐渐长大了,胆子也大了,对外公的规矩和训示也越来越不当回事,可是外公只是骂几句,在我身上拍打几下。

有时我心里琢磨,说不定他以前打我是不公正的。有一次我把这个想法对他说了。

他轻轻地托起我的下巴,挤眉弄眼地拉长腔调说:

"什——么?"

于是他哈哈大笑起来,对我说:

"嘿,你简直是胡说八道!你怎么能算出哪次该打你几下呢?该打几下我心里知道,别人谁能知道呢?快走开吧!"

可是他马上又揪住我的肩膀,望了望我的眼睛,问道:

"你是滑头呢还是老实?"

"不知道……"

"不知道?好吧,我来告诉你:为人要狡猾,这样有好处,老实就等于愚蠢,明白吗?绵羊老实受人欺啊。要记住!好了,玩去吧……"

我很快就能念教科书上的圣诗了,只是起初念得很慢。一般在喝过晚茶之后,我和外公坐下来念书,他每次都让我念一首圣诗。

"布吉——柳季——阿兹拉——布拉;日维——杰——伊热——布拉热;纳什——叶尔——布拉热。"我用小木棒指着一行行圣诗,一字一顿地念道,念得枯燥乏味,就问外公:

"布拉仁穆什①是不是雅科夫舅舅?"

"我照你头上揍一拳,你就该明白谁是布拉仁穆什啦!"外公生气地说,鼻子呼呼地喘着粗气,但我能感觉到,生气是他的习惯,他不过做做样子罢了。

我的感觉几乎每次都准确无误,过了一分钟外公的气就消了,他好像把我给忘了,自言自语地嘟哝道:

"看他玩耍,看他念圣歌,倒像个大卫王,可是做起事来像狠毒的押沙龙!能说会道,会编歌儿,会逗人乐……唉,你们这些人啊!唱歌跳舞图个痛快,可是有什么出息呢?哼,有出息吗?"

我不念了,望着他那张阴郁的、充满着忧虑的脸,仔细听他唠叨着。他的眼睛微微眯缝着,从我头顶上方向前望着,两眼闪着亮光,流露出淡淡的哀愁和温情。我看出外公这时很严肃,像往常那样沉着脸。他用细细的手指轻轻弹着桌子,染上颜色的指甲闪着亮光,金色的眉毛微微颤抖。

"外公!"

"啊?"

---

① 意为"圣徒"。

"给我讲点什么吧。"

"你快念书,懒虫!"他唠唠叨叨地说,像刚睡醒似的用手指揉了揉眼睛,"喜欢听故事,不喜欢念圣诗……"

但我怀疑他本人也喜欢故事,胜过喜欢圣诗。不过他几乎能把圣诗从头至尾背下来,每天晚上睡觉前他都念一段赞美诗,像教堂里的执事念日课经一样。

外公见我诚心诚意地求他,渐渐地心软下来,向我让步了。

"好了,好了!圣诗你能永远带在身上,可我呢,快去见上帝啦,该去接受审判啦……"

他把身子靠在那把古老的安乐椅的提花靠背上,将身子坐正,仰起脸来望着天花板,若有所思地低声讲述久远的往事,讲起他的父亲。

"有一天,一群强盗来到巴拉罕纳城,抢劫商人查耶夫,我的父亲就朝钟楼跑去,想敲钟报警,可是被强盗们追上了,被他们乱刀砍死,扔到钟楼下面。

"那时我年纪很小,这件事不曾亲眼看见,也不记得当时的情形。我刚记事的时候,就记得那些法国人。那是在1812年,我刚好是十二岁。那一年,我们巴拉罕纳城押来三十多个法国俘虏兵,他们一个个长得又瘦又小,服装也不一样,破破烂烂的,还不如我们的叫花子。他们冻得浑身打哆嗦,其中有几个人冻得站立不住,几乎要倒下去。我们的人要打这些俘虏兵,往死里打,可是被押解人员拦住了,警备部队出面干预,驱散了人群,人们各自回家了。后来也没出什么事,大家都习惯了。那些法国人都很精明,还总是乐呵呵的,喜欢唱歌。下新城的老爷们坐着三套车来观看俘虏,有的老爷骂骂咧咧的,挥舞拳头威吓法国人,甚至动手打他们;有的老爷挺和气，用法语同他们交谈，送钱给他们，还送一些旧棉衣。有个上了年纪的老爷两手捂着脸哭起来，边哭边说：'都怪该死的拿破仑，把法国人给坑害了！'你瞧，俄国人多好，就连贵族老爷都心地善良，怜悯外国人……"

他闭上眼睛沉默片刻，用手掌抚摩着头发，仔细回忆往事，继续说下去。

"冬天，大街上风雪弥漫，寒气逼人，可是那些法国人常常冒着风雪来敲我们家的窗户，向我母亲要面包吃，因为我母亲是烤面包的，卖面包。那些法国人在我们家窗户底下大声喊叫，跺着脚，乞求我母亲给他们热面包。我母亲不让他们进屋，从窗口把面包递过去，他们接过面包就放在怀里，面包刚烤出来，烫得很，他们却直接放在心口上，紧贴着皮肉，这怎么受得了呢？真让人难以理解。有不少人被冻死了，他们的国家很暖和，所以受不住这里的严寒。那时，我们家菜园里有一间浴室，住着两个法国人，一个军官和一个名叫米隆的勤务兵。那军官个子很高，瘦得皮包骨，穿一件女式外套，只到他膝盖那么长。这人很和气，但是见了酒就不要命。我母亲偷着做啤酒卖，他常来买酒，喝足了就唱歌。他学会了说我们俄国话，嘟嘟哝哝地说：'你们这地方不是白的，而是黑的，太凶恶！'他俄语说得很糟，但意思能明白。他这话也对：我们伏尔加河上游一带气候不暖和，可是下游就比较暖和，过了里海，冬天就完全下不了雪。这也是可信的，你瞧，不管是福音书里，使徒行传里，还是赞美诗集里，都没有提到雪，没有提到冬天，基督生活的地方就在那边……等我们念完赞美诗集，我就教你念福音书。"

他又沉默下来，好像昏昏欲睡。他也许在思索什么，斜着眼睛朝窗外望着,身子显得又瘦又小。

"快讲呀。"我轻声提醒他。

"嗯,好吧。"外公哆嗦了一下,又开始讲下去,"刚才讲到那些法国人。法国人也是人啊,他们不比我们这些人差。他们总是喊我母亲'玛达姆,玛达姆'。这是尊称,就是太太、夫人的意思。我母亲可不同于一般的贵妇,从粮店里买五普特①面粉,她能一个人扛回来。她力气很大,简直不像个女人。我二十岁时,她还能轻松自如地揪住我的头发把我提起来,其实我二十岁的时候,身体已相当重了。那个勤务兵米隆喜欢马,经常挨家挨户地串,打着手势比比画画,请求人们把马交给他,让他去洗马。起初人们怕他把马给洗坏了,他毕竟是敌人。后来跟他处熟了,就主动叫他去洗:'米隆,去洗马吧!'他总是嘿嘿一笑,点点头,老老实实地去了。他的头发几乎是鲜红色的,蒜头鼻子,厚厚的嘴唇。他照料马很仔细,还会给马治病,医术很高明。后来他还在下新城这里当过兽医。最后他疯了,几个消防队员把他打死了。开春的时候,那个军官生病了,在圣尼古拉节那天静静地死了。当时他坐在浴室的窗户跟前,头伸在窗户外面,好像在想什么事,就这样去世了。我很可怜他,我心里怜悯他,还偷偷为他哭了一场。他是个很和蔼的人,有时揪揪我的耳朵,亲热地用法国话跟我说话,我听不懂,但心里很高兴。人间的温情是花钱买不到的。他本来要教我说法国话,被母亲知道了,训了我一顿,还把我领到神父那里,挨了一顿鞭子。神父还告了这个军官的状。那时候,对人管教很严,孩子,这些事你没有经历过,没有吃过苦,受过气,别人都替你受了,这一点

---

① 俄国重量单位,1普特等于16.38公斤。

你一定要牢记!就说我吧,什么事我都经历过啦……"

暮色降临了。说来奇怪,在黑暗中,外公的身子变得很大,他的眼睛像猫眼似的闪着亮光。他说起话来声音很低,严肃而谨慎,好像在沉思,可是一谈起他自己,他便精神振奋,语气急促,不断夸奖自己。我不喜欢听他自吹自擂,也不喜欢他那没完没了的训示:

"要记住!这一点你要牢记!"

他讲的许多事情我只是随便听听,本来并不想记住,但这些事情我却记得很牢,像扎进皮肉里的刺似的留在我的记忆里,尽管外公并没有强令我记住它们。外公从不讲童话,只讲他经历过的事或过去发生的事。我发现他不喜欢别人提问题,因此我偏要缠着他问来问去:

"法国人和俄国人相比,谁更好?"

"嘿,这我哪里知道呢?我又没有亲眼见过法国人在自己家里是怎样生活的。"他气呼呼地唠叨着,接着又说:

"在自己洞里黄鼠狼也是好样的……"

"那么俄国人好吗?"

"什么样的人都有。在农奴时代人们比现在好些,那时人们不能自主。现在大家都自由自在,可是连面包也吃不上,没有盐吃!当然啦,老爷们都不会发善心,不过他们比一般人精明。这话也不是说所有的老爷都这样,要是遇上好的老爷,他可是真好,让你没得说!可是有的老爷完全是傻瓜、草包,你说什么,他就信什么。我们有很多人是空壳子,看上去是个人,可是等你了解了,就会知道他是徒有其表,腹中空空。我们的人应当受教育,磨炼出智慧来,可是又缺少真正的磨刀石……"

"俄国人力气大吗?"

"有大力士,可是关键不在力气大小,而在于头脑是否聪明。不论你有多大力气,总大不过马吧。"

"法国人为什么打我们?"

"嘿,打仗是皇上的事,这种事我们是弄不明白的!"

可是当我问他拿破仑是什么人,他的回答令人难忘:

"他是一个非常勇猛的人,想征服全世界。他征服世界以后,要让所有人一律平等,过同样的生活,什么贵族老爷啦,大小官吏啦,统统取消,要让人们过没有等级的生活。大家只是名字不同,每个人的权利都是一样的,信仰也只有一个。当然啦,他这个想法很愚蠢——只有龙虾才是个个都一样。鱼的种类就多啦,各式各样:鲟鱼和鲶鱼不能相处,小鲟鱼和鲱鱼总合不来。拿破仑这种人我们俄国也有过——斯杰潘·拉辛①、叶米里扬·普加乔夫②,关于这些人的事,我以后再给你讲……"

有时他久久地仔细端详我,一言不发,眼睛瞪得圆圆的,仿佛初次见到我似的。这使我感到不快。

他从来没有跟我讲过我父母的事。

外公跟我谈话的时候,外婆常常走过来,悄悄地在屋角里坐下,默默地长久地坐在那里,谁也没有注意她,有时她忽然提出一个问题,声音温柔得仿佛在同你拥抱似的:

"还记得吗,老头子,我们俩到穆罗姆城去朝圣,那时候多好啊!那是在哪一年?"

外公沉思片刻,然后一本正经地回答:

---

①② 拉辛和普加乔夫都是俄国历史上著名的农民起义军首领。

"准确的年份我记不得了,只记得是在发生霍乱之前,也就是在森林里捉拿奥洛涅茨人那一年。"

"说得对!当时我们还怕遇上他们呢……"

"是的,是的。"

我问道:"奥洛涅茨人是什么人,他们为什么要逃到森林里去。"

我外公不很情愿地回答:

"奥洛涅茨人是普通农民,他们逃避官府,不愿意到工厂里去干活①。"

"怎么捉他们呢?"

"怎么捉?就像你们小孩子玩耍:有人逃跑了,其他人就去寻找他们,捕捉他们。捉住奥洛涅茨人,就用树条和鞭子抽他们,撕烂他们的鼻孔,在额头上打上烙印,说明他们受到惩罚了。"

"为什么要惩罚他们?"

"因为需要惩罚。这是一本糊涂账,究竟是谁的过错,是逃跑的人还是那些捉拿他们的人?我们弄不明白……"

"老头子,还记得吗?"外婆又插话说,"在大火之后……"

外公对什么事都喜欢认真,厉声问道:

"你指的是哪一次大火?"

他们俩一谈起过去的事,就把我忘了。两人低声交谈着,声音和谐、悦耳,有时我仿佛觉得他们不是在谈话,而是在唱歌,在唱一支悲歌。他们在歌里提到疫病流行;提到几次大火;提到殴打民众;提到人们暴病而亡;提到巧妙的骗术;提到疯疯癫癫的修士、怒冲冲的老爷。

---

① 指俄国北部奥洛涅茨省的部分农民,因反对进工厂做工而逃进森林。

"活得越长,见识越广啊!"外公低声嘟哝着。

"从前咱们的日子过得苦吗?"外婆说,"你回想一下,那年春天,我生了瓦丽娅以后,咱们的日子过得多快活!"

"那是在1848年,就是讨伐匈牙利那一年。举行洗礼仪式后的第二天,教父吉洪就被拉去当兵……"

"他再没有回来。"外婆叹气说。

"是啊,失踪了!从那一年开始,上帝就不断给我们家送来恩赐,像流水似的。唉,这个不争气的瓦尔瓦拉……"

"你得了吧,老头子……"

外公沉下脸,皱着眉头。

"什么得了吧?这些孩子,就是不争气嘛,不论从哪方面看!我们费尽心血,结果怎么样?我们俩想方设法要把他们放在一个好箩筐里,可是上帝偏偏塞给我们一个破筛子……"

他大声喊叫着,在屋里跑来跑去,仿佛身上着了火似的。他唉声叹气,大骂儿女们不争气,一面挥舞瘦小的拳头威吓我外婆。

"都是你惯坏的,你放纵他们,放纵这帮强盗!老妖婆!"

他痛苦万分,大声号叫着,泪流满面,跑到屋角里的圣像面前,捶胸顿足地叫道:

"上帝啊,难道我比别人罪过大吗?为什么这样对待我啊!"

这时他浑身发抖,被泪水模糊的眼睛闪着凶光。

坐在暗处的外婆默默地在自己胸前画十字,然后提心吊胆地走到外公面前,劝道:

"唉,你何必着急上火呢?上帝知道该怎么做。你瞧瞧,好人家有几个?别人家的孩子比咱们的能好多少呢?老头子,各家都一样,打打闹闹,一天到晚瞎忙,惹是生非。当父母的都一样,洗不完的罪过流不完的泪,不是你一个人……"

有时候,外公听了这番话就安静下来,他不再说什么,疲惫不堪地倒在床上,我就和外婆一起悄悄离开外公的房间,回到阁楼上去了。

但是有一次,他发火的时候,外婆又走上前去和蔼地劝他,他突然转过身来,挥起拳头在外婆脸上重重地打了一拳。外婆身子一趔趄,差点儿跌倒,她用手捂住嘴唇,站稳身子,心平气和地低声说:

"唉,这个傻瓜……"

她朝外公脚旁吐了一口带血的口水,外公扬起两手,愤怒地大吼了两声:

"滚开!当心我打死你!"

"傻瓜。"外婆走到门口,又说了一句。外公朝她扑过去,但她不慌不忙地迈过门槛,"砰"的一声关上门,把他关在门后面了。

"老东西!"外公嘶哑地喊道,他气得满脸通红,两手扶着门框,手指在门框上乱抓。

我坐在炉炕上,吓得目瞪口呆,我简直不相信自己的眼睛——我第一次看见他动手打我外婆。这使我无法忍受,我打心眼里讨厌他。我由此看出他身上有一种恶劣的品质,这使我不能容忍,使我感到压抑。他一直站在那里,缩头缩脑,两手抓住门框,全身灰溜溜的,仿佛涂了一层烟灰。过了不大一会儿,他忽然转过身,走到房子当中,双膝跪倒,身子向前倾斜,一只手按住地板,但他马上就挺直身子,两手捶打着胸口说:

"唉,上帝啊……"

我从暖和的炉炕上爬下来,像溜冰似的跑出去了。在阁楼上,外婆正在漱口，不时在房间里走来走去。

"你疼吗？"

她走到屋角里，朝泔水桶里吐了一口水，平静地说：

"没事儿，没伤着牙齿，只是把嘴唇打破了。"

"他为什么打你？"

外婆透过窗户朝大街上望了望，说：

"他心里生气，日子不好过，他老了，做什么事都不顺利……你快点躺下睡吧，别想这些事……"

我又问她一个问题，但她异常严厉地喊道：

"你听见没有，快躺下！真不听话……"

她坐在窗前，不时地吸着嘴唇，往手绢里吐着口水。我脱衣服的时候，抬眼望着她：她的头黑黢黢的，明亮的星星在她头顶上方的蓝色窗框里闪烁。街上静悄悄的，屋里很黑。

我刚躺下，外婆就走过来，轻轻地抚摩着我的头，说：

"好好睡吧，我下去看看他……我没事，你不要太心疼我啦，我的宝贝，你不知道，我自己也有过错呀……快睡吧！"

她在我脸上亲了一下，就下楼去了。此刻，我心里难过极了，我从柔软暖和的大床上跳下来，悄悄走到窗前，望着楼下空空荡荡的街道，沉浸在难以忍受的忧伤之中。

六

又发生了一件可怕的事情。一天傍晚,我和外公喝过晚茶,坐下来念圣诗,外婆正在洗碗。就在这时,雅科夫舅舅急急忙忙地从外面闯进来,像往常一样,他那乱蓬蓬的头发像一把用坏的笤帚。他没有向大家问好,而是把帽子往屋角里一扔,挥舞着颤抖的双手,语气急促地说:

"爸爸,不好啦,米什卡又在胡闹啦,我看他这回很反常!他在我家吃午饭来着,又喝多了,发起酒疯来,实在是不像话:摔杯砸碗,把一件染好的毛裙子撕成了碎片,那是一个客户预订的,他把窗户也砸了,把我和格里戈里臭骂一顿。现在正往这儿来呢,他还大喊大叫地威胁说:'我要揪掉父亲的胡子,我要打死他!'您要当心,爸爸……"

外公用两手按着桌子,慢腾腾地站起来。他的脸气歪了,鼻子周围一下子堆满了皱纹,看上去像一把斧头似的,令人害怕。

"老婆子,你听见了吗?"他尖声喊道,"怎么样,啊?他要来亲手打死他父亲,听见没有,你的亲生儿子!是时候啦!是时候啦,孩子们……"

外公在屋里转了转,然后耸着肩膀走到门前,把沉重的门钩用力

插在门环里,转过身来对雅科夫说:

"你们不是一直想抢走瓦丽娅那一份嫁妆吗?给你!"

外公握起拳头伸到舅舅鼻子底下,做了一个轻蔑的手势,雅科夫舅舅气呼呼地闪开了。

"爸爸,这关我什么事?"

"你?哼,我看透你了!"

外婆没有吭声,急忙把茶碗收起来放进柜子里。

"我到这里来,是为了保护您老人家……"

"什么?"外公用嘲笑的口吻高声说,"这太好了!谢谢你啦,儿子!老婆子,给这个狐狸拿个家伙,把炉钩子或者熨斗递给他!你听着,雅科夫·瓦西里耶维奇,等你哥哥跑进来,你就照他脑袋上砸!……"

"您要是不相信我……"

"让我相信你?"外公跺了跺脚,高声叫道,"哼,我可以相信野兽,可以相信狗,相信刺猬,但对你,我得看一看!我知道,是你把他灌醉的,是你教他这么做的!好吧,现在你就打吧!是打他还是打我,随你的便……"

外婆低声在我耳边说:

"你快到楼上去,从窗户里望着,看见米哈伊尔舅舅走过来,你马上就到这里来报信!快去吧……"

听说蛮横的米哈伊尔舅舅要来打外公,我心里的确有点害怕,但外婆把望风的任务交给我,又使我感到自豪。我站在窗前,紧张地望着大街。宽阔的街道上蒙着厚厚一层尘土,尘土下面鼓起一个个圆圆的鹅卵石。这条街一直向左延伸着,跨过山谷,一直通到远处的监狱广场。古老的监狱就坚固地矗立在那片黏土地上。这是一座四角带塔楼的灰色建筑,看上去威武庄严,带有一种忧郁的美。从我们家门前沿这条街往右走,隔三幢房子就是宽阔的谢纳亚广场。广场的两侧是流放者连队的黄色房屋和灰色的消防瞭望塔。一个守望者在塔顶的瞭望口四周来回走动,像拴在锁链上的狗。整个广场被山沟切成几段,有一段沟底积着绿莹莹的污水,右边是臭气熏天的丘科夫池塘。据外婆说,有一年冬天,我两个舅舅把我父亲扔进池塘的冰窟窿里,企图害死他。几乎正对着阁楼的窗户,是一条小巷。小巷两侧是一些不同颜色的小木屋,小巷尽头是一座低矮宽大的三圣教堂。教堂四周是绿荫掩映的花园。远远望去,教堂的屋顶像一些底朝天的小船漂浮在碧浪之上。

由于漫长冬季暴风雪的侵蚀,秋天连绵秋雨的冲刷,我们这条街上的房屋早已褪色,现在覆盖着一层尘土。它们像在教堂门前等待施舍的乞丐们似的互相拥挤着,仿佛在和我一起等人。那些窗户也睁大了眼睛,并且带着疑虑的目光。街上人不多,他们不慌不忙地走动着,像在炉台上沉思的蟑螂。楼下升起一股呛人的热气,直冲我飘来。我闻到一阵大葱萝卜馅饼味,我讨厌这种味道,因为它总是让我心情沮丧。

我心中烦闷。不知为什么,这会儿我感到特别无聊,几乎无法忍受。我胸中似乎注满了热乎乎的铅水,胸部和肋骨胀得隐隐作痛。我仿佛觉得,我像一个气球似的鼓胀起来,被挤在一个狭小的斗室里,压在棺材式的顶棚底下。

就是他!米哈伊尔舅舅终于来了。他站在小巷里,在那幢灰色房子的墙角后面探头探脑地张望着。他的帽子压得很低,两只耳朵支棱着。他穿一件棕色上衣，长筒靴子上布满尘土，穿一条方格布裤子，一只手插在裤兜里，另一只手抓住长长的大胡子。我看不见他的脸，但从他站立的姿势来看，他好像随时准备跳过大街，用那双毛茸茸的黑手揪住外公的房子。我得马上跑下去告诉大家，米哈伊尔舅舅来了！但我的身子动弹不得，仿佛给粘在了窗户上。我看见米哈伊尔舅舅小心翼翼地蹑着脚朝大街这边走来，仿佛怕尘土弄脏他那双灰不溜丢的靴子似的。接着我就听见他用力打开楼下酒馆的门，门吱呀一叫，震得玻璃哗哗啦啦响。

我立刻朝楼下跑去，咚咚地敲外公的房门。

"这是谁呀？"外公不开门，粗声粗气地问，"是你呀？什么事儿？去酒馆了？知道了，你走吧！"

"我害怕……"

"忍着点吧！"

我又回到阁楼上，仍旧趴在窗户上。暮色降临了，街上的尘土变成了深灰色，显得更厚，仿佛肿胀了似的。城里已是万家灯火，房屋的玻璃窗上，一片片橙黄的烛光像油脂似的融化开来。街对面的房子里传来音乐声，各种琴弦合奏着忧郁而悦耳的声音。楼下酒馆里也在唱歌。开门的时候，歌声便流到街上来，声音疲倦而且嘶哑。我知道，这是独眼乞丐尼基杜什卡在唱歌。他是一个留着大胡子的老人，左眼紧闭，右眼烂得像红火炭似的。门"噗"的一声关了起来，他的歌声听不见了，像被斧头斩断了似的。

外婆很佩服这个行乞的老人，听他唱歌的时候，她总是赞叹地说：

"真是上帝恩赐的福气，他知道这么多诗歌。真幸运！"

外婆有时把他请到院子里来唱。他坐在门前的台阶上,扶着拐棍,唱一段,就停下来讲述一番。外婆坐在他身旁,认真听着,不时地问这问那。

"请你停一下,难道圣母也到过梁赞省?"

乞丐老头声音低沉,蛮有把握地回答:

"她哪儿都到过,每个省她都去过……"

无形的困倦悄悄地沿大街流动,使我感到压抑,眼睛又酸又涩。要是外婆来了该多好啊!就是外公来了也行。我父亲到底是个什么样的人?既然外公和舅舅们讨厌他,为什么外婆、格里戈里和保姆叶夫根尼娅总是称赞他呢?我母亲哪里去了?

现在,我越来越多地思念母亲,在我的心目中,她成了外婆所讲述的全部童话故事中的核心人物。母亲不愿住在外公家里,这使得她的形象在我的幻想中更加高大了。我觉得,她一定是跟绿林好汉们在一起,住在驿道旁的客店里。那些绿林好汉劫富济贫,把抢劫来的财物分给乞丐。也许她住在森林里,或者住在山洞里,但肯定也是跟善良的强盗们在一起,为他们做饭,看守着抢劫来的金子。也许她在四处流浪,查看人间的宝藏,就像"女公爵"安加雷契娃和圣母一起巡视天下一样。圣母也像劝告"女公爵"那样劝告我母亲:

可怜的奴仆啊,你莫贪心,
天下的珍宝多,你收罗不尽;
你要知道,人间的所有财富
遮不住你那赤裸的身……

我母亲就用绿林"女公爵"的话答复圣母：

至圣的圣母啊，请你宽恕，
怜悯我这负罪的灵魂，
我抢劫不是为我自己，
为了我的独子我才去做贼人！……

这时，像外婆一样慈爱的圣母宽恕了我母亲，说道：

唉，玛留什卡，你本是鞑靼血统，
想不到你成了基督的对头！
随你去吧，去走你自己的路。
路由你去走，泪由你去流！
森林里你去抢莫尔多瓦人，
草原上你去劫加尔梅克人，
你可千万别动俄罗斯人！……

　　回想着这些童话，我仿佛生活在梦境中似的。楼下忽然传来吵闹声，打断了我的遐想。我听见下面过道里和院子里乱哄哄的，脚步声夹杂着吼叫声。我连忙把身子探出窗外，只见外公、雅科夫舅舅和酒馆的伙计麦里扬——样子长得十分可笑的马里人——挤在院子的偏门门口，正在把米哈伊尔舅舅往外推。米哈伊尔舅舅使劲抓住门往里挤，外公他们几个人就在他手上、背上和脖子上乱打，用脚踹他。最后，米哈伊尔舅舅被"噗"的一声扔到街心的尘土里去了。偏门

"砰"的一声关上了,接着,响起哗啦哗啦的锁门声。有人把一顶揉得皱巴巴的帽子从大门上方扔出去,院子里又静了下来。

米哈伊尔舅舅在地上躺了一会儿,慢慢爬起来。他浑身的衣服都被撕破了,蓬头垢面。他捡起一枚鹅卵石朝大门上砸去,大门传来一声沉闷的响声,像敲打木桶底似的。几个面色阴沉的醉汉摇摇晃晃地从酒馆里走出来,挥舞着胳膊大喊大叫,声音嘶哑。左邻右舍的窗户里探出好多人头,街道上活跃起来,欢声笑语连成一片。这一切也像童话一样,撩拨着我的好奇心,但却令人烦闷,惊恐不安。

忽然间,一切都消逝了,街道上一片沉寂,那些欢笑和喊叫的人们也不见了。

……外婆坐在门槛旁边的箱子上,弓着身子,一动不动,也听不见她的喘息声。我站在她面前,轻轻抚摸着她的脸。她的面颊温暖而又柔和,湿乎乎的。但她好像没有感觉到我的触摸,闷闷不乐地唠叨着:

"上帝啊,为什么不能把你那善良的理智赐给我,赐给我的孩子们?上帝啊,发发慈悲吧……"

在我的记忆里,外公在波列瓦雅大街的房子里大约住了整整一年,从这年春天到来年春天。但在这段时间里,这所住宅却在城里出了名。几乎每逢礼拜天,顽皮的孩子们就跑到我家门口来看热闹,高兴地满街嚷嚷着:

"快来看呀,卡希林家又打起来啦!"

米哈伊尔舅舅通常是晚上来,整夜在房子周围转来转去,搅得一家人惶惶不安。有时他带来两三个帮手,这些人都是库纳维诺镇的地痞无赖。他们从山沟里偷偷爬进花园,肆无忌惮地大发酒疯,把马林果丛和酸栗树统统拔掉。有一次他们捣毁了花园里的浴室，把浴室里所有能毁坏的东西：木架、长凳、烧水用的铁锅全部砸碎，又捣毁壁炉，拆掉几块地板，砸坏了门窗。

这时外公站在窗户跟前，脸色铁青，像哑巴似的，偷偷听着儿子和那些无赖捣毁他的浴室。外婆在院子里奔忙着，在黑暗中看不清她的脸，只听见她大声哀求说：

"米沙，你这是做什么呀，米沙！"

花园里飞来疯狂的不堪入耳的骂声，算是给她的回答，大概这些骂人的畜生无法理解和领会这咒骂的含义。

在这种时候我追不上外婆，可是离开她我又感到害怕。我只好从阁楼上下来，来到外公房间里，但他一看见我，就声嘶力竭地喊道：

"滚出去，该死的东西！"

我又回到阁楼上，从天窗里望着暮色笼罩的庭院和花园，一刻不停地盯着外婆。我害怕舅舅那伙人会把她打死，就大声呼唤她。她没有理我，可是醉醺醺的米哈伊尔舅舅听见了我的喊声，就粗野地侮骂我的母亲。

有一次，米哈伊尔舅舅又来闹事，也是在晚上。外公身体不舒服，他用毛巾缠着头，躺在床上，脑袋在枕头上翻滚着，大声抱怨着：

"这辈子吃苦受累，作孽，攒下这份家产，难道就是为了得到这样的下场吗！要不是怕家丑外扬，我就去叫警察啦，哼，明天我就去见省长……丢人现眼！叫警察整治亲生儿子，这还算是父母吗？哼，得了，老实躺着吧，老啦。"

他忽然下床，跟跟跄跄地朝窗前走去，外婆连忙扶住他的胳膊，说：

"你要去哪儿？去哪儿？"

"点上蜡烛!"他呼哧呼哧地喘着粗气,吩咐道。

外婆点着蜡烛。他拿起烛台,像士兵握枪似的两手把蜡烛捧在胸前,面对着窗户,用嘲讽的口吻大声喊道:

"米什卡,你听着,你这个夜间行窃的贼,疯狗,癞皮狗!"

紧接着"哗啦"一声,窗户上方的玻璃立刻被砸碎了,飞进来一块半截砖,砸在外婆身旁的桌子上。

"你没打中!"外公高声喊叫着,哈哈大笑,也许是在大哭。

外婆像抱我一样把他抱起来,走到床前,把他放在床上,惊慌失措地说:

"瞧你,瞧你,求基督保佑你!你这么做会把他送到西伯利亚去的。他正在发酒疯,难道他知道什么叫流放西伯利亚吗!……"

外公拼命地蹬腿,欲哭无泪,直着嗓子号叫:

"让他打死我……"

有人在窗外疯狂地喊叫,跺脚,传来用手抓墙壁的咔咔声。我从桌子上拿起那块半截砖,朝窗户冲去。外婆连忙拦住我,把我推到屋角里,气恼地低声说:

"哎呀,你这不要命的东西……"

还有一次,米哈伊尔舅舅拿一根粗大的木棍做武器,从院子里冲向门厅,站在门口的黑色台阶上,砰砰地砸门。外公带着两个房客以及酒馆老板的妻子站在门厅里等着他。外公手里拿一根木棍,两个房客也手持棍棒,酒馆老板娘个子很高,手里握着擀面杖。外婆在他们后面来回转悠,央求道:

"你们让我去见他吧,让我跟他说句话……"

外公站在那里,向前弓着一条腿,像名画《猎熊图》中那个手持钢叉的壮士。外婆跑去央求他,但他默默地用手臂将她推开,用脚踹她。四人做好了准备,严阵以待,气氛很可怕。他们头顶上方的墙壁上亮着一个灯笼,光线暗淡,模模糊糊地可以看见他们的脸。我站在阁楼的楼梯上,望着这一切,我真想把外婆拉到阁楼上来。

米哈伊尔舅舅在使劲地撬门,并且进展很快,门已经活动了,随时可能从上端的合页处脱落下来。下端的合页已经被砸掉,不时发出令人讨厌的叮当声。外公的声音也像门合页的响声似的,他铿锵有力地对帮手们嘱咐道:

"请你们打他的胳膊和腿,不能打脑袋……"

门旁的墙壁上有一个小窗子,只能钻过一个脑袋。舅舅已把小窗上的玻璃打碎,窗框上还留下一些碎片。窗口黑洞洞的,像一只被打瞎的眼睛。

外婆向小窗子扑去,她从窗口伸出一只胳膊,向院子里摆着手喊道:

"米沙,快走开,看在基督的分上!他们会把你打残的,快走开吧!"

舅舅挥起木棍朝她胳膊上打去。只见一个粗大的东西从窗口闪过,落在外婆胳膊上。外婆紧接着就摔倒在地上,仰面躺着,她又喊了一声:

"米沙,快跑……"

"啊,老婆子?你怎么啦?"外公的喊声可怕极了。

门终于被撬开了,米哈伊尔舅舅冲进黢黑的门洞里,但马上就像一堆烂泥似的被人扔到台阶下面去了。

酒馆老板的妻子挽着外婆来到外公房间里,外公很快就走进来,神色沮丧地走到外婆面前。

"骨头没事吧?"

"哎哟,看来是断了。"外婆没有睁眼,接着又问道,"你们是怎么处置他的,他怎么样了?"

"别再说了!"外公厉声说,"难道我是野兽?把他捆起来了,在草棚里躺着呢。我浇他一身水……嘿,他真不要命!也不知道像谁?"

外婆大声哼哼起来。

"你忍着点儿!我已经叫人去请接骨医生了。"外公在她床边坐下,安慰道,"这两个混账儿子,迟早要把咱俩折磨死。老婆子,不到时候就被他们折磨死啦!"

"你把家产全给他们吧……"

"那咱闺女怎么办?"

两人谈了很长时间。外婆低声抱怨着,而外公一直在尖叫,气冲冲的。

后来,一个矮小的驼背老太婆走了进来。她的嘴大得出奇,咧到耳根,像鱼似的张着嘴;下巴哆嗦着,尖尖的鹰钩鼻子从上唇向她嘴里探望。她的眼睛紧闭着,走路很吃力,用拐棍捣着地板,手里提着一个叮叮作响的小包。

我觉得这个老太婆一定是外婆的死神,就跑到她面前,拼命地喊道:

"你给我滚开!"

外公野蛮地揪住我,推推搡搡地把我送到阁楼上去了……

我很早就懂得,外公和外婆各有一个上帝,两人的上帝不一样。

七

外婆早晨醒来,总要在床上坐很久,耐心地梳头。她的头发好极了,又黑又密。梳头时她总是咬着牙,头不时地摆动着,用梳子扒下一绺绺又黑又长的发丝。她一边梳头,一边小声骂着,怕吵醒了我。她的骂声轻得像耳语:

"这该死的头发,真讨厌,真该叫你们得纠发病……"

她匆匆地把头发梳好,很快就编好发辫,然后跑去洗脸,气呼呼地呼哧着鼻子。她那睡出了皱褶的大脸上还带着怒气,却已经站到了圣像面前。这时,真正的早晨的祈祷开始了,她立刻变得精神焕发。

她挺起身,抬起头,亲切地望着喀山圣母的圆脸,庄重地在胸前画着十字,满怀热情地低声祈祷:"无上光荣的圣母啊,求你大发慈悲,保佑这一天平安,圣母!"

她深深地鞠躬,以头点地,然后慢慢地直起腰,又低声祈祷起来,语气更热烈,更虔诚:"圣洁美丽的圣母,你是欢乐的源泉,是鲜花盛开的苹果树!"

她几乎每天早晨都用新的词语赞美圣母,我特别喜欢听她那些颂词,每次都聚精会神地听她祈祷。

"你是我的纯洁的心,在天之心!圣母啊,你是我的保护神,是我的依靠,你是金色的太阳!求你保佑,可别让我受罪恶的引诱,不要让任何人受欺侮,也不要让人无故欺侮我!"

她那双黑眼睛笑吟吟的,全身焕发出青春活力。她抬起粗大的胳膊,缓缓地画着十字。

"耶稣基督,贤明的圣子,求你发慈悲,宽恕我这个有罪的人,看在圣母的分儿上……"

她的祈祷总是充满赞美的词句,诚恳而又朴实。

外公把用人辞退了,她早晨要去煮茶,因而祈祷的时间较短。如果她在外公规定的时间内没有把茶煮好,外公就会发脾气,大骂不止。

外公有时比外婆醒得早,来到阁楼上,看见外婆在小声祈祷,就用蔑视的眼光瞧着她,撇着两片薄薄的发黑的嘴唇听一会儿。在喝早茶的时候他便埋怨说:

"你这个橡木脑袋,教过你多少次了,该怎么祈祷。可你老是唠叨你那些东西,异教徒!上帝早该听得腻烦了!"

"上帝心里明白,"外婆坚定地说,"不管你对他说什么,他都能听明白……"

"可恶的楚瓦什①女人!唉,你们这些人啊……"

外婆一天到晚不忘她的上帝,甚至对动物她也念念不忘上帝。我知道,不论是人、狗、鸟、蜜蜂还是花草,全都属于上帝,顺从上帝。上帝对世上的一切都同样慈善,同等亲近。

酒馆老板娘养了一只公猫,一只惯坏的猫,又狡猾又爱讨好人,爱吃甜点心,一身烟色的毛,金黄眼睛,全院子的人都喜欢它。一天,

---

① 俄国伏尔加河流域的少数民族。

它竟从花园里拖回一只椋鸟。外婆看见了,赶忙把那只拖得半死的鸟从猫嘴里夺过来,责骂那猫:

"你这个卑鄙的无赖,难道你不怕上帝!"

公猫的主人和扫院子的杂工为这句话嘲笑她,但外婆生气地对他们喊道:

"你们以为阿猫阿狗不知道上帝呀?任何生物都知道上帝,而且不比你们知道得少,你们没有怜悯心……"

每次套车的时候,她都同那匹肥大的垂头丧气的骟马唠叨:

"上帝的用人,你怎么愁眉苦脸的,啊?你这老东西……"

马摇头,叹气。

不过,外婆却不像外公那样经常念叨上帝的名字。对我来说,外婆的上帝容易理解,不可怕,但不能对他说谎话,对上帝说谎是可耻的。上帝总让我觉得有一种无法遏止的羞耻感,所以我从来不对外婆说谎。不论什么事,都不可能瞒得住这个仁爱的上帝。有时我觉得,就连隐瞒的念头也不应该产生。

有一次,酒馆老板娘跟我外公吵架,又拿我外婆出气。我外婆本来不曾参与他们吵架,那泼妇却把我外婆臭骂了一顿,还拿胡萝卜砸她。

"哼,连您也是个混账东西,我的太太。"那泼妇故作镇静地对我外婆说。这实在让我气愤,我拿定主意要报复她。

我想了很长时间,得想个办法治治她,让这个双下巴、小眼睛、棕红头发的胖女人尝尝我的厉害。

据我观察,邻里之间闹矛盾的时候,他们往往暗中使坏,互相报复。比如同谁闹了别扭,就偷偷剁掉他家的猫尾巴,毒死他的狗,打死他家的鸡;或者趁着黑夜溜进仇家的地窖里,在腌白菜和腌黄瓜的木桶里浇上煤油,或破坏正在发酵的克瓦斯饮料。但这些办法我都不喜欢,应该想出一个更气人更可怕的办法。

我终于想出了一个办法:我看准了时机,趁那泼妇下地窖的时候,我把地窖的盖子给盖上,并且上好锁,还在上面跳了一通舞,算是报了仇。然后把钥匙扔到屋顶上,便兴高采烈地跑进厨房。外婆正在厨房里做饭,一时不明白我为什么高兴。当问明情况之后,她狠狠地在我屁股上揍了几巴掌,并把我拉到院子里,逼我到房顶上去把钥匙找回来。她的态度使我感到惊奇。我一声不吭地找回了钥匙,然后跑到院子的角落里,躲在那里看她怎样释放那个被我囚禁的老板娘。想不到她们俩竟有说有笑地走过院子。

"小心我收拾你。"老板娘挥着胖乎乎的拳头吓唬我,但她那张胖脸却带着和善的微笑。外婆揪住我的领子,把我拉进厨房,厉声问道:

"说,你为什么这样做?"

"因为她用胡萝卜砸你⋯⋯"

"这么说,是因为我引起的?真想不到!你这个没用的东西,当心我把你塞到炉灶底下去喂老鼠,那时你就清醒啦!你也保护起我来啦,一个小气泡,不打你自破!我要是告诉你外公,当心他扒你的皮!快到阁楼上念书去!"

她一整天没有同我说话。这天晚上,在祈祷之前,她坐在床边上,神色严厉地对我说了一番令人难忘的话:

"你听着,我的心肝,宝贝!你要提醒你自己:不要去掺和大人的事。大人都是有毛病的,上帝正在考验他们。而你呢,还很单纯,你应该保持你孩子的心,等待上帝来开启你的心智,你该做什么事,走哪条路,上帝会给你指示的,明白了吗?至于谁有什么过错,这不是你该管的事,上帝自会评判、惩罚的。这是上帝的事,和我们无关!"

她沉默片刻,闻了闻鼻烟,眯缝着右眼,接着说:

"再说嘛,就是上帝,有时也弄不清楚谁错在哪里呢。"

"难道上帝也不是什么事都知道?"我问道。望着我吃惊的样子,外婆伤心地低声说:

"但愿他什么事都能知道,这样大概有许多事人们就不敢去做啦。上帝他大概一直在从天上看着大地,看着我们所有的人,有时候他也伤心落泪,哭着说:'人啊,人啊,我可爱的人们啊!唉,我真可怜你们啊!'"

说着说着她自己也哭了起来,她没有擦去脸上的泪水,站起身来到墙角祈祷去了。

从此以后,我觉得她的上帝更亲近更易于接受了。

外公教导我的时候,也常说上帝无处不在、无所不知、无所不见。上帝待人慈善,在各方面给人以帮助,但他做祈祷却不同外婆那样。

早晨做祈祷之前,他洗脸要花很长时间,然后穿得整整齐齐,一丝不苟地梳理他那棕红的头发,修剪他的大胡子,对着镜子拉拉衬衫,把黑色的围巾塞进坎肩里,然后蹑手蹑脚地走到圣像跟前,仿佛怕惊动什么人似的。他祈祷时总是站在同一个地方,这里的地板上有一处马眼似的圆圆的节疤。他先默默地站一分钟左右,低着头,两只手像士兵似的紧贴裤缝,然后挺直瘦小的身子,富有感染力地说:

"'为了圣父圣子圣灵!'"

我觉得,外公说完这句话之后,房间里显得格外肃静,连苍蝇的嗡嗡声也变小了。

他站在那里,昂着头,眉毛高高扬起,金色的胡须平直地撅起来。

他念祷词像学生回答问题一样，口齿清楚，而且他的语音清晰，富有威严。

"'审判官突然到来，每人的行为都暴露无遗……'"

他用拳头缓缓地捶着自己的胸口，坚决地请求道：

"'我作孽只有你一人知道，请你背过脸去吧，不要看我的罪恶……'"

他念《圣经》时，每个词都念得非常清楚。他的右脚轻轻地颤动，仿佛在悄悄地为他的祷词打拍子。他向圣像探着身子，显得很不自然，仿佛在长高，在变得更瘦更细。他全身整洁，神色虔诚：

"'诞生一个医生，医治我的灵魂，解除我多年的苦难！我的心灵不断发出痛苦的呻吟，发发慈悲吧，我的圣母！'"

他高声祈祷，绿眼睛里充满泪水：

"'我的信仰高于我的事业。我的上帝，我的事业可以洗刷我的罪恶，请勿怪罪于我！'"

这时他不停地画十字，胳膊颤抖着，不住地点头，像山羊牴架似的。他的嗓子又尖又细，抽抽搭搭的。后来参观过犹太教堂，我才恍然大悟，原来外公是照犹太人那样来祈祷的。

桌子上的茶炉早已"噗噗"地沸腾，一股浓浓的黑麦奶渣煎饼的气味在屋子里飘浮着，引发了我的食欲！外婆皱着眉头倚在门框上，两眼望着地板，悄悄地叹气。窗外的花园里，一轮欢乐的旭日在冉冉升起；树上晨露闪烁，宛如一颗颗珍珠；空气中飘荡着茴香味、酸栗和成熟的苹果的幽香。可是外公还在那里摇头晃脑地祈祷着，嗓音又尖又细：

"'熄灭我尘世的欲火吧，宽恕我这个罪恶的乞丐！'"

我把早晨和临睡前的祈祷词全记熟了，记熟之后，我就全神贯注地听外公祈祷，注意他会不会念错，有没有漏掉词句。

不过他念错或念漏的时候极少，一旦出现，我便幸灾乐祸。

做完祈祷之后，外公才向我和外婆问好：

"你们好！"

我们俩也向他鞠躬问好，最后才坐在桌前。我立刻告诉外公：

"刚才你漏掉了'补偿'这个词！"

"你蒙我吧？"外公露出不安的神色，犹豫地问道。

"你的确念漏了！应该是：'但是我的信仰可以补偿一切'，可是你没说'补偿'这个词。"

"哎呀，我真该死！"外公负罪地眨巴着眼睛，高声说。

过后他会找个理由狠狠地治我一下，就因为我指出了他的过错。不过当时瞧着他那副狼狈相，我心里很得意。

一次，外婆取笑他说："老头子，你念来念去总是那一套，恐怕上帝早该听腻了吧？"

"你说什么？"外公拉长腔调，气势汹汹地说，"你瞎嚷嚷什么？"

"我是说，我常听你祈祷，可是你从来不给上帝说你心里的话，一句也没说过！"

他气得满脸通红，哆哆嗦嗦地跳起来，抓起茶碟就朝外婆头上砸，嘴里骂骂咧咧的，嗓子嘶哑，像锯木头节子似的：

"老妖婆，你给我滚开！"

他每次给我讲上帝的力量可以征服一切，也总是先强调一番这种力量如何残酷。比如说，人们因为犯了罪而被淹死，再有人犯罪，就得被烧死，他们的城市会被毁灭。外公还说，上帝用饥荒和瘟疫惩罚人们,他永远是一把悬在人间的宝剑,是悬在作孽者头上的皮鞭。

"上帝的法规不可违背,谁要是违背这些法规呀,他就得遭难,遭灭顶之灾!"他用细细的手指骨节咚咚地敲着桌子,声色俱厉地说。

我不大相信上帝的残酷。我怀疑这些东西全是外公编出来吓我的,他的目的不是让我怕上帝,而是让我怕他。有一次我直截了当地问他:

"你说这些,是为了让我听你的话?"

他也直截了当地回答我:

"当然是的!你还敢不听话吗?"

"外婆怎么不这么说呢?"

"你别信她的,她是个老糊涂!"他严厉地教导我说,"你外婆她天生愚蠢,不识字,疯疯癫癫的。我过一会儿就去吩咐她,不准她再跟你乱说这些大事!快回答我,天使共分多少个官阶?"

我作了回答,马上又问道:

"可这些官吏是什么人呢?"

"瞧你扯到哪儿去了!"他嘿嘿一笑,眼睛不看我,嘴唇慢慢嚅动着,很不乐意地说:

"官吏跟上帝不是一码事,当官儿,是人间的事,官吏是靠法律吃饭的,他们把法律都给吃了。"

"那法律是什么呢?"

"法律?法律就是风俗。"外公高兴起来,那双富有智慧和讥讽的眼睛闪闪发光。他兴致勃勃地说,"人们在一起生活,时间长了,就达成了共识。大家认为,这种事这样做最合理。那好吧,我们就把它当成风俗,定为规矩,作为法律!比如说吧,孩子们在一起,想做游戏,得事先约好怎么个玩法,立个规矩。那么,这个规矩就是法律!"

"那官吏是什么人呢?"

"当官的就像淘气的孩子,他一来就把所有法律全破坏了。"

"他们为什么要这样做呢?"

"得了,这不该你知道!"他沉下脸严厉地说,接着又教导我,"人世间的事情全由上帝管着!人们要这样做,可上帝偏偏不愿意。人间的事都是不牢靠的。上帝吹口气,一切就全完了,化成灰尘了。"

我对官吏很感兴趣,并且能说出许多理由,于是我缠着外公追问道:"可是雅科夫舅舅的歌里是这样唱的:

光明的天使,是上帝的使臣,

人间的官吏,是魔鬼的奴仆!"

外公用手掌托起胡须,把它塞进嘴里,然后闭上眼睛。只见他面颊抖动起来,我知道他是在窃笑。

"哼,你和雅什卡呀,都该捆起腿来扔到河里去!"外公说,"这种歌儿他不该唱,你也不该听。这是分裂派教徒们流传的笑话,是那些异教徒瞎编的。"

他沉思一会儿,然后把目光转向我身后某个地方,拉长了腔调低声说:

"唉,你们这些人啊⋯⋯"

尽管他把上帝说得无比严厉,高高在上,但他和外婆一样,也请求上帝参与他的各种事情。除了请求上帝,他还请求许许多多的圣徒。可是外婆只知道圣徒尼古拉、尤里、弗罗尔、拉夫尔,对其他的圣徒似乎一概不知，虽然他们也很慈善，对人们很亲近。他们在乡村和城市里巡视，干预人间的生活琐事，具有人们的各种属性。外公的圣徒几乎全是蒙难者，他们蔑视偶像，同罗马教廷发生争执，为此他们有的被拷打，有的被烧死，有的被剥皮。

有时外公充满幻想地说：

"要是上帝能帮我卖掉这所房子就好了，有五百卢布的赚头就行，我情愿给圣徒尼古拉做感恩祈祷！"

外婆暗中嘲笑他，对我说：

"这个老糊涂，好像尼古拉他老人家只会给他卖房子，别的什么好事都不会做似的！"

外公那一本教堂日历我保存了很久，教历上有他亲笔写下的字句。譬如，在圣约阿基姆节和圣安娜节①下面用棕红色墨水工工整整地写着："恩人们拯救了我，使我避免了一场灾难。"

这场"灾难"我记得很清楚：两个儿子事业受挫，外公想扶他们一把，就放高利贷，偷偷接受典当。不知什么人告了他的状。一天夜里，警察突然闯进来，到处搜查，闹得鸡犬不宁，结果平安无事。外公祷告一夜，直到太阳升起。早晨我亲眼看见他在教历上写下那句话。

晚饭前，他跟我一起念圣诗、日课经，或者念叶夫列姆·西林那本深奥难懂的书，晚饭前他又开始祈祷。晚上，四周静悄悄的，只听见外公在凄凄惨惨地久久地忏悔：

"慈悲为怀永世不朽的上帝啊，我该怎样供奉你，该怎样报答你……保佑我们吧，让我们不抱任何幻想……保佑我不受人欺侮……

---

① 东正教以十二圣徒的名字命名的节日。

让人们为我流泪，在我死后记住我……"

可是外婆常说：

"哎哟，我今天太累啦！看来没法祈祷啦，睡吧……"

外公常带我上教堂。他每个礼拜六都去做彻夜祈祷，每逢节日便去做弥撒。即便在教堂里，我也能分辨出人们在什么时间向哪个上帝祈祷：神父和执事念叨的，全是向外公的上帝祈祷，而唱诗班唱的，全是给外婆的上帝听的。

当然，我只是粗略地描述我孩提时心目中的两个上帝。我记得，他们之间的差异曾使我不安，使我难过。外公的上帝使我恐惧，使我心情忧郁，因为他不爱任何人，老用严厉的目光看待一切。他看人首先看缺点，寻找人身上的阴暗和罪恶。可见他不相信人，总是等着人们向他忏悔，热衷于惩罚人。

在那些日子里，我常常想着上帝，爱恋着上帝，这成了我主要的精神食粮，成为我生活中最美好的东西，而其他的印象都残酷无情，污秽肮脏，只能使我气恼、厌恶和沮丧。在我周围的一切事物中，上帝是最美好最英明的，外婆的上帝是一切生物的最可信赖的朋友。与此同时，有一个问题无疑会使我疑虑不安：外公为什么看不见慈爱的上帝呢？

大人不让我到街上去，因为我一上街就特别兴奋，各种观感使我眼花缭乱，简直就像喝醉了酒似的，几乎每次出去都要惹事，成了打架斗殴的祸首。我没有找到伙伴，左邻右舍的孩子们对我抱有敌意。他们发现我不喜欢别人叫我卡希林，就故意气我，反而叫得更凶了：

"快来看呀，吝啬鬼卡希林的外孙子出来啦！"

"摔倒他！"

一场斗殴就这样开始了。

在同龄的孩子们中间,我的力气很大,打架也很机敏,这是我的对手们所公认的,所以他们总是合起伙来对付我。尽管我力气大,会打架,但总抵不住整条街的孩子都来打我,几乎每次回家我都鼻青脸肿,嘴唇破裂,衣服被撕破,满身是土。

外婆见我这副样子,总吓一跳,心疼地说:

"怎么回事,小萝卜头,又打架啦?你这是怎么搞的?我该怎么收拾你啊,非给你来个左右开弓不可……"

她给我洗了脸,在青斑上敷上一种海绵状的东西,贴上铜币或者涂一些药水,并且开导我说:

"你这小子,怎么老打架?在家待着好好的,可是一出大门就不是你了!没脸没皮的。当心我告诉你外公,叫他好好管住你……"

外公注意到我脸上的青斑,但他从来不骂我,只是啧啧嘴,粗声粗气地低声说:

"又挂彩啦?我的阿尼克武士①,不许再往街上跑了,听见没有?"

街上安静的时候,我并不感到大街有吸引力。但一听见孩子们快乐的吵闹声,我就立刻从院子里跑出去,把外公的禁令当成了耳边风。在街上,被打得鼻青脸肿,或者被抓破皮肉,我并不生气,但那些残忍的恶作剧却使我感到愤慨。孩子们任意胡闹,有时达到发疯的地步,这一切我是非常熟悉的。他们挑逗狗咬架,斗鸡,毒打猫,追赶犹太人的山羊,嘲弄喝醉酒的乞丐,侮辱一个外号叫"口袋里的死鬼"的疯子伊戈沙,这些行为实在令我无法容忍。

---

① 宗教诗里的人物,是个与死神搏斗的英雄。

伊戈沙是个瘦高个儿，浑身上下黑黢黢的，仿佛被熏烤过似的。他穿一件羊皮袄，瘦骨嶙峋的、铁锈色的脸上长满硬毛。他在街上行走总是弓着腰，身子古怪地摇晃着，两眼盯着自己脚下的地面，一声不响。他那长着一双忧郁的小眼睛的铸铁般的脸，使我产生一种敬畏。我觉得此人正在做一件大事，正在寻找一种东西，人们不应该打搅他。

孩子们在他后面奔跑着，拿石子砸他的驼背。他好像始终没有发现这帮孩子在追打他，也不感觉疼。但他忽然停下来，扬起戴着皮帽的头，用颤抖的手整整帽子，回头望了望，如梦初醒似的。

"伊戈沙，口袋里的死鬼！伊戈沙，你到哪里去？当心口袋里的死鬼哟！"孩子们冲他喊着。

他用手抓住口袋，然后迅速弯下腰去捡石子、木棍或者干泥巴，笨拙地挥起长长的胳膊朝孩子们砸去，嘴里含糊不清地骂着。他总是重复那几句骂人话，孩子们骂人用的词语比他丰富得多。有时他跑去追他们，一瘸一拐的，那件皮袄太长，裹住了他的腿。有时他跌倒在地，便用两只瘦得像干树枝似的黑手撑着地面，跪在那里。孩子们乘机跑过来，用石子猛砸他的背和腰，胆大的孩子甚至一直跑到他面前，往他头上撒一把土，然后拔腿就跑。

在大街上，还有一个人给我留下了更加难堪的印象，他就是外公家的老师傅格里戈里·伊凡诺维奇。这时他已经完全瞎了，流落街头，乞讨度日。他个子很高，气度不凡，总是沉默不语。给他引路的是一个脸色灰白的小老太婆。她牵着他的手，遇见窗口就停下来，眼睛朝路旁张望着，尖着嗓子喊道："看在上帝的分上，可怜这个瞎眼叫花子，给他点吃的吧……"

可是格里戈里·伊凡诺维奇却一声不响。他那副墨镜直直地望着墙壁、窗户和迎面走来的行人,他用一只被染料染污了的手轻轻地捋着宽宽的大胡子,嘴唇紧闭着。我经常在街上遇见他,但从未听见他那紧闭的嘴巴发出一点声音。老人的沉默使我感到难过、压抑。我没有勇气接近他,一次也没有到过他面前,相反地,我一看见他,就跑回家去,对外婆说:

"我看见格里戈里了,他在街上讨饭呢!"

"什么?"外婆吃惊地叫道,语气带着怜悯,"你拿着这个,快给他送去!"

我说什么也不愿去,而且很生气。外婆只好亲自去了。她站在人行道上,跟格里戈里谈了好长时间。格里戈里不时地笑笑,大胡子颤抖着,但他很少说话,即便说话也是短短几个词。

外婆有时请他到厨房里来,给他喝茶,吃点东西。有一次他问起我的情况,外婆就叫我来见他,但我跑开了,躲在木柴堆里。在他面前我感到极端惭愧,我不愿到他跟前去。我心里明白,外婆这时也很难堪。对格里戈里的事,我跟外婆只提过一次。那一天,她把格里戈里送出大门,回到院子里,便低着头哭了起来。我走到她面前,拉住她的手。

"你为什么不理他呢?"外婆轻声问我,"他很喜欢你,他是个好人啊……"

"我外公为什么不养他?"我问。

"你外公?"

外婆停下来,把我紧紧搂在胸前,几乎像耳语似的预言说:

"你记住我一句话:为了这个人,我们会遭恶报的,上帝肯定要惩罚我们……"

她果然没有说错：大约在十年后，外婆已经离开人世，外公自己也沦为乞丐，并且疯了，在城里沿街乞讨，可怜巴巴地在临街的窗户底下哀求着：

"我的好心的厨师们，可怜我吧，给我一块馅饼吧，给我一小块就行啦！唉，你们这些人啊……"

真是今非昔比，这时他只剩下一句苦涩的、慢吞吞的、令人不安的话："唉，你们这些人啊……"

除了伊戈沙和格里戈里，还有一个荡妇使我感到难受，一看见她，我就远远地躲开。她的名字叫沃罗尼哈，一到节日她就跑到街上来。她身材高大，蓬头垢面，喝得醉醺醺的。她走起路来步态很特别，仿佛两脚不着地，腾云驾雾似的，边走边唱着淫秽的歌曲。迎面走来的行人都躲着她，躲到路旁的门洞、墙角或者店铺里，仿佛她在扫大街似的。她脸色铁青，肿得像气泡似的，嘲讽地圆瞪着一双灰色的大眼睛，神气很可怕。有时她放声大哭，喊叫着："我的孩子们，你们在哪里？"

有一次我问外婆，这女人是怎么回事？

"这事不该你打听！"外婆沉下脸说，但她到底还是解释了几句：这女人的丈夫沃罗诺夫是个官吏，他想得到一个更高的官职，便把老婆卖给了自己的上司，他的上司就把她带走了。就这样，她两年没有在家里住，回家一看，她的两个孩子，一儿一女，全都死了，她的丈夫也因为赌钱输了一笔公款，蹲了监狱。这女人经历了这样的不幸，就喝起酒来，放荡，胡闹，每逢节日的傍晚警察就来抓她……

是啊，待在家里的确比上街好，特别是午饭后这段时间最为惬意。

外公到雅科夫舅舅的染坊去了，外婆就坐在窗前，给我讲各种动人的童话故事，讲我父亲的事。

外婆从猫嘴里救出的那只椋鸟，已经养好了伤。外婆把它折断的翅膀修剪好，在它那条被咬伤的腿上巧妙地安上小木片，终于把它治好了。此后，外婆就教它学讲话。有时她靠在窗框上，守着鸟笼子站上整整一个小时。她像一只身体庞大的和善的野兽似的，声音低沉地对这只善于模仿的黑漆漆的鸟儿一遍遍地重复着："喂，快说，用求人的口气：'给小椋鸟喂饭啦！'"

椋鸟斜着那只圆眼睛望她，它的眼睛像滑稽演员的眼睛那样生动，它用腿上的小木片轻轻敲打薄薄的笼底，伸长脖子学黄鹂叫、学松鸦和布谷鸟叫、咪咪地学猫叫、呜呜地模仿狗叫，可是学人说话它却显得很笨拙。

"喂，你可别淘气！"外婆一本正经地对它说，"你快说：'给小椋鸟喂饭啦！'"

这个丑猴似的黑鸟大叫了一声，有点像外婆教的那句话，外婆高兴地笑起来，用手指喂它一口稷子粥，说：

"你这个小滑头，我知道你是故意耍滑，我知道，你什么都会说，都学得会！"

这只椋鸟果真给外婆驯出来了，过了一段时间，它就会口齿清楚地叫人喂它吃的。一看见外婆，它就拉长声音似像非像地叫着："你——好——啊！"

起初椋鸟挂在外公房间里，可是时过不久外公就烦了，把它移到我和外婆住的阁楼上来，因为它老是模仿外公说话。外公一字一板地念祈祷词，它就把蜡黄的小嘴伸出笼外，尖声跟着外公叽叽喳喳叫：

"秋，秋，秋，伊尔，秃伊尔，提伊尔，秋——呜！"

外公觉得这鸟故意气他。一天，他中断了祈祷，跺着脚气急败坏地喊道：

"快把它拿走，这个魔鬼，我要打死它！"

在这个家里，有趣的事是很多的，我有时觉得很好玩，但是，有时又感到很压抑，心中充满了难以排遣的忧郁。我仿佛全身灌透了一种混浊的溶液，长久地生活在黑暗的深渊里，似乎失去了视觉、听觉和其他所有的感觉，眼前漆黑，半死不活地生活着……

八

外公突然卖掉了房子。他把房子卖给酒馆老板，又在卡纳特街买了一处住宅。卡纳特街上没有铺石子，长着杂草，但却清洁、僻静。街道两旁是漆成各种颜色的小木屋，街道尽头便是旷野。

新住宅比卖掉的那所房子装饰得讲究，看上去很漂亮。它的外墙涂着令人感到温暖、安静的深红色油漆，三个明亮的窗户上都装着闪闪发光的浅蓝色护窗板，只有阁楼上的窗户装的是网状护窗。榆树和椴树浓荫掩映，从左边遮掩着屋顶，把房子衬托得更好看。院子里和花园里，有许多僻静的角落，既舒适又隐秘，仿佛专为捉迷藏而安排的。最漂亮的是花园，园子不大，但花木茂盛，虽然园子里有些凌乱，却令人愉快。园子的一角坐落着小巧玲珑的浴室，看上去像个玩具小屋似的。另一角有一个相当深的大坑，坑里长满杂草，草丛里横七竖八地放着一些粗大的烧焦了的木头，大概是过去的浴室失火时留下的残迹。花园左边紧挨着奥甫相尼科夫上校的马厩，右边是贝特林格家的房屋，花园后面是开奶品铺子的彼得罗夫娜家的宅院。彼得罗夫娜是个红皮肤的肥胖女人，说起话来声音很大。她家的小屋已开始下沉，黑黢黢的，破旧不堪，长满了青苔，两个小窗温和地望着原野。原野上沟壑纵横，远方的森林像一片墨绿色的浓云横在天际。原野上整天有士兵操练，秋天的斜阳照得刺刀银光闪耀。

新住宅里也住满了人，这些人我以前从未见过。住宅前院里住着一个鞑靼族军官，他妻子个子矮小，圆圆胖胖的。她爱说爱笑，说起话来像吵架似的，一天到晚吵吵嚷嚷。她有一把装饰得非常漂亮的吉他。她常常弹着吉他，用洪亮的嗓音高唱一支充满激情的歌儿：

单相思，多凄凉，
心上人啊，你在哪里？
去寻找她吧，切莫犹豫。
沿着这条可靠的道路，
走下去吧，她在等候你。
啊，等待你的，是甜甜蜜蜜……

那军官也长得圆圆胖胖，像个皮球似的。他坐在窗前，鼓着一张铁青的胖脸，得意地圆瞪那双略带棕色的眼睛，一边咳嗽，一边抽烟斗。他的咳嗽声很古怪，发出"呜喵，呜喵"的声音，像狗叫似的。

正房旁边又修了一间暖和的小屋，小屋的下面是地窖和马厩。小屋里住着两个拉货的马车夫：个子矮小、须发斑白的彼得大叔和他的哑巴侄子斯杰帕。斯杰帕是个体格健壮的胖小伙子，脸长得像个红铜托盘。除这叔侄二人之外，小屋里还住着一个脸色阴沉的高个子鞑靼族勤务兵瓦列伊。对我来说，他们都是一些新奇的人物，身上有许多令我好奇的东西。

但是，对我最富有吸引力的是一个吃包饭的房客，外号叫"好事儿"。他在住宅的后半部租了一间房子，紧靠厨房。这间房很长，有两个窗子，一个朝着花园，另一个朝着庭院。

此人长得瘦瘦的，有点驼背，面皮白皙，留两撇黑黑的胡子，那双和善的眼睛上架着一副眼镜。他不爱说话，也不引人注目，叫他去吃饭或者喝茶的时候，他总是回答：

"这倒是好事儿。"

于是我外婆就这样叫开了，当面和背后都这样称呼他。

"廖尼亚，去叫'好事儿'来喝茶吧！""您怎么吃这样少啊，'好事儿'？"

他的房间里堆满了各种箱子和厚厚的书籍，那些书上印的不是教会斯拉夫字体，所以我看不懂。到处放着盛有花花绿绿的液体的瓶子，满地扔着铜片、铁块和铅条。他一天到晚穿一件棕红色皮夹克，穿一条灰方格布裤子，身上沾满了各种油漆，散发出一种难闻的气味。他的头发总是乱蓬蓬的，做事笨手笨脚，但他的事情是很多的。他一会儿化铅水，一会儿焊铜盒，一会儿在天平上称东西，同时，低声哼哼着。有时他烧疼了手指头，急急地吹着气；有时他跌跌撞撞地走到墙跟前，趴在墙上看图纸，擦擦眼镜，在图纸上嗅来嗅去，那粉白无比的尖细鼻子几乎擦着了图纸。有时他突然站在房间中央或窗户旁边，久久地站在那里，仰着脸，双目紧闭，默然无语，呆若木鸡。

我趴在草棚顶上，隔着院子从敞开的窗口注视着他。我看得见他桌子上的酒精灯，灯焰蓝蓝的；看得见他那黑魆魆的身影。我发现他在写东西，笔记本很破旧，他那副眼镜像冰块似的闪烁着淡淡的蓝光。这人简直像个魔法师，他的工作深深地吸引着我，让我在草棚顶上一连趴上好几个小时。好奇心折磨着我。

有时他站在窗户跟前，像镶在框子里的肖像似的。他倒背着双手,两眼直勾勾地望着草棚棚顶,但好像没看见我,这使我大为恼火。他忽然跑回到桌子跟前,俯身在桌子上搜寻着什么。

我心中暗想,如果他是个有钱人,穿得好些,我是不敢接近他的。但他显然是个穷人,那件皮夹克的领口上面露出脏乎乎的衬衣领子,皱皱巴巴的;裤子油渍麻花,还打了补丁;赤脚穿着一双烂鞋。穷人容易接近,而且用不着担惊受怕,我无形中产生了这种看法,那是因为外婆常常怜悯他们,而外公对他们持蔑视态度。

整个住宅里的人,都不喜欢这个"好事儿"。人们一提起他总要嘲笑一番。那个嘻嘻哈哈的军官太太叫他"粉笔鼻子",彼得大叔称呼他"药铺老板"、"魔术师",外公骂他是"神汉"、"虚无党"。

"他到底在做什么?"我问外婆,外婆严厉地训斥我说:

"这不关你的事。别乱问,要记住……"

一天,我壮起胆子,走到他的窗户跟前,压抑住内心的激动,问道:

"你到底在做什么呀?"

他吓了一跳,从眼镜框上方久久地打量着我,然后向我伸出一只带着烧伤疤痕的手,吩咐说:

"爬进来吧……"

此刻,在我心目中,他马上变得高大起来,想不到他主动叫我从窗户爬进他的屋里。他在箱子上坐下,让我站在他面前,反反复复地打量着我,最后低声问道:

"你是谁家的孩子?"

这人真怪:我一天四次在厨房里吃饭喝茶,就坐在他身边,他竟不认识我!我回答说:

"我是房东的外孙子……"

"啊哈,明白了。"他说罢就望着自己的手指沉默起来。

这时我认为有必要向他解释一下,便说:

"我不姓卡希林,姓彼什科夫……"

"姓彼什科夫?"他有些疑惑地重复了一句,"这倒是好事儿。"

他把我推开,站起来朝桌子走去,并对我说:

"好,你就坐在这里,要安静……"

我在那里坐了很长时间,注视着他的一举一动。他用一把大铁钳夹着一块铜,一面用钢锉锉着,金黄色的铜末落在钳子下面的硬纸片上。他把铜末收集起来,撒到一只厚杯子里,又从一只小罐子里倒出一点食盐似的白色粉末,加在厚杯子里,再从一只深色瓶子里倒上一点什么。这时厚杯子里就咝咝地响起来,冒着烟,一股刺鼻的气味扑面而来。我连连咳嗽,摇着头,可他却像个魔法师似的以夸耀的口气问道:

"气味难闻吧?"

"是的!"

"这就对啦!小老弟,这就再好不过了……"

"有什么可吹嘘的!"我心中暗想,于是我严厉地对他说:

"气味这么难闻,有什么好呀?……"

"你说什么?"他眨巴几下眼睛,大声问,"小老弟,味道难闻不一定就不好呀!你玩羊拐游戏吗?"

"玩羊拐?"

"是啊,你玩吗?"

"我玩。"

"我给你做个灌铅的羊拐好不好呀?做一个很漂亮的羊拐!"

"当然好哇!"

"你去拿一个羊拐来吧。"

他端着冒烟的杯子,用一只眼睛仔细看了看杯子里的液体,又走到我跟前说:

"我给你做一个灌铅的羊拐,你得答应我,以后不再到我这儿来了,好吗?"

他这个建议使我大为恼火。

"我不要你的羊拐,也不再到你这儿来了……"

我气呼呼地离开他的房间,到花园里去了。外公正在花园里干活,忙着给苹果树施肥。那时已是秋天,园子里落叶遍地。

"快来呀,帮我给马林果剪枝。"外公说着递给我一把剪刀。

我乘机问外公:

"'好事儿'到底在制造什么?"

"他在搞破坏。"外公生气地答道,"他把地板烧坏了,把壁纸弄得脏乎乎的,撕得乱七八糟。我马上就去通知他,叫他搬走!"

"就该让他搬走。"我附和着,立刻动手剪马林果干枯的藤蔓。

可是,我的决定做得太匆忙了。

秋天的傍晚,阴雨连绵,每逢外公出去办事,外婆就在厨房里开晚会,有趣极了。她邀请房客们来参加:两个马车夫和一个勤务兵来喝茶,生性活泼的彼得罗夫娜是常客,那位嘻嘻哈哈的军官太太有时也来凑热闹,"好事儿"总是待在炉灶旁边的屋角里,既不说话,也不动弹。哑巴斯杰帕喜欢跟鞑靼族勤务兵瓦列伊玩牌,瓦列伊常常用纸牌拍打着哑巴宽大的鼻子,一边说:

"这个魔鬼!"

彼得大叔带来一大块白面包,还有一陶罐马林果酱。他把面包切成片,在上面涂上厚厚一层果酱,托在手掌上,弓着身子,彬彬有礼地把这些可口的果酱面包分给大家。

"尊敬的诸位,请尝一尝吧!"大叔温和地请求道,他把面包分送给大家,一面留心他那黝黑的手掌。发现手掌上有一点儿果酱,便用舌头舔干净。

彼得罗夫娜带来一瓶樱桃露酒,军官太太带来一些核桃和糖果。桌子上摆得满满的。于是外婆最喜欢的丰盛宴会便宣布开始。

"好事儿"以做羊拐为借口叫我不再去打扰他,这件事过后不久,外婆又开了一次这样的晚会。没完没了的秋雨下个不停,窗外雨声哗哗,风声如怨如诉,树木在风雨中喧哗,树枝沙沙地扑打着墙壁。厨房里暖洋洋的,恬静、舒适,大家亲亲热热地坐在一起,个个都显得特别愉快,表情很安详。外婆异常兴奋,接二连三地讲童话故事,并且一个比一个感人。

外婆坐在炕沿上,两脚蹬着炕前的台阶,向大家俯下身来。小铁灯的灯光照亮了每个人的脸。每当她讲得兴致勃发,她都要坐到炉炕上,对大家说:

"我得坐在高处讲,居高临下我会讲得更好!"

我坐在她脚旁的宽台阶上,几乎就在"好事儿"的头顶上方。外婆讲的是武士伊凡和隐居修士米隆的动人故事。她讲得形象生动,节奏分明,整个故事像一首优美的长诗从她口中缓缓流淌出来:

从前有个恶督军,

他的名字叫戈尔强,
心比石头硬,狠毒似豺狼;
他像树洞里的恶鸦鹰,
满肚子坏水,气势汹汹,
他仇恨真理,处处把人坑。
有个隐居的修士叫米隆,
他是戈尔强的眼中钉。
他静修苦练捍卫真理,
敢为老百姓做好事情。
督军叫来可靠的奴仆,
勇猛的武士伊凡正无处用武:
"伊凡呀,你快去把那个老头杀死,
就是那自高自大的米隆修士。
你快去砍下他的人头,
揪住他那灰白的胡子,
把人头提来奉献给我,
我要拿它来给我的狗吃!"
伊凡领了督军的意旨,
一路上他心里暗暗叫屈:
"我本来不想做这亏心事,
督军他有命令我不得不去!
这也是上帝的安排,我命该如此。"
伊凡把利剑藏在身,
走上去向修士弯腰施礼:

"请问你身体可好,尊敬的修士?
上帝可保佑你平安无事?"
老修士早就看破伊凡的来意,
他嘿嘿一笑,机敏地回答:
"你算了吧,伊凡,你为何不说实话!
上帝我主早已心中有数,
他心如明镜,洞察善与恶!
我知道你来此是做什么!"
面对老修士,伊凡心中羞愧,
但他又不敢违抗军令。
说时迟那时快,他抽出了宝剑,
用衣襟擦擦剑,他又开言:
"米隆啊,我本想一刀结果了你,
让你看不见这把利剑。
好吧,现在你快向上帝祈祷吧,
向上帝祈祷最后一次,
为了你,为了我,也为整个人世。
祈祷后我再杀你也不迟!……"
老米隆这时候双膝跪倒,
悄悄地跪在小橡树下,
小橡树向他垂首鞠躬,
老修士这才微笑着答话:
"伊凡呀,伊凡,你要知道,
这祈祷要让你等待很久!

不如现在就砍下我的头,
免得你苦苦等待枉把罪受。"
伊凡生气地皱起眉头,
他立刻愚蠢地夸下海口:
"不,我这人从来说话算话,
你祈祷吧,等待一辈子我也决不变卦!"
老修士祈祷到夕阳西下,
又在祈祷声中迎来朝霞。
他从早到晚不停地祈祷,
从夏天祈祷到春草发芽。
老米隆的祈祷年复一年,
小橡树已长得高入云端。
橡树籽变成了橡树林,
神圣的祈祷一直没有做完。
就这样,他们俩坚持到今天!
老修士向上帝低声哭泣,
求上帝保佑世人处处平安,
他又求圣母给世人多多赐福。
伊凡武士就站在老人身边,
他的剑早已化成尘土,
铁盔铁甲也锈成一团。
漂亮的衣服已经糜烂,
春夏秋冬伊凡都赤身站立。
炎夏烈日晒他纹丝不动,

蚊虫吸他的血,但没吸完。
狼群和狗熊不敢碰他,
风雪严寒与他不相干。
他自己已无力挪动半步,
手也不能举,口也不能言。
这就是上帝给他的惩罚:
他不该听从恶人的毒言,
代人受过真是枉然。
老修士一直在为我们祈祷,
那祷词如流水无穷无尽,
就像那明亮的小河流向海边!

外婆一开始讲故事,我就发现"好事儿"有点魂不守舍:只见他的两手古怪地抽搐着,他一会儿摘下眼镜,一会儿又把它戴上。随着外婆优美生动的叙述,他轻轻挥动两手打着拍子,一面摇头晃脑,有时用手指使劲揉眼睛,有时用手掌在额头和面颊上敏捷地抹几下,仿佛在抹去满脸的汗水。听众中如果有人动一下,咳嗽一声或者脚下发出响声,他便立刻发出严厉的警告:

"嘘!……"

外婆一讲完故事,他马上抽身站起,手舞足蹈,很不自然地扭动着身子,含糊不清地低声说:

"您讲得实在是太好了,应该把它写下来,您一定要写!您说得太对啦,我们……"

这时我清楚地看见,他哭了,他的眼睛充满了泪水。泪水先浸湿了他的眼圈,然后模糊了他的眼睛。我心里纳闷儿,觉得他很可怜。他依旧在手舞足蹈,动作笨拙、可笑。他在厨房里转来转去,手里捏着眼镜,在鼻尖上晃来晃去,想戴上它,可是眼镜腿老是挂不住耳朵。彼得大叔望着他那副可笑的样子,不禁哑然失笑。大家一声不响,都有点不好意思。外婆匆匆地对他说:

"那您就写吧,没关系,写这些东西也不算罪过。这样的故事我能讲好多呢……"

"不,就写这个!这是真正的俄罗斯童话。""好事儿"兴奋不已地说。但他忽然停下来,呆呆地站在厨房中间,过了一会儿,他就高声讲演起来。他右手在空中挥舞,左手拿着眼镜,不时地颤动。他的演说持续很长时间,神色颇为激动,嗓子很尖,搔胸顿足,有一句话他重复很多遍:

"说得太对啦,不能代人受过!"

接着他突然沉默下来,好像嗓子坏了。他向大家扫了一眼,带着负疚的表情低着头走出去了。大家面面相觑,脸上带着难堪的笑。外婆退到炉炕深处的黑影里,大声地叹着气。

彼得罗夫娜用手掌擦了擦红红的厚嘴唇,惊奇地问:

"他好像生气了?"

"不,"彼得大叔说,"他就是这么个人……"

外婆下了炉炕,一声不响地点着了茶炉。彼得大叔不慌不忙地继续说:

"绅士们全是这副德行——爱耍小孩子脾气!"

瓦列伊面色忧郁地低声说:

"光棍汉的怪脾气!"

一句话把大家逗笑了。彼得大叔拉长了声音说：

"他是感动得流泪。看得出来，过去呀，还真有大鱼上钩，现在连小鱼也钓不着啦……"

我感到很寂寞，心里压抑得难受。"好事儿"的确是个怪人，他的一举一动令我惊奇。同时我又觉得他很可怜，他那泪汪汪的眼睛明晰地印在我的记忆里。

这天夜里，他没有在我们家里住，第二天午饭后才回来，无精打采的，和和气气的，带着明显的局促不安。

"昨晚我吵吵闹闹的。"他负疚地对外婆说，局促得像个孩子，"您没生我的气吧？"

"有什么可生气的？"

"我不该乱插嘴，像演说似的。"

"谁都没生您的气……"

我感觉到外婆好像有点怕他，故意不看他的脸，说话的语气也与往日不同，声音特别低。

他向外婆面前凑近一些，极为坦诚地说：

"您看，我孤身一人，一个亲人也没有！一天到晚在沉默中生活，忽然心里激动起来，就控制不住自己……就是面对石头、面对树木我也要说下去……"

外婆稍稍闪开身，离开他远一些，回答说：

"那您就结婚呗……"

"唉！"他长叹一声，甩了甩手，愁眉苦脸地走开了。

外婆眉头紧锁着，望了望他的背影，闻了几下鼻烟，声色俱厉地对我说：

"你要注意呢,不要老往他那里跑,上帝才晓得他是个什么样的人……"

然而我却更想接近他了。

我发现,当他对外婆说他孤身一人时,他脸色惨白,我明白这种话的某些含义,它触动了我的心灵,于是我马上就去找他。

我从院子里朝他房间的窗户里望了望,屋子里空无一人,整个房间看上去像贮藏室,杂乱无章地堆放着各种无用的东西,那些东西也像他本人一样,显得多余而且古怪。我到花园里去找他,果然看见他在花园里。他坐在那个长满杂草的深坑里,弓着腰,两手抱着头,胳膊肘支在膝盖上,颓丧地坐在一根焚烧过的圆木的末端。这根木头大部分埋在泥土里,只有黑黢黢的末端突出在杂乱的艾蒿、荨麻和牛蒡丛中。望着他坐在那里那极不舒适的样子,我心里更加同情他。

他过了好久才看见我。他那双鹗鹞似的半瞎的眼睛向远方望着,过了一会儿才气呼呼地问道:

"是来找我吗?"

"不是。"

"那你来干什么?"

"不干什么。"

他摘下眼镜,掏出一块花手帕擦了擦镜片,喊道:

"喂,你过来!"

我在他身边坐下,这时他立刻紧紧地抱住了我的双肩。

"好好待着。我们就这么坐着,不说话,好吗?对啦,就这样……你做得到吗?"

"做得到。"

"好极了！"

我们俩久久地沉默着。这是一个令人忧郁的安静而又温和的黄昏，正值晴和的初秋季节。周围的一切格外鲜艳，同时也在迅速地褪色，几乎每小时都能察觉到它们的变化。大地上那饱满的夏天的气息已消失殆尽，只剩下一股寒冷的潮气。空气纯净透明，一群群的寒鸦在殷红的天空中匆匆地飞来飞去，搅得人们心绪不宁。四周寂然无声，静悄悄的。每一个声响，不论是鸟翅的扑打声，还是落叶的沙沙声，都显得格外响亮，吓得你禁不住打一个寒战。然而寒战过后，你又沉浸在寂静中。大地上万籁俱寂，寂静充满了你的心胸。

此时此刻，你就会产生一些特别纯洁的、飘忽不定的思绪，但这种思绪是细腻的，像蛛网一样透明，很难用言语表达清楚。它们往往是突然爆发，马上就像陨星似的迅速消逝了，在你心中留下一种莫名的忧伤。这有时会使你得到安慰，又令你惶恐不安。这时你的心灵在沸腾，在融化，渐渐形成一种终生不变的形状，于是你的心灵的面孔就这样产生了。

我偎依在这个古怪的房客身边，感受着他身上的温暖，和他一起仰望着殷红的天空，透过苹果树乌黑的枝杈，注视着飞来飞去的丹顶雀，只见几只红额金翅雀正在揪一株干枯的刺实植物的果儿，啄食着它的苦涩的果实。原野上升起一朵朵毛茸茸的瓦灰色的云彩，晚霞染红了云朵的边缘。几只乌鸦在云朵下缓缓飞去，飞向墓地的鸟巢。这一切都令人赏心悦目，让人一目了然，显得格外亲切。

他时而深深地叹一口气，问道："这里好不好啊，小兄弟？好极了！你不觉得潮湿？不冷吗？"

暮色降临了，四周的一切似乎膨胀起来，渐渐隐没在潮湿的夜幕里。这时他对我说：

"喂，好啦，待够了！走吧……"

在花园门口，他又停下来，低声说：

"你有一个好外婆。啊，大地多美好啊！"

说罢他闭上了眼睛，脸上露出笑容，口齿清晰地念叨：

这就是上帝给他的惩罚：
他不该听从恶人的毒言，
代人受过真是枉然……

"这个故事你要记住，小兄弟，一定要记住！"

他让我走在前面，接着又问：

"会写字吗？"

"不会。"

"要学会写字。等你学会了写字，把你外婆讲的故事写下来，小兄弟，这些东西是大有用处的……"

我同他更亲近了。从此以后，只要我想见到他，我随时可以去找他；我坐在一只装满破布的箱子上，可以随意观看他的工作，不受任何限制。我曾观察过他熔化铅丝，给铜片加热，把一块块铁板烧红，放在一只小砧子上，用一把红柄锤子锻打着。我还看过他用钢锉锉金属片，用锉刀、金刚砂纸和线锯制作什么东西。他老是在灵敏的铜天平上称量着什么，有时把不同的液体倒在几只白色杯子里，仔细观察杯子里冒出的烟。这些液体散发出刺鼻的气味，在屋里弥漫着。他沉着脸，不时地查看一本厚厚的书，咬着鲜红的嘴唇，哼哼唧唧，有时扯开他那嘶哑的嗓子低声唱起来：

  萨隆山下的月季花呀……

"你这是在做什么？"
"做一个东西，小兄弟……"
"做什么东西？"
"噢，你瞧，我笨嘴笨舌的，无法给你解释清楚……"
"听我外公说，你大概在制造伪币……"
"你外公？哼……这是他瞎说的！小兄弟，钱是微不足道的……"
"要是没有钱，用什么买面包呢？"
"是啊，小兄弟，买面包是需要花钱，说得对……"
"明白了吧？买牛肉同样要花钱……"
"买牛肉也要花钱……"

他低声笑了，笑得特别开心。他轻轻地拨弄我的耳朵，像逗小狗似的，一边说：

"我还真的争不过你，我不是你的对手，小兄弟，我们最好还是沉默不语吧……"

他有时放下手中的活计，在我身边坐下来。就这样，我们俩并排坐着，久久地望着窗外。窗外秋雨蒙蒙，轻轻地敲打着屋顶，洒落在杂草丛生的院子里。苹果树叶渐渐凋零，露出光秃秃的枝杈。"好事儿"不爱多说话，但他说话总是恰如其分，从不讲废话。他要是想提醒我注意什么，往往是轻轻推我一下，挤挤眼朝我使个眼色。

在我看来，院子里平淡无奇，没什么值得留心的东西。但是经他轻轻一推，或者三言两语指点一下，我所看见的一切就截然不同了，仿佛这些东西都具有独特的意义，因而给我留下的印象也就特别深。这时，一只母猫跑过来，院子里有一片明晃晃的积水，母猫就站在水边，望着自己在水中的影子，举起柔和的爪子，好像要打架似的。这时"好事儿"就轻声说：

"这些猫很高傲，疑心重……"

棕黄色的公鸡玛玛伊飞到花园的栅栏上，站稳脚跟之后，猛地抖了抖翅膀，差点儿摔下来，为此公鸡大为恼火，气急败坏地伸长脖子，含糊不清地低叫了几声。"好事儿"就说：

"这位将军架子不小，但有点缺心眼儿……"

笨头笨脑的勤务兵瓦列伊走过来，他踩着院子里的烂泥，走路很吃力，像一匹老马似的。他的颧骨很高，满脸不高兴的样子，眯起眼睛望着天空。秋日淡白的阳光径直照在他的胸前，照得他制服上的铜纽扣闪闪发光，于是这位鞑靼人停下脚步，用弯曲的手指久久地抚摸着那枚铜纽扣。"好事儿"说：

"像得了奖章似的，爱不释手……"

我很快就对"好事儿"依依不舍，寸步不离了，不论是在挨打受气的日子，还是令人愉快的时刻，我都离不开他。他虽然寡言少语，却从来不限制我说话。在他面前，我想起什么就说什么。可是我外公却老是用训人的口气打断我说话：

"别说啦，魔鬼的风车，没完没了！"

外婆老是忙自己的事，没工夫听人说话，对人爱理不理的。

"好事儿"听我闲聊时总是带着严肃认真的神情，他常常笑呵呵地对我说：

"喂，小兄弟，事情不是这样的，这是你凭空编造的……"

他的评语简明扼要，总是说得很及时，而且一语中的，仿佛他能透视一切似的，我头脑里有什么想法都瞒不过他。有些话我还没有说完，他就已经看出我是瞎编的，于是他便和蔼可亲地三言两语给我挡回去：

"你胡说，小兄弟！"

有几次我想试验一下他这个"魔法师"的本领，就故意编造一件事，煞有介事地讲给他听，但他刚听了几句就否定地摇着头说："不，小兄弟，你在撒谎……"

"你怎么知道是撒谎呢？"

"我呀，小兄弟，一听便知道……"

外婆去谢纳亚广场打水时，常常带我一起去。一天，我们看见五个小市民正在殴打一个农夫。他们把农夫推倒在地，像一群狗似的扑在他身上撕打着。外婆见此情景，立刻把扁担从水桶上摘下来，挥舞着朝那几个小市民扑去，同时向我喊了一声：

"快躲开！"

我吓得不知所措，就跟在外婆后面跑过去，捡起鹅卵石和石块朝小市民身上乱砸。外婆奋不顾身地挥起扁担猛揍小市民，在他们肩上、头上抽打着。又来了几个帮忙的人，小市民们落荒而逃。外婆又亲自给那个被打伤的农夫洗脸，他的脸被打得血肉模糊，我至今回想起来还感到恶心。他用脏乎乎的手指按住被打破的鼻孔，低声哀号着，不停地咳嗽，鲜血从他手指缝里喷出来，溅在外婆的脸上和胸上。外婆也高声喊叫着，浑身直打哆嗦。

回到家里，我马上就去找那个房客——"好事儿"。当我向他讲述这件事的时候,他立刻停下工作,走到我面前,举起长长的锉刀,像举着马刀似的,神色严厉而又专注地从眼镜后面望着我。过了一会儿,他突然打断我的话,语气异常威严地说:

"打得好,就该这样对待他们!这很好嘛!"

我只顾讲述这个令人震惊的事件,没有留意他说的话。我激动万分地讲下去,他却搂抱着我,摇摇晃晃地在屋里走了走,说道:"好了,不要再说了!小兄弟,该说的你已经说过了,明白了吗?讲完了!"

我不作声了,心里感到很委屈。但仔细想想,我忽然明白过来,我的确已经把事情说清楚了,他恰到好处地制止了我,这使我感到惊奇,令我难忘。

"这种事你不要老去说它,小兄弟,这不值得记在心里!"他说。

有时候,他对我说的话出乎我意料,这些话就永远留在我的记忆里。有一次,我跟他谈起我的仇敌克留什尼科夫。这孩子身体胖大,大脑袋,是诺瓦雅大街有名的打手,每次打架我都只能同他打个平手。"好事儿"仔细听了我诉说的烦恼后,说道:

"这不值一谈。这样的力量不算是力量。真正的力量在于动作迅速,动作越迅速,力量就越大。明白了吗?"

到了礼拜天,我又去打架,试了试他说的办法,快速出拳,果然轻而易举地就战胜了克留什尼科夫。从此以后,我更加重视这个房客的话了。

"拿任何东西都得会拿,你明白吗?要学会拿东西是一件很难的事!"

他这句话把我弄糊涂了①,但却无意中把它记住了,其他一些类似的话也是如此。我之所以能记得住,是因为这类言论听起来简单,但却令人费解,带有一种神秘色彩,比如说,拿石块、拿一片面包、拿茶杯、拿锤子有什么特别的技巧呢!

"好事儿"在这个家里越来越不得人心,连性格开朗的女房客养的那只可爱的猫也不喜欢他,从来不往他的膝盖上爬,可它对别人却很亲热。他热情地唤它,它也不理,老是远远地躲着他。我实在看不惯这只猫,就揍它,揪它的耳朵,几乎带着哭腔劝它不要害怕这个房客。

"我衣服上有多种酸味,所以猫老躲着我。"他解释说。但据我所知,其他所有的人,包括我外婆,都另有一套说法。他们对这个房客怀有敌意,就信口开河地侮辱他。

"你老待在他那里做什么?"外婆每次都生气地问我,"你要注意,他会教你学坏的……"

我常去找这个房客,自然瞒不过我外公。得知此事之后,这个红毛黄鼠狼就狠狠地揍我,我每去一次,就挨他一顿毒打。家里人禁止我接近"好事儿",我当然不好意思把这件事告诉他,但我把家里人对他的态度直接对他说了。

"我外婆害怕你,她说你是黑道上的魔法师。我外公也怕你,说你是敌视上帝的人,对世人有危害……"

他边听边摇头,仿佛在驱赶苍蝇似的。他那惨白的脸上泛起红

---

① 俄语词汇"拿""东西"都具有多种含义,这句话是说,做任何事情都要掌握技巧。幼小的阿廖沙理解为"拿东西"是误解。

晕,渐渐地绽开了笑容。望着他那笑容,我心里很难过,两眼直发黑。

"这我知道,小兄弟!"他小声对我说,"在这里真叫人难受,小兄弟,你说是吗?"

"是的!"

"真难受,小兄弟……"

他终于被迫搬走了。

一天,我吃过早点后去找他,看见他坐在地板上,低声唱着那支《萨隆山下的月季花》,正在收拾行李。

"喂,再见啦!小兄弟,我这就搬走了……"

"干吗要搬走?"

他专注地打量我一眼,说:

"难道你还不知道?听说这间房子要给你母亲住……"

"你听谁说的?"

"你外公说的……"

"他骗人!"

"好事儿"拉着我的手,让我坐在他身边的地板上。这时,他低声对我说:

"别生气嘛!小兄弟,我以为这件事你知道,故意瞒着我呢。瞒着我可不好,我认为……"

我心里很难过,不知为什么,我有些生他的气。

"你听我说,"他微笑着说,声音低得几乎像耳语,"还记得吗?我曾提醒过你,叫你不要到我这里来。"

我点了点头。

"你那回生我的气了,是吗?"

"是的……"

"小兄弟，其实当时我并不想让你生气。但我知道，你要是同我亲近，家里人必然会骂你，结果怎样？我没说错吧？现在你明白我为什么不让你到这里来了吧？"

他说话的口气像个孩子，像跟我是同龄人。但他这番话说到了我的心坎上，我马上高兴起来。我甚至觉得，早在他说那句话的时候，我就明白他的用意了。于是我对他说：

"这些我早明白了！"

"这就对了！应该明白，小兄弟。这就对了，亲爱的……"

这时，我心里难过极了。

"他们为什么都不喜欢你？"

他把我紧紧地搂在怀里，寓意深长地挤挤眼，回答说：

"因为我是外人，明白吗？就因为这个。我不是那种人……"

我拉了拉他的袖子，不知该对他说些什么好。

"你不要生气，"他说，接着又低声在我耳边说，"也不要哭……"

可是他自己却哭了，两行热泪从他那模糊的眼镜片后面流了下来。

后来我们两人都不作声了，像往常那样，默默地坐了很长时间，只是偶尔简单交谈一两句。

他当晚就走了。临行前，他亲热地跟大家一一告别，并且紧紧地拥抱了我。我来到大门外面，看见他坐在一辆运货用的四轮马车上，马车沿着布满冻泥的坎坷不平的道路颠簸着向远方驶去。送走了"好事儿"，外婆立刻动手洗刷那间脏乎乎的房子。我故意在房间里走来走去，搅得她没法干活儿。

"你给我出去！"她不止一次撞在我身上，生气地喊道。

"你们为什么要赶走他？"

"你还敢多嘴！"

"你们全是蠢货。"我说。

她用湿抹布在我身上抽打起来，边打边喊：

"我看你是发疯了，淘气鬼！"

"我不是指你，我是说其他人全是蠢货。"我连忙改口说，但这句话也没有使她得到安慰。

吃晚饭的时候，外公得意地说：

"好啦，感谢上帝！要不然，我一看见他，心里就像刀割似的。早该赶走他！"

我一气之下把汤匙折断了，又挨了一顿打。

我和他的友谊就这样结束了。他是我所结识的第一个没有亲戚关系的人，也是我们祖国无数优秀人物当中的一个……

九

我常常把自己的童年时代看作一个蜂房。形形色色的普通人就像蜜蜂一样，把各自的蜜——知识和生活感受送进蜂房里，他们从各个不同的方面慷慨大方地丰富着我的心灵。这种蜜往往带着污垢，味道是苦的，但任何知识终究是蜜。

"好事儿"走后，彼得大叔跟我好起来。他的样子很像我外公：干瘦干瘦的，衣服穿得整齐干净，但他的个子比外公还要矮小，像滑稽短剧里扮演老头儿的小孩。他的脸像筛子似的，布满密密麻麻的细小皱纹，那双机灵的眼睛眼白发黄，像鸟笼子里的黄雀似的，可笑地跳动着。他长着瓦灰色鬈发，一部大胡子卷成许多圆圈儿。他喜欢抽烟斗，烟斗冒出的烟跟他的头发一个颜色，缭绕上升。他说话也爱绕弯子，俏皮话特别多。他说话齆声齆气的，让人觉得很客气，但我一直觉得他是在故意嘲笑人。

"当初，伯爵夫人塔吉扬·列克赛耶夫娜吩咐我说：'你就去做铁匠活儿吧。'可是过了一段时间，她又吩咐我说，'你去帮园丁干活儿吧！'好吧，我就去了。不过，哪知道把我这么个家奴安排到哪儿都不合适！又有一次，她对我说：'彼得鲁什卡，你最好是去捕鱼吧！'对于我来说，干什么活儿都一样，我就去捕鱼了⋯⋯可是刚刚干出点兴趣来,她又叫我改行了,于是我就不再捕鱼了,这倒也没什么。她又叫我到城里去当马车夫,交纳一定的租金。好吧,我就去当马车夫,要不然我能干什么呢?后来,伯爵夫人还没来得及让我再改行做别的,农奴就解放了,我照旧赶我的马车,留下了这匹马,如今这匹马就算是公爵夫人留给我的啦。"

这匹马已经很老了。它的毛色稀奇古怪,仿佛它本来是一匹白马,有一天某个画匠喝醉了酒,拿起画笔在它身上胡乱涂抹起来,就抹了那么几笔,还没有抹完似的。马腿脱了臼。它的身子仿佛是用破布缝起来的。它的头上瘦得皮包骨,两眼似乎蒙了一层雾。它伤心地低着头,瘦弱的脖子上显露出粗大的筋管,脱了毛的老皮难看地哆嗦着。彼得大叔对它很尊重,从没打过它,并且总是称它为丹尼卡。一天,我外公对他说:"你怎么能用基督教徒的名字称呼牲口呢?"

"不对,瓦西里·瓦西里耶夫,不对,老兄!基督教里没有这个名字,丹尼卡不是教名,而塔吉扬娜才是教名呢!"

彼得大叔也识得一些字,对《圣经》里的故事非常熟悉。他常常同我外公争论,为了圣徒里面谁比谁更神圣的问题争执不下。有时两人评论古代的违反教规者,言辞激烈,一个比一个严厉,尤其是评论阿维萨罗姆,更是毫不留情。有时他们还为一些纯属语法性质的问题争吵不休,我外公坚持认为"犯罪"、"无法无天"、"欺骗"这三个词的词尾都应该是阳性的,而彼得大叔却一口咬定这三个词的词尾应该是阴性。

"我们两人说的根本不是一回事!"我外公气得满脸通红,故意模仿他的口气嘲笑他。

可是彼得大叔一边吞云吐雾,一边挖苦地问道:

"你那个阳性结尾有什么好呢?对上帝来说,一点也不比阴性结尾好!说不定上帝听你祈祷的时候,心里在想,你愿怎么祈祷就怎么祈祷吧,反正你的祈祷一钱不值!"

"阿列克谢,滚开!"外公气急败坏地喊道,绿莹莹的眼睛里闪着凶光。

彼得大叔爱干净,做事有条理。他每次从院子里走过,总要把脚下的木块、碎瓦和骨头踢到一边去,一边踢,一边骂着:

"无用的东西,碍手碍脚的!"

他能说会道,看样子很慈祥,总是乐呵呵的。但有时他的眼睛里充满血丝,像死人的眼睛似的,混浊而又呆滞。他常常坐在黑暗的角落里,佝偻着身子,面色阴郁,像他的哑巴侄子一样长久地沉默着。

"你怎么啦,彼得大叔?"

"走开!"他闷声闷气地说,语气很严厉。

在我们这条街上,有一幢房子里住进了一位老爷,此人额头上长着一个肉包,并且有一个特别古怪的习惯:每逢节日,他便坐在窗口前,用猎枪打狗、猫、鸡和乌鸦,有时也打他看不顺眼的行人。有一次,他用细铅砂打中了"好事儿"的腰部,霰弹没有穿透皮夹克,有几颗铅砂掉进了衣袋里。我至今还记得那位戴眼镜房客仔细打量那几颗瓦灰色霰弹时的神情。当时外公劝他去控告那个老爷,但他却把霰弹扔进厨房的角落里,说:

"没这个必要。"

又有一次,那个老爷用猎枪打伤了我外公的脚,我外公一怒之下,便向民事法官控告了他,并在这条街上找了其他的受害者和证人,可是那位老爷却突然失踪了。

说也奇怪,每次街上响起枪声的时候,只要彼得大叔在家,他便把那顶过节时才戴的褪了色的大檐帽匆匆戴在灰白的头上,慌里慌张地往大门外跑去。这时,他把两手藏在背后的衣襟下面,把后襟撩得高高的,像公鸡尾巴似的,挺起肚子,神气活现地在人行道上走来走去。经常是,他要从那个老爷的窗口外面来来回回地走上两三趟。我们全家人都站在大门口观望着。那个军官也从窗口朝外望着,他那铁青的脸孔上面,是他那个金发妻子的脑袋。贝特林格家的院子里,也有人出来看热闹。只有奥甫相尼科夫家那座灰色的房屋一片沉寂,没有一个人露面。

彼得大叔有时白逛了一通,一无所获,大概那位猎人认为他不是猎取的对象,不值得为他浪费子弹。但有时双管猎枪接连射击:

"咚——咚……"

彼得大叔从容不迫地朝我们走来,一副得意扬扬的样子,高兴地说:

"下襟挨了一枪!"

有一回,他的肩膀和脖子中了霰弹。我外婆用针一边给他挑霰弹,一边埋怨他说:

"你招惹这个无赖干什么?他会把你的眼睛打瞎的!"

"不,不会的,阿库里娜·伊凡诺夫娜,"彼得拉长声音轻蔑地说,"他是个蹩脚的射手……"

"你何必去纵容他呢?"

"我这是纵容他?我是想刺激一下这位老爷……"

他把挑出的霰弹放在掌心里,仔细看了看,又说:

"一个蹩脚的射手!想当初,我们伯爵夫人家里,有一位军官,名字叫作马蒙特·伊里奇,他算是我们的塔吉扬·列克赛耶夫娜的临时丈夫,我们夫人的丈夫是经常换的,就跟换仆人一样。这位马蒙特·伊里奇才算得上是真正的射手呢,他的枪打得特别准!他用的全是真枪实弹,老婆婆。他让傻子伊格纳什卡站在很远的地方,大概有四十步的光景,在他裤带上挂一个瓶子,让那瓶子恰好悬在他的两腿中间。伊格纳什卡傻呵呵地笑着,把两腿叉开。这时,马蒙特·伊里奇用手枪瞄准了瓶子,'啪'的一声,那瓶子应声就碎了。只有一次,大概是一只牛虻在傻子腿上咬了一口,他身子抽搐了一下,子弹打在他的腿上,正好打中了膝盖骨!他叫来一位医生,立刻给傻子截了肢,这就好了!把截下的那条腿埋了……"

"那么傻子呢?"

"傻子没事儿。他的手脚有没有都无关紧要,单凭那张傻脸就够他吃饭了。傻瓜讨人喜欢,愚蠢不得罪人。俗话说,'教堂里的执事,法庭里的文书',虽然傻头傻脑,但不会得罪人……"

在外婆看来,这类故事不足为奇,她也能讲出一大堆来。我倒是觉得这种事挺可怕的,就问彼得:

"老爷会打死人吗?"

"怎么不会?会的。他们彼此之间也打架。有一天,塔吉扬·列克赛耶夫娜家里来了一位枪骑兵,不知为什么事跟马蒙特争吵起来,两人立刻都掏出了手枪,朝着池塘旁边的一个花园走去,就在那条小路上,那个枪骑兵朝马蒙特开了一枪,正好打中了肝脏!就这样,把马蒙特送到墓地去了。那个枪骑兵被送到高加索,就算完事了!这是他们把自己人打死了,如果打死农民或者其他人,那就根本不算回事儿啦!现在老爷们根本不拿农民当回事儿,因为农民不再是他们的农奴了。要是在过去,好歹还有点心疼,私人财产嘛!"

"得了,就是在过去,他们也不怎么心疼。"我外婆说。

彼得大叔马上又迎合说:

"您说得也对,是私人财产,但都是便宜货……"

彼得大叔很喜欢我,他跟我说话很亲热,比跟大人说话温和得多,两眼总是热情地望着我。但不知为什么,我总觉得他身上有一种我不喜欢的东西。他请大家吃美味可口的果酱,总是在我的面包上抹得多一些,有时从城里给我带来麦芽糖饼干、樱桃馅饼,跟我谈话也总是一副严肃认真的样子,慢条斯理的。

"长大了做什么呀,乖孩子?是去当兵呢,还是去做官?"

"去当兵。"

"当兵好啊。现在当兵不那么苦啦。当教士也不错的,随便喊几声上帝宽恕就算完事啦!当教士比当兵还容易呢,当渔夫就更容易啦。当渔夫什么学问也不需要,只要干习惯了就行!……"

接着他兴致勃勃地描绘鱼儿怎样围着鱼饵游动,上了钩的鲈鱼、雅罗鱼和鳊鱼如何挣扎。

"外公用树条抽你的时候,你生气吧?"他安慰我说,"其实你完全用不着生气,他是为了让你学好才打你的,所以打孩子不算是真打!我过去的主子塔吉扬·列克赛耶夫娜女士,她打起人来才是真打呢,她因为善于打人而出了名!她专门养了一个打手,名叫赫里斯托福,在打人方面他是个内行。附近庄园的一些地主常常向伯爵夫人借用他:'塔吉扬·列克赛耶夫娜夫人,我们想借您的赫里斯托福用一下,让他去把我们家的仆人揍一顿!'于是伯爵夫人就把他借出去了。"

他讲起伯爵夫人打人的事,并没有责怪她的意思。他详细地描述她穿着洁白的薄纱连衣裙,系着轻柔的天蓝色头巾,坐在门廊里的一把红圈椅里,而赫里斯托福就在她的面前鞭打那些农妇和农夫。

"乖孩子,这个赫里斯托福本是梁赞人,可他那副模样倒像茨冈人或者乌克兰人。他留着两撇小胡子,连着耳鬓,下巴颏刮得精光,铁青铁青的。他一天到晚傻乎乎,不知道他是真傻,还是故意装傻免得人家过多地打扰他。他常常一个人待在厨房里,倒上一杯水,提了苍蝇或者蟑螂、甲虫什么的,放进杯子里,用一根小木棍把它们按在水里,直到把它们淹死为止。要不然就从自己领子里捉虱子,也放进水杯里淹死它们……"

这类故事对我来说并不新鲜,外公和外婆已经给我讲过很多。表面上看这些故事各色各样,但就内容来说,它们彼此之间却异常相似:每个故事讲的都是如何折磨人、欺负人或者压迫人。这些故事我听腻了,就央求马车夫:

"讲点别的吧!"

这时他满脸的皱纹归聚到嘴角,继而又爬上眼角,于是他爽快地说:

"好吧,就讲点别的,你真是听不够啊。当初,我们那儿有一个厨子……"

"谁那儿呀?"

"就是伯爵夫人塔吉扬·列克赛耶夫娜那里。"

"你怎么称呼她塔吉扬[①]呢,莫非她是男的?"

---

① 俄国女性名字应是塔吉扬娜。

彼得大叔笑了起来，嗓子又尖又细。

"伯爵夫人当然是女的啦，不过她嘴唇上长有一撮黑黑的小胡子。她是黑皮肤德国人的血统，黑皮肤德国人就像黑人一样黑。就是说，有那么一个厨子。乖孩子，这是一个可笑的故事……"

这个可笑的故事其实并不可笑，是讲厨子做一个很大的馅饼，把馅饼做煳了，主人就强迫他把馅饼吃下去，要一次吃完。他吃了，撑出大病一场。

我气愤地说：

"这有什么可笑呢！"

"那么什么可笑呢？你来说说！"

"我也不知道……"

"不知道你就别多嘴！"

他又瞎编了一些毫无兴趣的故事。

有时赶上过节，我的两个表哥就来做客。米哈伊尔舅舅的儿子萨沙总是哭丧着脸，无精打采的。雅科夫舅舅的儿子萨沙却规规矩矩的，是个无所不知、事事在行的孩子。有一天，我们三人在房顶上玩耍，发现贝特林格家的院子里有一个老爷，穿一件绿色毛皮便礼服，坐在墙根的一堆木柴上，跟几只小狗崽儿逗着玩。他的脑袋很小，秃顶，黄黄的，没戴帽子。两个表哥中有人提议，设法去偷他一只小狗，我们随即想出一个巧妙的窃狗计划：两个表哥马上到街上去，躲在贝特林格家大门口，由我来吓唬那个老爷，等把老爷吓跑了，两个表哥就溜进院子，乘机抱走一只小狗。

"怎么吓唬他呢？"

一个表哥出主意说：

"你就朝他秃顶上吐一口唾沫!"

往人头上啐唾沫算大错吗?我多次听说过并且亲眼看见过比这大得多的过错,所以没把这当回事,便忠实地执行了分派给我的任务。

这下可惹出大乱子来了,贝特林格家出动了大队人马,男男女女一大帮,闯进我家的院子里,为首的是一个年轻英俊的军官。两个表哥在我啐那个老爷时都不在场,他俩溜到街上安闲地散步去了,对我的恶作剧一无所知,所以外公只把我一个人狠狠地揍了一顿,为贝特林格家出气。

我挨过打之后,便躺在厨房里的高板床上。这时彼得大叔像过节似的穿得整整齐齐,乐呵呵地爬到高板床上来看我。

"乖孩子,你这个主意想得太妙了!"他悄悄对我说,"就该这样啐他,这个老东西,他是活该,他们那些人都该啐!要是用石头砸他那腐烂的脑瓜子才好呢!"

秃头老爷那张没长胡须的孩子似的圆脸浮现在我眼前,我记得,他用两只小手擦着黄黄的秃脑袋,像小狗崽似的低声尖叫着,可怜巴巴的,样子十分狼狈。我惭愧极了,简直无地自容,我恨那两个出坏主意的表哥。但是,我仔细看了看马车夫那张布满皱纹的脸,就马上把这一切都忘记了。他那张脸古怪地颤抖着,就像外公抽打我时那样,一副威严可怖的面孔,令人讨厌。

"走开!"我用手和脚一齐推着彼得大叔,大声喊道。

他咔咔地窃笑着,挤了挤眼,爬下板床走了。

从此以后,我再也不愿意跟他谈话了。我处处避开他。与此同时,我开始留心他的一举一动,我觉得他这人有些可疑,担心会发生什么事情。

在秃头老爷那件事之后不久，又发生了一件事。奥甫相尼科夫家那座寂静的房子早已引起我的兴趣，我觉得，这座灰色房屋非同寻常，那里的生活一定是神秘的、富有神话色彩。

贝特林格家里一向很热闹，令人开心。那里有许多漂亮女士，经常有一些军官和大学生来与她们聚会，所以他们家里总能听见笑声、喊叫声、歌声和音乐声。这座房子的外观也令人赏心悦目，明亮的玻璃窗闪闪发光，窗户里面摆着各种花草，鲜艳夺目。我外公却不喜欢这家人。

"他们是异教徒，不信仰上帝。"外公谈到这家人时总这样说，而一提起这家的女人他就骂骂咧咧，使用一个很肮脏的字眼。有一次，彼得大叔向我解释这个"脏"字的意思，说得很下流，并且带着幸灾乐祸的口吻。

外公对奥甫相尼科夫家那座威严而又寂静的房子怀着敬意。

这是一座平房，但房子很高，房子后面带一个深深的庭院，院子里长满草皮，显得清洁僻静。院子中间有一口井，井台上用两根柱子支着顶盖。这座房子仿佛要躲开街道似的，缩进院子里，与街面保持一定距离。三个窗户离地面很高，窗户本身很窄，顶部是拱形的。窗户玻璃不大透明，在阳光照耀下闪烁着灿烂的光芒。大门的另一侧是仓库，从外观看来，它跟正房完全一样，也有三个窗户。但这三个窗户是假的，只是在灰色的墙壁上钉了一些装饰板条，再用白色油漆画成窗框的样子。这些瞎眼的假窗户看上去令人讨厌，整个仓库似乎再次暗示，这个家庭想默默无闻地过隐居生活。这座宅院里还有一些空马厩和安装着大门的空板棚。整个宅院充满着一种静谧的气氛，给人一种破落或者说是高傲的感觉。

有时候，院子里出现一个高个儿老头，走路有点瘸，脸刮得光光的，只留两撇雪白的小胡子，像针似的翘着。有时另一个留着连鬓胡子的歪鼻梁的老头，从马厩里牵出一匹长脑袋的灰马。这匹马胸部很瘦，细腿，慢条斯理地走到院子里，向四周的一切不住地点头，像一个温和的修女似的。跛脚老头用手掌啪啪地拍打着那匹马，吹几声哨，呼哧呼哧地喘着粗气，然后把那匹马又牵回黑暗的马厩里去了。我似乎觉得，跛脚老头想骑马外出，但他老也出不去，大概有魔法控制住他。

在这家院子里，几乎每天都有三个男孩在玩耍，从中午一直玩到晚上。他们都穿着同样的灰衣服，戴着同样的帽子，彼此之间长得很相像，都长着圆圆的脸蛋、灰色的眼睛，我只能根据个子的高矮来区分他们。

我常常躲在板墙后面，从墙缝里观察他们，他们看不见我，我倒是希望他们发现我。我喜欢观看他们在一起做游戏，尽情地玩耍。我虽然不熟悉他们的游戏，但是看到他们玩得开心，我也感到高兴。我喜欢他们的装束，喜欢他们彼此之间的关怀和照顾。两个哥哥对那个滑稽可笑的胖墩墩的小弟弟特别关照，每当这个活泼可爱的小弟弟跌倒了，两个哥哥就哈哈地笑起来，像往常人们笑一个跌倒的人那样，但他们并不幸灾乐祸，而是马上把他扶起来。如果他弄脏了手或者膝盖，两个哥哥就用牛蒡叶子或者手绢帮他把手指和裤子擦干净。二哥温和地说：

"瞧你这个笨手笨脚的样子！……"

他们彼此之间从来不骂人，也不骗人。三个孩子都很机灵，也很有力气，玩起来不知疲倦。

一天，我爬到一棵树上，朝他们吹了一声口哨。他们听见口哨声，马上就站住了，接着便从容不迫地聚在一起，一面抬头望着我，一面悄悄地商议着什么。我以为他们一定会拿石块砸我，所以立刻从树上爬下来，把口袋和怀里都装满了石块，又爬到树上去。可是他们早已远远地躲开我，到院子角落里玩耍去了，看来他们已把我忘了。这使我感到很难过，可是我又不愿主动挑起事端。过了一会儿，有人在窗户上的通风口喊他们：

"孩子们，快回家！"

他们很听话，立刻回家去了，走起路来像公鹅似的，慢条斯理。

有好多次，我坐在围墙旁边的一棵树上，以为他们会叫我和他们一起玩耍，但他们没有理我。不过，我的心早已飞到他们那里，跟他们一起玩去了。幻觉之中，有时玩得特别着迷，我禁不住失声喊叫起来，或者放声大笑。这时，他们三人全都抬头惊望着我，一边低声议论着，弄得我怪难为情的，于是我便溜下树去，跑掉了。

一天，他们在院子里捉迷藏，按次序轮到二哥找人了，他就站在仓库后面的角落里，老老实实地用两手捂住眼睛，哪儿也不看，另外两个兄弟跑开去躲藏起来。大哥急速地爬进仓库遮阳罩下面一架宽大的雪橇里，小弟弟却手足无措，可笑地在井台上转来转去，不知该往哪儿藏好。

"一，"大哥喊叫起来，"二……"

小弟弟一纵身跳到井栏上，两手抓住辘轳的绳索，两只脚放进空吊桶里，吊桶在井壁上磕碰了几下，转眼间就不见了。

我登时吓呆了，只见那润滑得很好的辘轳无声地飞转着，我很快就明白了要出什么事，便从树上飞身跳进他们家的院子里，大声喊着：

"有人掉到井里啦！"

二哥跟我同时跑到井栏跟前，他一把抓住井绳，井绳在他手里继续往下滑，把他的手掌磨出了血泡。我也将井绳抓住了。这时大哥跑了过来，帮我们一起往上拉吊桶。他对我说：

"请轻点拉！……"

不一会儿，我们便把小弟弟从井里拉了上来。这回他饱受惊吓，右手的手指流着血，面颊也蹭破了皮，腰部以下都湿透了，脸色惨白、铁青，但他却微笑着，不住地打哆嗦，眼睛睁得老大。他微笑着拉长了声音说：

"我是怎样掉下去的呢？……"

"你是发疯了，所以就掉下去了。"二哥说着，紧紧地拥抱了他，并掏出手绢擦掉他脸上的血。大哥神色阴郁地说：

"我们走吧，反正是瞒不住的……"

"你们要挨打吧？"我问道。

他点了点头，一边向我伸出手来，说：

"你跑得真快呀！"

听了他的夸奖，我高兴起来，竟没有来得及握他的手。这时他又对二弟说：

"快走吧，他会感冒的！我们就说他跌了一跤，千万别说他掉井里了！"

"对，千万别说。"小弟弟赞同说，他仍在不住地打着哆嗦，"就说我跌倒在水坑里了，好吗？"

他们回家去了。

这件事发生得太突然，当我回头再看那棵树的时候，我跳进院子时踩过的那个树枝还在摇晃呢，一片枯黄的树叶从枝头飘落下来。

三兄弟不来院子里玩耍了，大约过了一个礼拜，他们终于出现了，吵吵嚷嚷的，玩得比先前更开心。那位大哥发现我坐在树上，就立刻亲热地喊道：

"快点过来呀！"

仓库遮阳罩下面有一架宽大的雪橇，我们就爬进那架雪橇里，彼此仔细打量着，谈了很长时间。

"你们挨打没有？"我问道。

"挨打了。"大哥回答。

真难让人相信，这些孩子也和我一样挨打，我暗暗为他们鸣不平。

"你捉鸟干什么？"小弟弟问。

"为了让它们唱歌。"

"不，你不要捉鸟儿，最好让它们自由自在地飞……"

"那好吧，我再也不捉了！"

"你再捉一只吧，送给我。"

"送给你？你要什么样的？"

"要一只快活的，好装在笼子里。"

"这么说，你是想要一只黄雀。"

"鸟儿会被猫吃掉的，"小弟弟说，"所以爸爸不许养鸟。"

大哥也附和说：

"他不让养鸟……"

"你们有妈妈吗？"

"没有。"大哥说，可是二哥纠正他道：

"有妈妈,但她不是我们的亲妈妈,我们的亲妈妈不在了,她死了。"

"不是亲妈就叫作后妈。"我说。他们的大哥点了点头,说:

"对的。"

他们三人都陷入了沉思,神色阴郁起来。

从外婆给我讲过的童话里,我早知道后妈的厉害,所以对他们的沉思我很同情。他们互相偎依着坐在那里,模样长得都一样,像三只小鸡似的。这时我忽然想起巫婆后妈的故事:恶毒的巫婆用骗术夺去了亲妈的位置,我就向三兄弟许诺说:

"亲妈还会回来的,等着吧!"

他们的大哥耸了耸肩膀,说:

"要是死了呢?这不可能……"

"不可能?天哪,人们死而复生的事简直太多了。有时候,人们甚至被砍成了碎片,只要在他们身上洒点活命的神水,他们就很快复活了。有时人死了,并不是真的死了,不是上帝让他死的,而是巫师施了妖法!"

我把外婆讲过的故事讲给他们听,讲得眉飞色舞,颇为激动。起初他们的大哥不停地笑着,后来轻声对我说:

"这些我们都明白,这是童话……"

他的两个弟弟却默默地听着,小弟弟紧绷着嘴唇,一副气鼓鼓的样子。二弟向我俯下身来,一只胳膊肘支在膝盖上,另一只胳膊搂住小弟弟的脖子。

天空降下深沉的暮色,房舍上方升起一朵朵红云。这时,那个留着两撇雪白的小胡子的老头儿出现在我们身旁,他穿一件咖啡色的、像教士的法衣似的长袍，戴着长毛的皮帽子。

"这是谁？"老头儿用手指着我问道。

大哥连忙站起来，朝我外公的房子点了点头，说：

"他是那家的孩子……"

"是谁叫他到这儿来的？"

三兄弟默默地爬出雪橇，立刻回家去了。瞧着他们那副俯首帖耳的样子，我又想起了那些恭恭敬敬的公鹅。

老头儿使劲揪住我的肩膀，拉着我穿过院子朝门口走去。我被他吓坏了，直想哭。可是他大步流星地走得飞快，我还没来得及哭出声来，早已被他拉到大街上。他在侧门旁边停下来，指着我的鼻子威吓说：

"不准你再到我家来！"

我生气地对他说：

"我压根儿就不是来找你的，老恶鬼！"

他又用那只大手揪住了我，拉着我沿人行道继续往前走，一边严厉地追问我，问话的语气好像在用锤子敲打我的头：

"你外公在家吗？"

真是倒霉，我外公恰好在家。外公恭恭敬敬地站在那个威严的老头儿面前，仰着头，胡子向上撅着，望着老头儿那双呆板的、像两戈比的铜币似的圆圆的眼睛，慌慌张张地说：

"他妈妈外出了，我一天到晚忙得不可开交。这孩子是有人生无人管，还请您多多原谅，上校！"

上校放开嗓子哼了一声，整座房子都听得见他的声音，然后他像一根木头柱子似的直挺挺地转过身去，走出门去了。过了一会儿，我被扔到院子里彼得大叔那辆马车里。

"又倒霉了吧,乖孩子?"彼得大叔一边卸车,一边问我,"这回是因为什么挨打呀?"

我把挨打的原因给他讲了一遍,不料他听了勃然大怒,尖声叫道:

"你怎么能跟他们交朋友呢?他们是狼心狗肺的少爷崽子。你被打成这个样子,原来是因为他们呀!你现在就去把他们揍一顿,还望着我做什么!"

他嘟嘟哝哝地埋怨了很久。我挨了打,心里很窝火,听着他的抱怨我深感同情,但他那皱巴巴的脸不住地颤抖着,变得越来越难看。望着他这张脸,我忽然想到那三兄弟回到家里也会挨打,而他们并没有做什么对不起我的事。

"不应该揍他们,他们都是好人,你这是撒谎骗人。"我对彼得说。

他盯着我望了一会儿,忽然大声喊道:"你快从马车上滚下去!"

"你是个蠢货!"我跳下马车,骂了他一句。他向我追过来,满院子里跑着,他想抓住我,但是抓不着,一边跑,一边生气地喊道:

"我是蠢货?我撒谎骗人?瞧我怎么收拾你……"

外婆从厨房里走出来,我一头扎进她的怀里。彼得向外婆告状说:

"这小家伙把我给气坏了!我的年岁比他大五倍,可他竟敢对我开口骂娘,什么脏话都骂了……还骂我撒谎骗人……"

别人当着我的面撒谎,我会感到局促不安,惊奇得不知所措。这回我也张皇失措,不知说什么才好,可是我外婆却坚定地说:

"你算了吧,彼得,你才是撒谎,他决不会对你开口骂娘的!"

这个马车夫如果向我外公告状，我外公准会相信他的。

从此以后，我和马车夫就结下了冤仇，他暗地里给我使坏，我也狠狠地报复他。他有时装作无意中撞我一下，或是用缰绳甩我一下，或者偷偷把我养的鸟儿从鸟笼里放走。有一次，他还故意叫猫吃掉了我的鸟儿，还动不动找碴儿向外公告我的状，并且总是添枝加叶。我渐渐觉得，他简直跟我一样，也是个小孩子，只不过装扮成老头而已。我偷偷把他的树皮鞋拆开，把鞋绳放松，割断，又让他看不出来。当彼得穿鞋的时候，这双鞋就散架了。有一次，我在他帽子里撒了些胡椒粉，害得他整整打了一个小时的喷嚏。总之，我绞尽脑汁，千方百计地报复他。一到节日，他便整天留心监视着我。当我偷着跟邻居家的小少爷们来往时，多次被他捉住。他抓住我的把柄之后，就立刻去向外公告状。

我暗中继续同那三个小少爷来往，我觉得，这种交往愈来愈令人愉快。在外公家的院墙和奥甫相尼科夫家的围墙之间，有一个僻静的角落，那里长着榆树、椴树和茂密的接骨木树丛。在这一片树丛后面，我在围墙上挖了一个半圆形的孔穴，那三个小少爷有时轮流着有时两人一次来到孔穴跟前，于是我们就通过孔穴低声交谈起来，有时蹲着，有时跪着。他们每次都派一人放哨，免得上校突然出现时我们来不及躲藏。

他们告诉我，他们的生活特别没意思。听着他们的诉说，我心里也很难过。他们谈到我替他们捉的那几只鸟儿的情况，谈到孩子们之间的许多事情，却只字不提他们的继母和父亲，至少我不记得他们说过这方面的事。他们多半是让我讲童话。我一本正经地把外婆讲过的故事复述一遍，要是什么地方忘了，就让他们等一下，我跑去找外婆，求她再讲讲我忘记的地方。外婆每次都很高兴地讲给我听。

我还给他们讲了我外婆的许多事。有一次,他们的大哥深深地叹了口气说:

"大概所有的外婆都很好,当初我们也有过一个好外婆……"

在他的言谈当中,经常使用"当初"、"过去"、"曾经"一类的字眼,并且语气也很悲伤,仿佛他在世间已经活了一百年,而不是一个十一岁的孩子。我至今仍记得他那窄小的手掌,细细的手指,他的整个身子都很瘦弱,一双眼睛很明亮,目光却很柔和,像教堂里的长明灯的灯光。他的两个弟弟也很讨人喜欢,也很容易让人信任他们。我总想做点让他们高兴的事儿,但我比较喜欢他们的大哥。

我常常谈得兴致勃发,没有发现彼得大叔走了过来。他总是拉长声调大喝一声,驱散我们:

"又干什么呢?"

我发现,这个马车夫经常神色忧郁,表情痴呆,并且发作的次数也愈来愈多了。我甚至学会了辨别他收工回家时的情绪如何:一般说来,他情绪好时,总是不慌不忙地打开大门,门枢发出的吱吱声又长又尖,懒洋洋的;要是他情绪不佳,门枢便吱溜一声,短促得很,就好像痛得尖叫一声似的。

他的哑巴侄子到乡下成亲去了。彼得一个人住在马厩上面的一间小屋里。小屋很矮,只有一个小窗户,屋里老是有一股呛人的发霉的皮革和焦油、汗臭、烟草混杂的气味。我讨厌这种气味,所以我从来不到他屋里去。最近他老是点着灯睡觉,我外公对此非常反感。

"你要当心呢,彼得,不要把我给烧着了!"

"你放心吧,决不会的!我睡觉前把油灯放在盛着水的碗里。"他心不在焉地朝一旁望着，答道。

近来，他不知为什么，眼睛总是朝一旁看，一副心不在焉的样子。也好久不参加外婆的晚会了，也不再请人吃他做的果酱。他的脸变得干巴巴的，皱纹更深了，走起路来摇摇晃晃的，像病人似的拖着沉重的脚步。

有一天，那是一个平平常常的工作日，我和外公一大早就在院子里铲雪。夜里下了一场大雪，院子里积雪很深。这时，侧门的门闩忽然响了一下，响声有些特别，紧接着走进来一名警察。他用脊背关上侧门，举起他那灰色的粗大手指朝外公勾了勾，招呼外公过去说话。外公走到他面前，警察把脸凑到外公脸上，那长长的鼻子仿佛在啄外公的额头。听不见他低声说些什么，只听见外公匆匆回答说：

"在这里呀！？什么时候？上帝保佑让我想想……"

他想了想，忽然可笑地跳起来，大声喊道：

"我的老天爷，这是真的？"

"小声点。"警察严厉地说。

外公四下里瞧了瞧，发现我在院子里，就说：

"把铁锹收起来，快回屋去吧！"

我躲在墙角后面，看见他俩朝马车夫的小屋走去，警察摘下右手上的手套，用手套拍了拍左手掌心，对外公说：

"他倒是很明白的。把马扔了，自己躲起来……"

我连忙跑进厨房，把我的所见所闻统统告诉了外婆。外婆正在发面盆里揉着面，准备烤面包。她那落了一层面粉的头不时地摇晃着，听我把话说完，她平静地说：

"他大概偷了什么东西……这不关你的事，出去玩吧！"

我又跑到院子里,看见外公站在侧门旁边,脱下了帽子,正在望着天空,在自己胸前画十字呢。他满脸怒容,胡子翘着,一条腿直打哆嗦。

"你听见没有,快回屋去!"他跺了跺脚,冲我喊道。

他自己也跟在我后面回屋了,走进厨房,他对外婆说:

"你过来,老婆子!"

他们到隔壁房间去了,在那里低声谈了很久。当外婆回到厨房的时候,我才明白,马车夫出了大事了。

"你怎么吓成这个样子?"

"别胡说,听见没有?"外婆轻声对我说。

这一整天,家里的气氛令人难堪,一家人提心吊胆。外公和外婆不时地彼此对视着,脸上带着忐忑不安的表情。他们说话声音很低,说得含含糊糊,总是悄悄地嘀嘀咕咕,这一切更加重了家里的恐怖气氛。

"老婆子,你把家里所有的长明灯都点上。"外公吩咐道,不时地咳嗽着。

大家都没有心思吃午饭,但又不得不匆匆忙忙地吃点东西,好像在等待什么人。外公疲倦地鼓起腮帮,唠唠叨叨地说:

"魔鬼对付人倒是很有力量!表面看上去像个虔诚的教徒,可是到底怎么样呢,啊?"

外婆连连叹气。

这个灰蒙蒙的冬日显得特别长,长得令人难受。家里的气氛愈来愈紧张,简直让人喘不过气来。

黄昏时分,来了另一名警察,红头发,比原先那个警察胖得多。

他坐在厨房里的长凳上打瞌睡,轻声打着鼾,不住地点头。外婆问他:"这件事是怎样查出来的?"他迟疑了一下,声音低沉地答道:

"我们什么事都能查出来,请别担心!"

我记得,当时我坐在窗户跟前,把一枚古老的钱币含在嘴里,焐热后再把它贴在结了冰的窗户玻璃上,想把钱币上的战胜毒龙的常胜将军格奥尔基的形象印在冰花上。

门厅里忽然传来沉重的脚步声,紧接着,房门一下打开了,彼得罗夫娜站在门口大声喊道:

"快去看看吧,你们家后院里有个什么东西!"

她看见警察待在我家厨房里,连忙转身朝过厅里跑去,但警察一把抓住她的裙子,也惊慌失措地喊道:

"你是什么人?站住!去看什么东西?"

彼得罗夫娜在门槛上绊了一下,跪倒在地上,这时她声泪俱下,上气不接下气地说:

"我去挤牛奶,看见卡希林家的后院里有一个东西,好像一只靴子!"

我外公这时怒不可遏,跺着脚恶狠狠地叫道:

"你撒谎,蠢货!你怎么能看见我家后院里有什么东西?隔着那么高的围墙,墙上又没有缝。你撒谎!我家后院里什么东西都没有!"

"老爷子!"彼得罗夫娜号啕大哭,一只手抓住自己的头发,另一只手指着我外公,哭着说,"你说得对,老爷子,我就是撒谎!我在去挤牛奶的路上,发现你们家的围墙下面有一溜脚印,有一个地方的雪是被人踩过的,我隔着围墙朝那边一看,看见一个人躺在那儿……"

"谁躺在那儿?——"

这一声拉长的喊叫声阴森可怖,听不清他到底喊的什么。紧接着,大家忽然像发了疯似的,互相拥挤着冲出厨房,朝花园里跑去。在后院的一个土坑里,只见彼得大叔躺在柔软的雪地里,背倚着那一根烧焦的圆木,脑袋耷拉在胸前。他的右耳下边有一道深深的伤口,像一张血红的大嘴似的,伤口里露出一些发青的牙齿状的碎块。我吓坏了,微微闭上眼睛,模模糊糊地看见彼得大叔膝盖上有一把我见过的马具刀,他的右手离那把刀很近,黑乎乎的手指弯曲着,左手耷拉在一边,被雪掩埋着。马车夫身子四周的雪已开始融化,他那瘦小的身躯深深地陷进毛茸茸的柔和明亮的积雪里,显得更像孩子了。他身子右边的雪地上有一片被血染红的奇怪的花纹,看上去很像在雪地上画出的一幅鸟儿的图案。他左侧的雪地无人触动过,平平整整的,闪烁着耀眼的光芒。他的脑袋软绵绵地垂下来,下巴颏抵住前胸,把他那浓密卷曲的大胡子弄得乱糟糟的。赤裸的胸脯上有一片凝固的深红色的血,那只硕大的铜十字架就贴在这片凝血里。人们高声吵嚷着,吵得我头昏脑涨。彼得罗夫娜一直在高声喊叫,警察也在喊叫,他派瓦列伊去什么地方。这时我外公喊道:

"不要乱踩,要保留那些脚印!"

但他忽然沉下脸来,往自己脚下瞅了瞅,用发号施令的口气大声对警察说:

"你喊叫也没有用,老总!这种事是上帝安排的,上帝自然会做出判决,你说的全是废话。唉,你们这些人呀!"

大家立刻安静下来,开始仔细察看死者,不住地叹息着,在自己胸前画着十字。

从院子那边又跑来一些人,他们翻过彼得罗夫娜家的围墙,跳下去，发出沉重的脚步声，但四周依然很安静。这时，外公四下里瞧了瞧，生气地喊道：

"邻居们，你们这是怎么啦，把我的马林果树踩坏啦，你们心里不觉得有愧吗？"

外婆拉着我的手，领我回屋去，她一直在抽抽搭搭地哭着……

"他干什么事了？"我问外婆。外婆答道：

"难道你没看见……"

这天晚上一直到深夜，厨房里和隔壁房间里有很多陌生人挤来挤去，不时地喊叫着，警察不断地向他们发号施令。一个长得像教堂执事的人在写着什么，一边写，一边用公鸭嗓子问道：

"怎么？怎么？"

外婆在厨房里招待客人，请大家喝茶。桌旁坐着一个胖子，满脸麻斑，留两撮小胡子，他用尖细的嗓音对大家说：

"此人的真名和绰号都不得而知，只查出他是叶拉季马镇人氏，那个哑巴是假装的，已供认了全部罪行。第三个人也招供了，这里还有个第三者。他们抢劫教堂由来已久，这是他们主要的行当……"

"啊呀，上帝呀！"彼得罗夫娜叹息道，她哭得满脸通红，脸上挂着泪水。

我躺在高板床上向下望着，我恍惚觉得这屋里的人变得又矮又胖，狰狞可怕……

十

有一天,恰好是礼拜六,我一大早就到彼得罗夫娜家的菜园里去了,在那里捕捉一种红肚皮的灰雀。可是我等了半天,那些傲慢的鸟儿蹦蹦跳跳的,就是不肯往捕鸟器里钻。它们似乎在故意炫耀自己的美貌,可笑地在银白色的冰雪上走来走去。有时腾空飞起,落在披着厚厚一层霜的灌木丛的枝杈上,像一朵朵鲜花似的。它们在枝头摇晃着身子,撒落一簇簇淡青色的雪花。这情景真是引人入胜,虽然没捉到鸟儿,我却一点儿也不感到气恼。再说我并不是一个上了瘾的猎人,我一向喜欢捕鸟,至于是否捕捉得到,我是不大在乎的。我喜欢观察小鸟们的生活,心里总是想着它们。

在严寒的冬日,我喜欢一个人坐在雪地边上,四周静悄悄的,只听见鸟儿在叽叽喳喳地叫唤,而在远处的某个地方,传来云雀的尖叫。在俄罗斯的冬天,云雀变得异常忧郁,它啼叫着飞走了,响亮的叫声像驶过的三套马车的铃铛声……

我在雪地上待了很久,打了个寒战,感到两只耳朵冻得麻木了。我收起捕鸟器和鸟笼,翻过围墙回到外公的花园里,然后便朝院子里走去。这时,我发现临街的大门敞开着,一个身材高大的乡下人正牵着马朝院外走,三匹马拉着一辆带篷的大雪橇。那些马大汗淋漓,身上冒着热气。这个乡下人快活地吹着口哨，这时我的心猛然一震。

"送谁来了？"

他回过头来，手搭在额头朝我望了一眼，然后纵身跳上驭手的座位，对我说：

"送教士来了。"

这倒不关我的事，既然是教士，那他大概是来看望房客的。

"走啦，小鸡们！"乡下人吆喝一声，吹起了口哨，抖了抖缰绳催马快走，于是寂静的大门口充满欢乐的气氛，三匹马驾着雪橇向原野上飞奔而去。我目送雪橇走远了，便掩上大门回屋里去了。但是，我刚刚走进空无一人的厨房，就听见隔壁房间里传来我母亲的声音，她的嗓音很洪亮，每个字都很清晰：

"现在怎么办，非逼死我不可吗？"

我没有脱外衣，只是扔掉鸟笼子，便朝门厅里跑去，结果一头撞在外公身上。外公一把揪住我的肩膀，两眼古怪地瞅了瞅我的脸，吃力地咽了一口东西，哑着嗓子说：

"你妈妈回来了，快去吧！等一下……"他使劲摇了摇我的身子，我差点站立不住，他又把我朝房门口推了一下，说，"去吧，去吧……"

我扑倒在房门上，好久没摸到门把手。由于寒冷和激动，我两手发抖，在蒙着毛毡和漆布的门上摸索着，终于摸到了门把手，轻轻地打开了门。我站在门口，有些头晕目眩。

"瞧，他来了，"我母亲说，"天哪，长这么大了！怎么，不认识我了？瞧你们给他打扮成什么样啦，哎呀……连耳朵都冻白了！妈妈，快给我拿点鹅油来……"

母亲站在房子中央,弯下腰来帮我脱衣服,像转动皮球似的转着我的身子。她那高大的身躯裹着一件红色连衣裙,看上去又暖和又柔软,宽宽大大的,像乡下人穿的长袍,从肩膀到下襟斜缀着一排硕大的黑纽扣。我头一次看见这种款式的连衣裙。

我觉得,母亲的脸似乎比过去小了一些,显得更白了,眼睛却变大了,眼窝陷下去,金色的头发颜色更深了。她替我把衣服脱下来,扔在门口,她那深红色的嘴唇厌恶地撇着,一再用威严的声音说:

"你怎么不说话?高兴吗?瞧你这衬衣脏成什么样子啦……"

后来,她给我耳朵上搽了鹅油,我疼痛难忍,但闻着母亲身上散发的清新的香味,我觉得疼痛减轻了。我紧贴在母亲身上,望着她的眼睛,激动得说不出话来。透过母亲的话语,我听见外婆闷闷不乐地低声抱怨说:

"他现在可顽皮了,谁也管不住他,连外公也不怕……唉,瓦丽娅,瓦丽娅……"

"别说了,妈妈,他会学好的!"

我觉得,与母亲相比,周围的一切都显得渺小、可怜而且衰老,我觉得自己也变老了,像外公一样衰老。母亲用健壮的膝盖夹住我,用那只温暖的大手轻轻抚摩着我的头发,说:

"该剪头了。也该上学了。想念书吗?"

"我会念书了。"

"还得再学一些。啊呀,你长得倒是挺健壮的,是吗?"

她开心地笑了,不时地逗我玩,她的笑声浑厚低沉,笑得我心里暖洋洋的。

外公走进来,他神色沮丧,头发蓬乱,眼睛充满血丝。母亲把我

推开,大声问道:

"想好了吗,爸爸,还要我走吗?"

外公站在窗前,用手抓着玻璃窗上的冰花,久久地沉默着。周围的一切都显得紧张不安,令人可怕。像往常一样,每次遇到这种令人难堪的场面,我总是格外敏感,仿佛全身都长出了眼睛和耳朵,胸部也古怪地舒展开来,我忍不住想要大声呼喊。

"列克赛,你给我出去!"外公声音嘶哑地说。

"为什么要他出去?"母亲重新把我拉到她身边,问道。

"好啦,你哪儿都不要去了,我不准你再出去……"

母亲站起来,像一朵红云似的飘过去,停在外公身后。

"你听我说,爸爸……"

外公突然转过身来,尖声叫道:

"住口!"

"瞧你,我不许你对我大喊大叫。"母亲低声说。

外婆从长沙发上站起来,指着我母亲威吓说:

"瓦尔瓦拉!"

这时外公在椅子上坐下来,嘟哝道:

"你说,我是你的什么人?啊?你敢这样对待我?"

他忽然咆哮起来,声音也变了:

"你让我没脸见人,瓦尔卡!……"

"你快出去。"外婆严厉地对我说。我只好到厨房里去了,心里压抑得很,我便爬到炉炕上去,久久地听着隔壁的谈话。他们忽而一齐说话,彼此打断对方的话;忽而沉默下来,仿佛突然间全睡着了。他们谈到我妈妈生了一个孩子,不知送给了什么人。可是令人奇怪的是，外公为什么生气呢？不知是因为我母亲生孩子没有得到他许可，还是因为她没有把那个孩子给外公带来。

后来，外公来到厨房里，头发蓬乱，满脸通红，一副疲惫不堪的样子。外婆紧跟着走进来，一边用衣襟擦着脸上的泪水。外公坐在板凳上，两手撑着板凳，弓着腰，咬着灰白的嘴唇，不时地打哆嗦。外婆在他面前跪下来，神色激动地低声说：

"老头子，你就原谅女儿吧，看在基督的分上，原谅她吧！这种事也算不得稀奇。就是那些老爷家里，商人家里，不照样出这种事吗？她毕竟是个女人，再说又是个漂亮女人！唉，原谅她吧，谁没有罪过呢……"

外公把身子靠在墙上，望着外婆的脸，他强装笑容哽咽地说：

"唉，你说得对，原谅她了！不原谅又能把她怎么着？你不原谅谁呢，你原谅所有的人，真没办法，唉，你们这些人啊……"

他向外婆俯下身来，抓住她的肩膀摇晃着，急促地低声说：

"恐怕上帝对什么都不肯原谅，对吗？我们活不了几年了，上帝在惩罚我们，我们到老了还得受罪，一天到晚不得安宁，尽碰上倒霉的事，将来也不会有好日子！你记住我这句话吧，将来我们会成为乞丐，会饿死的！"

外婆拉住他的手，在他身边坐下来，轻声笑起来。

"不要紧！成为乞丐有什么可怕的！无非就是去讨饭嘛。到那时候，你就坐在家里，我到外面去讨饭，我想人家会给口饭吃的，我们不会挨饿的！这些事用不着你管！"

外公忽然露出笑容，他像山羊似的扭过头去，两手抱住外婆的脖颈，紧贴在她身上。此刻的他显得瘦小、疲倦。他哽咽道：

"唉,傻瓜,你是个讨人喜欢的傻瓜,我只剩下你一个亲人啦!你这个傻瓜,对什么都不在乎,什么事也不懂!你回想一下,难道我们俩没有吃苦受累,难道我没有为他们作过孽?可是现在怎样呢,哪怕是有一点……"

这时我再也忍不住了,我泪流满面,跳下炉炕,朝外公和外婆扑去。没想到外公和外婆会谈得这么好,这使我感到喜悦,同时又为他们感到悲伤,加上母亲归来,以及他们对我的平等态度,这一切使我感动得号啕大哭起来。外公和外婆紧紧搂抱着我,让我和他们一起哭泣,外公亲切地对着我的耳朵和眼睛悄悄地说:

"哎呀,你这个淘气鬼,你也在这里呀!现在好啦,你母亲回来了,你可以跟她在一起了。外公是个老魔鬼,凶神恶煞的,现在就让他滚开,对不对?外婆老纵容你干坏事,娇惯了你,现在也让她滚开,对不对?唉,你们这些人呀!……"

他松开手,不再搂抱我和外婆,站起身来,气呼呼地大声说:

"都走了,都想离开这个家,什么事都不顺手……唉,你去把她叫来好吗?快点……"

外婆出去了。这时外公低下头,对着墙角祷告说:

"仁慈的上帝啊,这一切你都看见了吧!"

他一边祷告,一边用拳头咚咚地捶打自己的胸部。我不喜欢听他祷告,他跟上帝说话时好像自吹自擂。我特别反感他这一点。

母亲走进来,她的红衣裙照得厨房里亮堂起来。她坐在桌前的长板凳上,两侧坐着外公和外婆。她那宽大的衣袖搭在外公和外婆的肩膀上。我母亲神色严肃,低声讲述着什么。外公和外婆安静地听着,一声不响,也不打断她的话。此刻,他们俩像小孩子似的,仿佛女儿成了他们的母亲。

由于过分激动,我感到疲倦,躺在高板床上很快就睡着了。

晚上,外公和外婆像过节似的打扮起来,到教堂去做晚祷。外公穿上他那件行会会长的制服,外面套一件浣熊皮大衣,下身穿着撒脚裤。我外婆高兴地瞟一眼外公,朝我母亲使了个眼色,说:"瞧你爸爸这身打扮,简直像个干干净净的小羊羔!"

母亲开心地笑了。

当我和母亲单独待在她的房间里,她便蜷着腿坐在长沙发上,用手在沙发上一拍,对我说:

"你快点过来!你说说,过得怎么样,很不好吧?"

我该怎么说呢?

"不知道。"

"外公常打你吗?"

"现在好些了。"

"是吗?你给我讲点什么吧,愿讲什么就讲什么,好吗?"

外公的事没什么好讲的,于是我就从这个房间讲起,讲到这个房间里曾经住过一个非常可爱的人,可是大家谁也不喜欢他,外公拒绝把房子租给他住,我发现,母亲对这个故事不感兴趣。她说:

"那么,还有什么?"

我讲了那三个小少爷的事,讲到我被那个上校赶出家门。母亲听到这里,紧紧地把我抱在怀里,说:

"这个坏蛋……"

母亲不作声了,她眯起眼睛望着地板,不住地摇头。于是我问她:

"外公为什么生你的气?"

"我在他面前有过失。"

"你把那个孩子给他带来就好了⋯⋯"

母亲向后仰起头来,沉下脸,咬着嘴唇,接着她又抱着我朗声大笑起来。

"哎呀,你这个小怪物!不许你再说这些,听见没有?不要瞎说,也不要瞎想!"

她在轻轻地说些什么,神色严厉而古怪,絮絮叨叨地说了很久。然后她站起身来,在房间里踱来踱去,用手指敲打着下巴颏,两道浓眉耸动着。

桌上的蜡烛在流泪,空洞的镜子里映出蜡烛的倒影,模模糊糊的影子在地板上移动着,墙角里的圣像跟前,点着一盏长明灯。银白色的月光照耀着结满冰花的玻璃窗。母亲抬起头来,朝四周打量着,似乎要在光秃秃的墙壁和天花板上寻找什么。

"你想睡觉吗?"

"再过一会儿吧。"

"对了,你白天睡了一觉。"母亲记起来了,叹了一口气。我问母亲:

"你想走吗?"

"去哪儿?"她吃惊地反问一句,这时她托起我的下巴颏,久久地打量着我的脸,审视着,泪水止不住涌上我的眼窝。

"你怎么哭了?"

"脖子弄疼了。"

其实我是心里难过,我马上就预感到,在这个家里,母亲是生活不下去的,她肯定要离开我。

"你长大了会像你爸爸,"她用脚把毡垫子踢到旁边,对我说,"外婆给你讲过爸爸的事吗?"

"讲过。"

"她特别喜欢你爸爸,特别喜欢!你爸爸也喜欢她……"

"这我知道。"

母亲望一眼蜡烛,皱了皱眉头,就把它熄灭了。她对我说:

"摸黑更好!"

的确如此,熄灭了蜡烛,屋里显得清爽些,那些乱七八糟的黑影也不再晃动了。淡淡的月光投射在地板上,玻璃窗上呈现出金黄色的亮光。

"你以前住在哪儿?"

她仿佛在回忆早已忘却的往事,说了几个城市的名字。她一直在屋里转来转去,像一只鹰在无声地盘旋。

"这件衣服你是在哪儿买的?"

"这是我自己缝的。我的衣服全是自己做的。"

母亲的性格很独特,不像任何人,这倒令人高兴,可是她不爱说话,这使我感到难过。我要是不去问她什么,她就一直沉默不语。

后来她又在我身边坐下来,我们两人默默地坐在长沙发上,紧紧地贴在一起,直到外公和外婆做完晚祷回家来。这时,两位老人身上散发着蜡烛味和神香味,脸上带着庄重严肃的神色,态度却很温和。

晚餐很丰盛,充满着节日气氛。大家都彬彬有礼,很少说话,用词也很谨慎,仿佛害怕打扰了某人的睡眠似的。

没过多久，母亲就开始教我念普通的识字课本了[1]。她精力很旺盛，给我买了好几本书；我只花了几天工夫，读了其中一本《国语》，就学会了阅读普通的俄文版的书籍。可是，母亲马上就让我念诗，并且要我把念过的诗背下来。从这时起，我们彼此之间就产生了种种烦恼。

有一首诗中写道：

一条大路啊，平直的路，
在上帝的旷野上你任意漫步，
你不用开辟，不用构筑，
马蹄踏着你的柔软的尘封的身躯。

我把"旷野"念成了"普通的"，把"开辟"念成了"砍伐"，把"马蹄"念成了"马皮"[2]。

"喂，你认真想一想，"母亲严厉地对我说，"什么是'普通的'？你这个小怪物！是'旷野'，明白了吗？"

我心里很明白，可是照样念错了，我心里也觉得奇怪。

母亲生气地说我脑子太笨，并且固执己见。听到这些话，我感到很伤心。我念书特别用功，花了很大力气去记那些倒霉的诗歌，默念得很好，不出差错，可是一念出声来就出差错了。我恨透了这些难以捉摸的诗歌，生气的时候，我就故意念错，把一些同音词胡乱排列起

---

[1] 在此之前，外公教阿廖沙念的是教会里用的斯拉夫文字。
[2] 这些词在俄文里发音相近，孩子们容易念错。

来。我特别喜欢自己瞎编的这些古怪的歪诗。

可是，这样的恶作剧从没能逃脱惩罚。有一次，我顺利做完了功课，母亲问我，那首诗到底背会了没有？于是我不假思索地念道：

  一条大路两只角，
  奶渣便宜了，
  马蹄、教士和洗衣盆……

等我明白过来已经晚了，母亲两手按着桌子站了起来，声色俱厉地问道：

"你念的什么东西？"

"不知道。"我吓呆了，连忙答道。

"不，你快点说，怎么回事？"

"就这样啊。"

"就是什么样啊？"

"我是念着玩。"

"到墙角去。"

"做什么？"

她轻轻地，但却威严地重复道：

"到墙角去！"

"什么墙角？"

她没有答话，两眼紧紧盯着我的脸，一直盯得我心慌意乱，手足无措，不知她到底要做什么。墙角里的圣像跟前，摆着一张小圆桌，桌上有一只花瓶，里面插着一束干枯了的花草，散发着浓郁的花香。

前面一个墙角里摆着一只箱子，上面盖有一块壁毯，后墙角里摆着一张大床，第四个墙角被房门占据了，因为门框紧挨着侧墙。

"我不明白你要做什么。"我绝望地说，不知道她到底要怎么处罚我。

母亲坐下来，沉默片刻，用手擦了擦额头和面颊，然后问我：

"外公让你站过墙角吗？"

"什么时候？"

"总之，站过没有？"她在桌上拍了两下，冲我喊道。

"没有。我不记得了。"

"你知道不知道，站墙角是一种处罚？"

"不知道。为什么是处罚呢？"

母亲叹了一口气：

"唉，你过来。"

我走到母亲面前，问她：

"你为什么冲我喊叫？"

"可你为什么故意把诗念错？"

我一本正经地对她说，我一闭上眼睛，就记起了这首诗，每字每句都记得清清楚楚，可是一念，就念成别的词句了。

"你不是假装的？"

我回答说不是，可是我马上转念一想："没准儿我真的是假装的？"想到这里，我忽然从从容容地把这首诗背了一遍，居然背得一字不差。这使我大吃一惊，窘迫不堪。

我觉得脸上火辣辣的，仿佛忽然肿胀起来，两只耳朵麻木了，沉甸甸的，脑袋嗡嗡直叫，我站在母亲面前，羞得无地自容，泪水止不住夺眶而出。我模糊看见她的脸色暗淡下来,充满了忧伤,她的嘴唇紧绷着,皱着眉头。

"这该怎么解释呢?"母亲生气地问道,连声音也变了,"这么说,你是假装的了?"

"不知道。我并不想假装……"

"你这孩子真难缠,"母亲说着,低下头,"你走吧!"

母亲要求我背诵的诗歌越来越多了,可是我的记忆力却越来越坏,根本记不住那些整齐的诗行。我总想把它们变变样子,改动一下,加上一些其他的词句,这种愿望愈来愈强烈,简直无法遏止了。再说我要记错一首诗是轻而易举的,那些多余的词句不时地涌进我的脑海,很快就和书本上的诗句混在一起。经常遇到这样的情况,整行的诗在我眼前若隐若现,不管我怎样用功去记它,但总是记不住。有一首哀伤的诗,好像是维亚泽姆斯基公爵的诗,给我带来不少烦恼:

> 不论是傍晚还是清晨,
> 有许多老者、寡母和孤儿
> 他们呼吁救助,凭着上帝的名分,

可是下面一行"挎着饭袋在窗下行乞",我怎么也记不住,总是漏掉。母亲很生气,把我的行为告诉了外公,外公面色阴沉地说:"他装蒜!他的记性是很好的,祈祷词他比我记得牢。他骗你呢,他的记性像石头一样牢靠,只要刻上去,就忘不掉啦!你就该揍他一顿!"

外婆也当场揭发我,说:"故事他都记得,歌词他也记得,那么歌词和诗不是一回事吗?"

这些话都很有道理，我也觉得自己心中有愧。可是，只要我一念诗，一些不相干的词句就像蟑螂似的，不知从哪儿爬了出来，也排列成整齐的诗行。

在我家大门前
有一群老者和孤儿
呼求救助沿街乞讨，
彼得罗夫娜在收集乞食，
乞食卖给她喂养母牛，
他们在山沟里饮酒作乐。

这天夜里，我和外婆睡在高板床上，我不厌其烦地给她背诵书本上的诗和我自己编的诗。有时她哈哈大笑，但多半是教训我。

"这不是很好嘛，你都记得，你会背诗！不过嘲笑乞丐是不对的，连上帝都保佑他们！基督曾经是乞丐，所有的圣徒也都是……"

这时我低声念道：

我不喜欢乞丐，
也不喜欢外公，
这有什么办法？
上帝啊，宽恕我吧！
外公总是找碴儿，
狠狠地将我抽打……

"你在说什么呀,当心烂掉你的舌头!"外婆气哼哼地说,"你这话要是给外公听见了怎么办?"

"让他听见好了!"

"你不该胡闹,惹你母亲生气!没有你这个淘气包,她也够难过的了。"外婆若有所思,心平气和地劝我。

"她难过什么呢?"

"住嘴,听见没有!这事不该你知道……"

"我知道,是外公对她……"

"住嘴,听见没有!"

我日子过得很不畅快,常常有一种近乎绝望的感觉。可是不知为什么,我总想掩饰这种感觉,装出一副满不在乎的样子,淘气,胡闹。母亲给我上的课越来越多,难度也越来越大。算术对我来说并不难,可是写字却让我吃尽苦头,我对文法一窍不通。然而,我最为伤心的是,我常常看见和感觉到母亲在外公家里度日如年。她的脸色愈来愈阴沉,常常像陌生人似的望着大家,有时久久地坐在临着花园的窗户跟前,一声不响。不知为什么,她显得灰溜溜的,仿佛褪了色似的。她回来的最初几天,生动活泼,容光焕发,而现在她的眼睛下面出现了两块黑晕,她一连好几天不梳头,衣服皱巴巴的,上衣不扣纽扣。这一切损害了她的形象。我为此大为恼火,因为在我的心目中,她应该永远是美丽的、庄重的、衣服整洁的,应该永远是最出色的!

给我上课的时候,她老是心不在焉,那双下陷的眼睛常常望着我背后的墙壁或窗户。我提问的时候,她的声音显得很疲倦,有时忘记了回答我。她的脾气也变得急躁了,爱生气,常常冲我喊叫,这也使我感到伤心。我觉得,母亲应该是最公正的,就像童话里讲的那样。

有时我问母亲：

"跟我们在一起，你心里不好受吧？"

她生气地回答说：

"这跟你没关系！"

我还发现，外公正在做一件什么事，这肯定是一件让外婆和母亲害怕的事。他经常到我母亲的房间里去，关着门，听得见他忽而低声抱怨，忽而尖叫，像残疾牧人尼卡诺尔吹奏的难听的木笛声音。有一次，外公正在我母亲屋里训话，母亲突然大叫起来，整幢房子都听得见她的声音：

"这不可能，不行！"

说罢她"砰"的一声关上门出去了，而外公声嘶力竭地喊叫起来。

这时已是薄暮时分，外婆坐在厨房里，靠在桌旁给外公缝衬衣，一边低声自言自语地说着什么。听见母亲甩门，她留神听了听，说：

"她到房客家去了，唉，上帝啊！"

外公忽然冲进厨房，朝外婆扑去。他在外婆头上重重地打了一巴掌，使劲摇着打疼的手，尖声叫道：

"老妖婆子，不许你胡说！"

"你是个老傻瓜。"外婆平静地说，一边整了整打歪的头巾，"我不会胡说的，当然！从今以后，你打的坏主意要是让我知道了，我统统告诉她……"

这时，外公朝她扑过去，挥舞拳头在外婆的大脑袋上一阵猛打，外婆没有抵抗，也没有推他，只是说：

"你打吧，打吧，傻瓜！你使劲打吧！"

我在高板床上拿起枕头、毯子，从炉炕上拿起皮靴，朝外公和外婆扔去，然而这时外公气得暴跳如雷，竟没有发现我扔东西。外婆被打倒在地板上，外公就在她头上乱踢，最后他绊了一跤，跌倒了，碰倒了盛着水的木桶。他从地上爬起来，吐了几口唾沫，哼哧几下鼻子，凶狠地朝四周扫一眼，回到他住的阁楼上去了。外婆哼哼着爬起来，坐在长凳上，慢吞吞地整理着她那乱蓬蓬的头发。我连忙跳下床，来到外婆面前，她生气地说：

"快把枕头和其他东西收拾起来，放到炉炕上！你真想得出来，用枕头砸他！这和你有什么关系？他是个老糊涂，老魔鬼，他发疯了！"

她忽然皱起眉头"哎哟"一声，低着头叫我：

"快来看看，这里是怎么回事，特别疼？"

我分开她那浓密的头发，原来是一只发卡扎进她的头皮里，我把它拔了出来，发现还有一只也扎在头皮里。我的手指麻木了。

"我去把妈妈叫来，我害怕！"

她连忙挥了挥手，说：

"你要干什么？不许你瞎搅和！感谢上帝没让她看见，也没让她听见，你还想去叫她！快滚开吧！"

说罢，她便用绣花女的灵巧的手指在乌黑浓密的头发里摸索起来。这时，我鼓足勇气，帮她拔出另一只扎进头皮里的粗大弯曲的发卡。

"疼吗？"

"没事儿，明天我烧一盆热水，洗个澡就好了。"

这时她又温和地对我说：

"我的心肝，宝贝，千万别给你妈妈说我挨打了，听见了吗？他们俩本来就不对劲,都憋着一肚子气。你不会去说吧?"

"不会的。"

"好,你可要记住了!来,我们快把这里收拾干净。我脸上有伤没有?好啦,大概谁也不会看出什么来……"

她说着就开始擦地板,我大为感动地对她说:

"你简直就是个圣徒,别人让你受苦受难,你心甘情愿!"

"你胡说些什么呀?我成圣徒啦……你倒是会说话!"

她爬来爬去地擦着地板,自言自语地唠叨了很久。我坐在炉炕前的台阶上,心里琢磨着用什么办法报复外公,替外婆报仇。

这是他第一次当着我的面毒打外婆。屋里光线很暗,我眼前又浮现出他那张气得通红的脸,浮现出他那蓬乱的棕红头发。我心里恼恨极了,同时又生自己的气,气我自己想不出一个复仇的好办法。

可是,大约过了两三天,我不知为什么事到阁楼上去,走进他的房间,只见他坐在地板上,面前放着一只打开的小匣子,他正在整理小匣子里的公文,而他最喜欢的十二张圣徒像就放在椅子上。这些圣徒像画在灰色的厚纸上,每张纸上都有许多小方块,按照一个月的天数排列起来,每个小方块表示一天,里面画着这一天出生的所有圣徒的像。外公把这些圣徒像看得非常珍贵,很少拿出来给我看,只有在我非常听话、他对我特别满意的时候,才偶尔给我看一下。我每次看见这些拥挤地排列起来的灰色的讨人喜欢的小人儿,心里都充满一种不同寻常的感情。其中一些圣徒的传记我很熟悉,例如基里克、乌里塔、受难的圣徒瓦尔瓦拉、潘杰列蒙等等。圣徒阿列克谢的悲伤的传记特别动人,关于他的生平事迹有一篇生动感人的诗,外婆经常令人感动地念给我听。望着这数百个圣徒,想着他们全都经历过无数的苦难，你心里会渐渐得到安慰。

可是，现在我却要剪碎这些圣徒。我瞅准了时机，等外公走到窗前去看一张印着鹰徽的蓝色公文时，我抓起几张圣徒像，一阵风似的跑下楼去了。我顺手从外婆的桌子上拿了一把剪刀，爬上高板床，就开始剪圣徒的头。就这样，一排圣徒的头给剪掉了，我忽然感到挺可惜，于是我就沿着方块的边线剪，可是第二排我还没剪完，外公就闯进来了，他站在炉炕前的台阶上，问道：

"谁让你拿圣徒像的？"

他发现床板上撒着许多纸片，就拿起几张放在眼前看了看，扔掉了，又拿了几张，他的脸气歪了，胡子在跳动，呼哧呼哧地喘着气，把那些纸片吹落到地板上。

"你这是做什么？"他终于喊叫起来，揪住我的一只脚往下拉，我悬空打了个滚儿，外婆急忙伸出胳膊把我抱住了。外公举起拳头打她，也打我，一边气急败坏地喊道：

"我要打死他！"

我母亲跑进来。我躲在炉炕旁边的角落里，母亲用身子挡着我，她抓住了外公挥舞的双手，使劲推开他，一边说：

"这像什么样子？您快清醒一下吧！"

外公倒在窗户底下的长板凳上，大声哭喊着：

"打死我好了！你们全都跟我作对呀……"

"您怎么不嫌丢人？"我母亲声音低沉地说，"您怎么老是装疯卖傻的？"

外公哭喊着，两脚敲打着长板凳，胡子可笑地向上翘着，眼睛却紧闭着。我也感觉到外公被我母亲说得羞愧难当，他的确是装疯卖傻,所以不敢睁开眼睛。

"我把这些碎片贴在细纱布上,会给您裱糊得更好,更结实呢。"母亲仔细看了那些碎片和几张完整的圣徒像,说,"您瞧,都起皱褶了,快要裂开了……"

她跟外公说话,就像给我上课时解答我提出的问题似的。这时外公忽然站起来,规规矩矩地整了整衬衣和坎肩,咳嗽一声清清嗓子,说:

"你今天就给我裱糊起来!我现在去把剩下的几张拿来给你……"

他走到门口又转过身来,用弯曲的手指指着我说:

"得把这小子揍一顿!"

"应该揍他,"母亲迎合他说,然后朝我俯下身来,问道,"你为什么要这么做?"

"我故意这么做的,为了不让他再打外婆。要不然我就剪掉他的胡子……"

外婆把撕破的上衣脱下来,她摇了摇头,生气地说:

"你答应过不对人说!"

接着她朝地板上啐了一口,骂道:

"让你的舌头肿得不能动弹!"

我母亲望了她一眼,在屋里踱了一会儿,又回到我面前。

"他什么时候打外婆的?"

"瓦尔瓦拉,你不害臊,打听这种事,这跟你有什么关系呢?"外婆生气地说。

母亲紧紧地抱住了她。

"唉,好妈妈,你真是我的可爱的妈妈……"

"好妈妈有什么用!快滚开……"

她俩相对无言,默默地待了一会儿,然后分开了,门厅里传来外公咚咚的脚步声。

母亲回来的最初几天,就跟那个生性快活的女房客——军官的妻子要好起来,几乎每天晚上都到房客们住的前院去,贝特林格家的漂亮的太太们、军官们也常去那里聚会。外公对此很反感,当我们坐在厨房里吃晚饭的时候,他敲打着汤匙抱怨说:

"这些鬼东西,又聚会啦!你们瞧着吧,到明天早上甭想睡着觉。"

他很快就要求房客们搬家。房子腾出来之后,他不知从哪儿运来两大车各种家具,摆在前院的房子里,然后用一把大锁把门锁了起来。他说:

"我们不稀罕这些房客,我要自己请客!"

从此以后,每逢节日,客人们果然来了。常来聚会的有外婆的妹妹马特廖娜·伊凡诺夫娜。她是个洗衣婆,说话嗓门很高,长着又高又大的鼻子,穿一件带条纹的丝绸连衣裙,系着金黄色的头巾。还有她的两个儿子,瓦西里和维克托。瓦西里是绘图员,留着长头发,为人和善,生性快活,穿一身灰衣服;维克托脑袋很长,窄窄的脸上长满雀斑,穿得花里胡哨,一进门厅,就一面脱套鞋,一面像彼得鲁什卡那样捏着细细的嗓子唱起来:

安德烈爸爸,安德烈爸爸……

这些陌生人使我惊奇,同时又使我害怕。

雅科夫舅舅也来了,带着他的吉他,还领来一个钟表匠。这位钟表匠是个独眼儿，秃脑瓜，穿着宽大的黑色常礼服，不苟言笑，那副样子像个教士。他每次都坐在屋角里，把头微微偏向一边，面带微笑，古怪地用一个指头支着剃得精光的双重下巴颏。此人肤色较深，用唯一的一只眼睛看人，神情显得特别专注，他沉默寡言，经常重复一句口头语：

"您不必麻烦了，反正都一样……"

第一次看见他，我忽然想起很久以前的一件事，那时我们还住在诺瓦雅大街。有一天，大门外面响起嘈杂的击鼓声，只见一辆高高的黑色马车从监狱那边驶过来，经过我家门前向广场那边驶去。马车的板凳上坐着一个戴镣铐的人，这人个子不高，戴一顶圆毡帽，胸前挂一块黑牌子，上面写着粗大的白字。他的头垂得很低，似乎在念黑牌子上面的字，全身不住地摇晃着，身上的镣铐叮当作响。因此，当我母亲把我介绍给这位钟表匠的时候，我吓得直往后退，把两手藏在背后。

"您不必麻烦了。"他的嘴巴可怕地向右耳歪斜着说，这时他搂住我的腰把我抱起来，轻快地转了一圈，然后把我放下，夸奖说："还好，这孩子很健壮……"

屋角里有一把很大的皮圈椅，里面可以躺下一个人。我外公经常夸他这把圈椅，称它是格鲁吉亚王公坐过的圈椅。我爬到这把皮圈椅上，观看大人们枯燥无味的戏耍，我发现，钟表匠的脸色古怪地变化着，令人可疑。他那张脸上搽着油，皮肉松弛，软弱无力地哆嗦着。他微笑的时候，肥厚的嘴唇向右腮歪斜着，他的小鼻子也歪向一边，像盘子里的一只饺子。两只特大的扇风耳古怪地活动着，时而和那只好眼上的眉毛一起抬高，时而向高高的颧骨靠拢，仿佛只要他愿意，就随时可以用耳朵代替手掌来捂住自己的鼻子。他时而叹口气,伸出他那深色的像杵槌似的圆圆的舌头,灵活地画个正圆,舔舔油乎乎的肥厚的嘴唇。我觉得,他这些表情并不可笑,只是令人惊奇,不时地吸引人的注意力罢了。

　　他们开始喝茶,并且在茶水里掺了罗木酒,于是这茶水就带有一股烧焦的葱皮味儿。接着他们又喝外婆做的各种果子露酒,有金黄色的、有黑得像焦油似的、有绿色的。接着,他们喝味道浓烈的酸奶,吃奶油鸡蛋面做的樱桃蜜馅饼。他们吃得汗流满面,气喘吁吁,不住地夸奖外婆的好厨艺。酒足饭饱之后,大家都满脸通红,挺着大肚子,规规矩矩地坐在各自的椅子上,有气无力地请求雅科夫舅舅演唱一支歌儿。

　　雅科夫舅舅怀抱吉他,俯下身子,轻轻拨动琴弦,令人心烦地唱道:

　　　　哎,尽情享乐,逍遥快活,
　　　　全城哗然闲话多,
　　　　喀山来了一位贵夫人哪,
　　　　咱们要把这一切向她细说……

　　我觉得这支歌儿特别忧伤。外婆说:

　　"雅沙,你最好是弹点别的吧,弹一支正经歌曲,怎么样?马特里娅,你还记得以前都唱些什么歌儿来着?"

　　洗衣婆整了整窸窣作响的连衣裙,一本正经地说:

　　"亲爱的,如今那些歌儿都过时了……"

雅科夫舅舅眯起眼睛望着外婆，似乎她坐在很远的地方。他继续弹奏着忧伤的乐曲，唱着令人烦躁的歌词。

外公在跟钟表匠谈话，脸上带着神秘的表情，一面用手指向他比画着什么。钟表匠扬起眉毛，向我母亲那边望了望，不时地点点头，他那张皮肉松弛的脸上，表情变幻不定，令人难以捉摸。

母亲每次都坐在谢尔盖耶夫兄弟中间，低声跟瓦西里交谈着，表情很严肃。瓦西里连连叹气地说：

"是啊，是啊，这件事的确要好好考虑……"

维克托笑容满面，两脚蹭着地板走过来，忽然尖着嗓子唱道：

安德烈爸爸，安德烈爸爸……

大家安静下来，吃惊地望着他，洗衣婆煞有介事地解释说：

"他这是从剧院学来的，现在剧院里就唱这种歌儿……"

这样的晚会总共举行了两三次，在我的记忆里，每次都枯燥无味，令人压抑。后来，在一个礼拜天，那个钟表匠白天来了。当时刚刚做完午后的祈祷，我坐在母亲房间里，帮她往一块残缺不全的绣花图案上穿玻璃珠。忽然间，房门急促地打开了，外婆在门口探了一下头，脸上带着惊惶的神色，向我母亲低低喊了一声，马上就消失了：

"瓦丽娅，他来了！"

母亲一动不动地坐在那里，毫无反应。过了一会儿，门又打开了，外公出现在门口，他郑重其事地说：

"瓦尔瓦拉，快穿好衣服，去吧！"

母亲没有起身，也没有抬头看他，而是冷冷地问道：

"去哪儿？"

"快点去吧！别再争了。他是个安分守己的人，干他那一行，也是一把好手，对列克赛来说，是个好父亲呀……"

外公说话的语气异常严厉，手掌在身子两侧摩挲着。他的肘弯儿颤抖着，藏在背后，仿佛他的两手想要伸出去，他在用力遏制住它们似的。

母亲心平气和地说：

"我告诉您吧，这根本不可能……"

外公向她跨了一步，像瞎子探路似的向前伸出两手，弓着腰背，怒冲冲地嘶哑着嗓子喊道：

"快走！要不然我就揪住你的辫子，把你拖过去……"

"把我拖过去？"母亲站起来，大声问道；这时她脸色惨白，眼睛可怕地眯成一道缝，急匆匆地脱掉毛衣和裙子，身上只剩下一件衬衫，她走到外公面前，说，"把我拖过去吧！"

他向母亲伸出拳头，龇牙咧嘴地威吓道：

"瓦尔瓦拉，快穿上衣服！"

母亲用手推开他，抓住了门把手，说：

"行了，快走吧！"

"我要把你赶出家门！"外公低声喊道。

"我不怕。走吧！"

母亲拉开门，但外公抓住了她的衣襟，跪在地上，低声说：

"瓦尔瓦拉，真是岂有此理，你会毁了自己的！不要丢我的脸……"

接着，他痛苦地低声呼喊道：

"老婆子,老婆子……"

这时外婆已堵在门口,拦住我母亲的去路,像赶母鸡似的向她挥舞着双手,把母亲往屋里赶着,一边咬着牙低声埋怨道:"瓦丽卡,你这个傻瓜,这是怎么啦?快回屋去,真不知羞耻!"

她把我母亲推进屋里,插上门钩,然后朝外公俯下身,一把揪住他,把他从地上提起来,另一只手指着他威吓说:

"瞧你这个老魔鬼,老糊涂!"

她像扔一只布娃娃似的,"扑腾"一声把外公丢在长沙发上。外公张开嘴,使劲摇了摇头。这时外婆冲我母亲喊道:

"你快穿上衣服!"

母亲从地板上捡起衣裙,说:

"我不去见他,听见没有?"

外婆把我从沙发上推下来,吩咐道:

"你去打一勺水来,快点!"

她说话声音很低,几乎像耳语似的,平静而又威严。我打开门跑出去了,在门厅里,我听见前排房子里传来沉重而又均匀的脚步声。这时,只听见我母亲在自己房间里喊道:

"明天我就走!"

我来到厨房里,坐在桌前,像在梦中似的。

外公低声哼哼着,抽抽搭搭地在哭,外婆在埋怨他,过了一会儿,传来关门的声音。四周安静下来,静得可怕,我想起外婆让我来打水,便用铜勺舀了一勺水,来到门厅里,正遇上钟表匠从前屋里出来,只见他低着头,手里拿着皮帽子,一边抚摩着,一边吭吭地清着嗓子。外婆两手按着腹部,冲着他的脊背鞠了一躬,低声说:

"您自己也明白,强扭的瓜是不甜的……"

他在门口绊了一跤,跳到院子里。外婆在自己身上画了个十字,全身颤抖起来,不知是在悄悄地哭泣,还是在默默地笑。

"你这是怎么啦?"我连忙跑到外婆跟前,问道。

外婆从我手中夺过勺子,把水浇在我腿上,冲我喊道:

"你这是去哪儿打水啦?快关上门!"

说罢她就到我母亲房里去了。我回到厨房里,听见她和我母亲坐一起低声交谈着,不时地唉声叹气,哼哼呀呀的,仿佛在搬动一些沉重的东西似的。

这是一个晴朗的冬日,斜照的阳光透过两个结着冰花的玻璃窗射进来。餐桌摆好了,准备吃午饭,桌上摆着亮闪闪的锡制餐具,摆着一大瓶棕红色的克瓦斯,还有一瓶专门给外公预备的深绿色伏特加酒,里面浸泡着郭公草和金丝桃。透过化了冰的玻璃窗,看得见附近的屋顶上闪闪发光的积雪。围墙的柱子上和椋鸟巢上,都覆盖着亮晶晶的雪,看上去像戴了一顶银白色的包发帽。挂在窗框上的鸟笼子里也充满了阳光,我的小鸟们在玩耍:驯服的黄雀在欢乐地叫着,叽叽喳喳,灰雀吱吱叫着,红额金翅雀叫得最为好听。然而,这个愉快的日子,这明媚的阳光和鸟儿悦耳的啼声,却并不令人高兴。这一天显然是多余的,一切都显得是多余的。我打算把鸟儿给放飞了,便去摘鸟笼子,就在这时,外婆跑进来,两手在腰里拍打着,朝炉炕跑去,一面骂道:

"啊,该死的东西,叫你们遭天打五雷轰!啊呀,我真是老糊涂……"

她从炉膛里掏出一只馅饼,用手指敲了敲,凶狠地啐了一口唾沫,

骂道:

"烤煳了!这下可烤好了!嘿,这些个魔鬼,应该把你们全给撕碎!你这个猫头鹰,瞪着眼睛做什么?应该把你们统统打碎,像打碎破瓦罐那样!"

她说着哭了起来,气鼓鼓的,把烤煳的馅饼翻来翻去,用手指敲打着烤焦的饼皮,泪水扑簌簌地滴在馅饼上。

外公和我母亲走进来,外婆把馅饼扔在桌子上,震得盘子跳了起来。

"你们瞧瞧,馅饼烤成什么样子啦,全是你们给闹腾的,叫你们不得好死!"

母亲安静下来,脸上带着快活的笑容,她抱住外婆,低声安慰她,劝她不必为此生气。外公无精打采的,满脸倦容。他坐在餐桌前,把餐巾系在脖子上,自言自语地嘟哝着,阳光照得他那浮肿的眼睛眯起来。

"算了,没什么!好吃的馅饼我们都吃过了。上帝是很刻薄的……你在几分钟之内做了坏事,他要罚你受几年罪……他是从来不给你补偿的。快坐下吃饭,瓦丽娅……算啦!"

他仿佛精神失常了似的,一直在唠唠叨叨地谈论上帝,谈论亵渎上帝的以色列王亚哈,又说做父亲如何艰难。这时,外婆生气地打断他的话,说:

"你快吃饭吧,别瞎唠叨!"

母亲眼睛里闪着亮光,不时地开几句玩笑。

"你今天吓坏了吧?"母亲轻轻推我一下,问道。

不,当时我并不觉得害怕,但现在我却感到很难为情,对发生的事情和眼前的一切很不理解。

　　这顿饭持续了很长时间，他们像平常过节一样，猛吃猛喝，仿佛他们在半小时之前并没有相互叫骂，没有准备动手打架，也没有泪流满面和号啕大哭似的。可是不知为什么，很难让人相信他们这一切是严肃认真的，他们是不轻易流泪的。他们的眼泪、叫骂、互相折磨，已成了家常便饭，来得容易去得快，我对此已渐渐习惯，便很少为之激动了。

　　很久以后，我才终于明白，俄罗斯人由于贫穷，由于生活单调乏味，都喜欢拿痛苦来开心，玩弄痛苦，常常像天真的孩子似的，遭到不幸也很少为之感到羞耻。

　　在漫长的空虚无聊的岁月里，打架斗殴就是过节，失火反倒可以开心解闷；在呆板的毫无表情的脸上，伤痕也能给人增添光彩……

十一

这件事之后,母亲明显地坚强起来,挺直了腰杆,俨然成了一家之主。而我外公却变得无人理睬了,他一天到晚一副沉思默想的样子,不声不响的,跟以前判若两人。

他很少外出,整天待在家里,一个人躲在他的阁楼上,读一本很神秘的书。这本书叫作《我父亲的笔记》,外公总是把它锁在一个小匣子里。我多次发现,外公在打开小匣子取这本书之前,总是先洗洗手。这本小书很厚,是精装本,带着棕色的羊皮封面。在扉页前的淡蓝色签字页上,用大花字体写着题词,墨水的颜色已变得暗淡了:"谨将此书赠给尊敬的瓦西里·卡希林,以志纪念,深表谢意。"下面落款是一个很古怪的姓氏,字迹很潦草,花笔道画得像一只飞鸟。外公小心翼翼地打开厚厚的书皮,戴上银框眼镜,望着这则题词,久久地耸动鼻子,最后才把眼镜戴正了。我不止一次问他,这是一本什么书?他总是严厉地回答说:

"你不要打听这些。等我死了,这本书就留给你,浣熊皮大衣也留给你。"

他跟我母亲说话和气些了,总是三言两语,多半是留神听我母亲说话,他的眼睛闪闪发光,像彼得大叔那样,把手一挥,用抱怨的口气说：

"得了，得了，就照你的意思办吧……"

他的衣柜里有许多珍奇的服装和首饰，有花缎子裙子、绸子背心、绣着银线边饰的丝绸长衫、缀着珍珠的各种头饰、色彩鲜艳的各种头巾、沉重粗大的莫尔多瓦项圈，还有各种颜色的宝石项链。有时，他把这些东西拿出来，抱到我母亲的房里去，摆满了桌子和椅子，让我母亲欣赏。他说：

"想当年我们穿的可比现在讲究得多，也阔气得多！不但穿得好，日子也比现在好过。唉，那都是过去的事啦，好日子一去不回头了。嘿，快穿上试试吧，快穿上……"

有一次，母亲去隔壁房子里待了一会儿，回来时穿了一件绣金边的天蓝色长衫，戴着珍珠头饰。她深深地向外公鞠一躬，问道："我穿上好看吗，尊敬的父亲？"

外公干咳一声，马上变得和颜悦色起来，他抬起两手，舞动手指，围着女儿转了一圈，像在梦中似的含糊不清地说：

"哎呀，瓦尔瓦拉，你要是有钱就好了，你周围要是有些好人该多好啊……"

现在，前院两间房子给母亲住了。经常有人在她那里做客，来得最多的两兄弟，姓马克西莫夫。其中一个名叫彼得，是军官，人很漂亮，身材高大，留着淡黄色大胡子，蓝蓝的眼睛。上次我啐了那个秃头老爷，外公就是当着这个军官的面把我揍了一顿。另一个名叫叶夫根尼，也是个高个子，细长腿，脸色苍白，留着黑色的山羊胡子，一双眼睛又大又圆，像李子似的。他那套淡绿色制服上缀着金黄色纽扣，窄窄的肩上戴着金黄色花字符号。他经常敏捷地甩头，把长长的波浪式的头发从高高的前额甩到脑后去。他脸上总带着憨厚的笑容,喜欢给大家讲点什么,声音低沉而且沙哑,每次开头总要客客气气地说:

"您知道吧,我以为……"

母亲听他讲话时总是眯起眼睛,脸上带着嘲笑,并且时常打断他的话:

"叶夫根尼·瓦西里耶维奇,您是个小孩子,请原谅……"

那个军官总是用宽大的手掌在膝上一拍,叫道:

"他就是个小孩子……"

在圣诞节后的十多天里,我们家里既热闹又快活,几乎每天晚上都有人来我母亲那里做客。客人们都打扮得漂漂亮亮,她自己也打扮起来,每次都数我母亲最漂亮,跟客人们一起出去了。

每当母亲和这帮服饰讲究的客人们走出大门,家里便立刻静下来,仿佛整幢房屋沉入了地下似的,静得令人心慌,烦躁不安。外婆像母鹅似的在各个房间里走来走去,把房里的东西收拾好,外公背靠温暖的炉壁站着,自言自语地说:

"哼,好吧,很好嘛……看他们能闹腾出什么结果来……"

节期[①]过后,母亲送我和萨沙进学校念书。萨沙是米哈伊尔舅舅的儿子,这时他爸爸续了弦,后妈进门不几天就开始讨厌他,经常打他。外婆可怜苦命的萨沙,坚持要外公把他接到自己家里来。我们上学校念书,仅有一个月左右,所学的东西我只记得:当有人问"你姓什么?"不能简单地回答"彼什科夫",而应该回答"我姓彼什科夫"。也不能对老师说"你别喊叫,老兄,我不害怕你……"

---

① 东正教习俗,圣诞节后十二天为圣诞节期。

我马上就对学校产生了反感,表哥开始几天很高兴,很快就找到了伙伴。但有一天,他在课堂上睡着了,在梦中忽然可怕地喊起来:

"我不……"

醒来之后,他被轰出了教室,同学们把他好好嘲笑了一通。第二天,我们俩去上学,刚刚走到谢纳亚广场附近的山谷,他停下来对我说:

"你上学去吧,我不去上学了!我想去遛弯儿。"

他说着蹲在地上,认真地把书包埋在雪堆里,就跑去玩耍了。一月的天气,晴空万里,雪地上明晃晃的,到处充满明媚的阳光。我非常羡慕表哥,但我还是上学去了。我不得不去上学,因为我不愿让母亲为我伤心。萨沙埋在雪堆里的书包果然丢了,第二天他便以此为理由没有去上学。到了第三天,他的逃学行为便被外公发现了。

于是我们俩受到审问。外公、外婆和我母亲坐在厨房里的桌子后面,开始审问我和萨沙。我记得,对外公提出的问题,萨沙回答得很可笑:

"你到底为什么不去上学?"

萨沙那双柔和的眼睛呆呆地望着外公的脸,不慌不忙地回答说:

"忘了学校在哪儿了。"

"忘了?"

"是的。我找过多次……"

"你可以跟列克赛一起去嘛,他记得的!"

"我跟他走散了。"

"跟列克赛走散了?"

"是的。"

"这怎么可能呢？"

萨沙思索了一会儿，然后叹一口气，答道：

"遇上了暴风雪，什么也看不见。"

大家哄然大笑，因为天气一直很晴朗，根本没有刮风。萨沙也偷偷地笑了，外公龇着牙，挖苦地问道：

"你为什么不拉住他的手，拉住他的腰带？"

"我本来是拉着的，可是大风把我给卷走了。"萨沙解释说。

他说话懒洋洋的，脸上带着绝望的表情。听着他这些无用的愚蠢的谎言，我感到难为情。不过，他那股子固执劲儿的确让我吃惊。

我们俩都挨了打。此后，外公雇了一个人，专门送我们上学。此人是个老头儿，过去当过消防队员，断了一只胳膊。他的任务是看着萨沙，免得他在上学的路上逃跑。可是这也无济于事。第二天，表哥走到山谷边上，弯腰脱下一只毡靴，把它扔出老远，又脱下另一只毡靴，朝另一个方向扔去，于是他只穿着袜子，拔腿就跑。老头儿眼睁睁地看着他从广场上跑掉了，他哼哼唧唧地跑去捡靴子，然后惊慌不安地领着我回家去了。

这一整天，外公、外婆和我母亲都在城里寻找逃跑的萨沙。直到傍晚，才在修道院附近的契尔科夫酒店里找到他。这时，他正在那里给顾客们跳舞开心呢。萨沙被领回家了，外公居然没有打他。这孩子很固执，始终一言不发，弄得大家都忐忑不安。他跟我一起躺在高板床上，抬起腿来用脚掌蹭着天花板，低声对我说："后妈不喜欢我，爸爸也不喜欢我，连爷爷也不喜欢我，既然这样，我干吗要跟他们一起生活呢？我现在就去问奶奶，强盗住在什么地方，我去投奔强盗，到时候你们就知道了……我们俩一块儿跑吧？"

我不能跟他一块儿跑,因为那时我也有了自己的打算。我决定当一名军官,留着淡黄色大胡子,因此我得好好上学。我把自己的想法透露给表哥,他思考了一会儿,赞成我的计划,说:

"这样也好。等你做了军官,我也当上了强盗的首领。那时候你一定会来捉我,我们俩呀,还不定谁打死谁呢,也说不定谁能捉住谁。我要是捉住你,决不杀死。"

"我也不杀你。"

我们两人一言为定。

这时,外婆进来了,她爬到炉炕上,望了望我们俩,说:"这两个小家伙,做什么呢?唉,两个孤儿,实在是可怜啊!"

外婆怜爱我们,说了不少疼爱的话,接着便痛骂萨沙的后妈娜杰日达。娜杰日达舅妈是酒馆老板的女儿,是一个身躯肥胖的女人。接着外婆又痛骂天下所有的后妈和继父,顺便给我们讲了一个故事。说的是聪明的苦行修士约纳在少年时代,同后妈发生争执,请求上帝来做出判决。约纳的父亲是乌格里奇人,在白湖上打鱼为生:

> 年轻的妻子起了歹心,
> 她要用毒酒害死夫君,
> 安眠药放在了啤酒里面,
> 丈夫他喝下去沉睡不醒。
> 她把丈夫放进了橡木小舟,
> 就好比放进了小小的棺木。
> 她拿起槭木桨轻轻击水,
> 小木船飞快地驶向湖心。

湖中央有一片乌黑的漩涡,
她要在那里杀人灭迹。
这妖婆弓下腰用力摇晃,
橡木船禁不住翻在了湖里。
她丈夫像铁锚沉下湖底,
这妖婆急忙游向岸堤。
爬上岸她马上跌倒在地,
可怜巴巴,哭哭啼啼,
以泪洗面假装悲凄。
好心人听信了她的谎言,
都跟她一起伤心哭泣:
"唉,你这个年轻的寡妇啊,
女人的伤心事莫过丧夫,
我们的生与死全由天定,
上帝让谁死,不死也不行。"
只有她的继子约努什科,
不相信后妈悲伤的眼泪。
他把手按住她的心窝,
心平气和地对继母说:
"啊呀,后妈,你掌握着我的命运,
你这个夜行的鸟,狡诈过人,
我不相信你的眼泪,
你的心正在快乐地跳动。
让我们一同问一问上帝,

问一问上天众多的圣灵。
我们请公证人拿出钢刀,
把钢刀抛向晴朗的天空:
你说的是实情,就让钢刀杀我;
我说的是实情,钢刀就取你的性命。"
后母恶狠狠看他一眼,
眼冒凶光怒火中烧。
她坚定地站在继子面前,
寸步不让地与他争吵:
"嘿,你这个无知的畜生,
你天生痴呆,愚笨低能。
你这是当众胡诌什么?
你怎能说出这等无耻谎言?"
人们望着他俩,默默谛听,
都觉得这件事有些嫌疑。
大家垂头丧气,暗自寻思,
交头接耳商量对策。
后来人群里走出一位年迈的渔夫,
他向周围的人们躬身施礼,
这时他说出大家的决定:
"善良的人们,
你们把钢刀交到我的右手,
我把它抛向晴朗的天空,
让钢刀落下来惩治真凶!"

有人递给老渔夫一把利刃，
他接过来立刻抛向天空。
这把刀像飞鸟向空中飞去，
人们等待许久，不见它的踪影。
大家抬起头仰望碧空，
摘下帽子，拥挤在一起，
黑夜静悄悄，人们沉默不作声，
那钢刀一直无影也无踪。
湖面上升起殷红的朝霞，
后母满面红光露出笑容。
这时候那钢刀从天外飞来，
径直刺向了后母的心窝。
善良的人们纷纷跪倒，
虔诚地向上帝齐声祷告：
"上帝啊，多亏你主持公道！"
老渔夫拉起约努什科的手，
领着他到远方去苦心修道。
修道院坐落在喀尔仁查河边，
距离那古老的基里什城不远……①

第二天早晨，我醒来时发现自己身上长满了红斑点，原来是出水

---

① 在唐波夫省鲍里索格列勃县的科留潘诺夫卡镇，我曾听到这个传说的另一种结局：钢刀落下来杀死诽谤后母的继子。——作者注

痘了。我搬到后面阁楼上去住，久久地躺在那里面，眼睛什么也看不见，手脚都用宽绷带捆绑起来。我老是做一些噩梦，其中一个噩梦差点儿断送了我的性命。外婆一个人给我送饭，她用汤匙喂我，像喂小孩似的，给我讲许许多多的故事，并且每次讲的都是新故事。

一天晚上，我的身体已开始复原了，我躺在那里，已不再捆绑着手脚，只是用绷带把手指缠起来，免得我抓破脸上的痘斑。不知为什么，外婆没有按时来看我，这使我心中大为不安，忽然间，我看见她了：她趴在阁楼门外布满尘土的台阶上，脸朝下，胳膊伸开，她的脖子被割开了，留下一个深深的刀口，像彼得大叔那样。这时，从落满尘土的昏暗的角落里走出一只大猫，它走到外婆跟前，贪婪地瞪着一双绿眼睛。

我急忙跳下床，脚踹肩顶地打掉了一扇窗门，从窗户跳下去，掉在院内的雪堆里。这天晚上，客人们在我母亲那里吵吵嚷嚷，所以谁也没有听见我砸玻璃和打掉窗门，我在雪地里躺了很久，无人发现。表面看来，我没有摔坏什么地方，只是一只胳膊脱了臼，身上被玻璃划伤几处，可是我的两腿不听使唤，我在床上躺了三个来月，两腿完全失去了知觉。休养期间，我经常听见家里的喧闹声，楼下时常有人开门关门，有很多人在那里走来走去。

外面常有暴风雪，刮得屋顶沙沙作响，令人烦闷。门外的阁楼上，风呼呼地刮着，风在烟囱里悲哀地呼叫着，炉子的风门发出叮叮的响声。白天，一群群乌鸦嘎嘎地叫；夜间万籁俱寂，旷野上传来狼群凄厉的嗥叫。伴着这种忧郁的音乐，我的心在逐渐成熟。后来，春天悄悄来临了，它怯生生地、一声不响地向窗户里探望着，一天天地变得亲切起来。三月的阳光像春天的眼睛微微笑着。几只母猫在房顶上和阁楼上唱歌，呼叫。墙壁外面传来了春天的簌簌声：屋檐下晶莹的冰柱折断了；融化的雪水从屋脊上的马头形木雕上流下来；马车铃声比冬天更响亮了。

外婆常来看我，我发现，她说话时嘴里有一股伏特加酒的气味，并且越来越浓了。后来有一天，她拿来一只白色的大茶壶，把它藏在我的床底下，向我使了个眼色说：

"我的心肝宝贝，你千万不要对你外公那老家神说哟！"

"你干吗要喝酒？"

"住嘴！长大了你会知道的……"

她从壶嘴里吸了一口酒，然后拿袖子擦擦嘴唇，脸上带着甜甜的微笑，问道：

"好了，我的乖孩子，我昨天给你讲什么来着？"

"讲我父亲。"

"讲到什么地方了？"

我提醒她之后，她便不慌不忙地讲起来，讲了很久。她讲起故事来悦耳和谐，富有节奏感，像小溪潺潺流过。

关于我父亲的事，是她主动给我讲的。有一天，她来看我，我发觉她没有喝酒，一副忧伤的样子，满脸倦容。她对我说：

"我在梦里见到你父亲啦，他一个人在野外游逛，手里拿一根核桃木棍，边走边吹口哨。一条花狗跟着他，那狗的舌头伸得老长，颤抖着。说来奇怪，近来我老梦见马克西姆·萨瓦杰耶维奇，大概他的灵魂不得安宁，还没有找到一个安息之处吧……"

一连几个晚上，她给我讲父亲的生活经历。我父亲一生坎坷，经历曲折，他的故事像外婆讲的其他故事一样有趣。

我父亲是一个军官的儿子。祖父当兵出身,后来被提拔为军官,因虐待部属被流放到西伯利亚。我父亲就出生在西伯利亚的流放地。父亲生活很糟,还是个小孩子的时候就常常离家出走。有一次,祖父带着几条猎狗到森林里去找他,像捉兔子似的。又有一次,他终于被祖父捉住了,打得死去活来,邻居们看不下去,把孩子抢去藏了起来。

"小孩都得挨打吗?"我问外婆,她心平气和地回答说:

"是的,都得挨打。"

我祖母死得很早,父亲刚满九岁,祖父也去世了。此后,父亲就靠他的教父抚养。他的教父是个细木工,在彼尔姆城同业行会给他补了个缺,开始教他做木匠活儿。可是父亲不辞而别,从他那里跑掉了。后来他给瞎子当领路人,在市场上游逛。十六岁那年来到下新城,在承包商科尔钦那里当帮工,科尔钦是轮船上的木匠。父亲二十岁就成了很好的细木匠、裱糊匠和装修工。他所在的那个木匠铺子在科瓦利哈大街,就在外公家的院子旁边。

"咱们家的围墙不高,人们的胆子也大。"外婆咪咪地笑着说,"一天,我和瓦丽娅在花园里,正在摘马林果,忽然有人翻过围墙跳了进来,把我吓一跳。他就是你父亲,一个身强力壮的小伙子,从苹果树丛里走过来,穿一件白衬衣,波里斯绒裤子,赤着脚,没戴帽子,用一根皮筋儿扎住长长的头发。原来这小伙子求婚来了!我以前见过他,他有时从我家窗户外面走过,我看见他的时候,心里就想过:这小伙子真棒!这时,他已经来到我面前,我问他:'小伙子,你为什么不走大路,偏偏要翻墙头?'可是他'扑通'一声跪下了,他说:'阿库里娜·伊凡诺夫娜,我求你了,我诚心诚意地请求你,正好瓦丽娅也在这里,求你帮助我们,看在上帝的分上,我们俩想要结婚了!'

我听他这么一说,简直吓昏了头,舌头也不听使唤了。我又一瞧,你母亲这个骗人精,躲到苹果树后面去了,只见她羞得满脸通红,像马林果似的,正在给那个小伙子打手势呢,不过她自己眼睛里却噙着泪。我说:'你们这些人呀,真该天打五雷轰,你们这是要的什么鬼把戏呀?你是发疯了还是怎么的,瓦尔瓦拉?还有你,小伙子,你也好好想一想,你配不配来摘这一朵花?'那时候,你外公很阔气,孩子们还没有分家,他有四处房产,既有钱又有名望。在这之前不久,他因连任了九年行会会长,受到官府的嘉奖,得了一顶镶金边的礼帽和一套制服,当时他可神气啦!我现在虽然说得头头是道,当时可是吓得浑身发抖。看着他们俩愁眉苦脸的样子,我心里也可怜他们。这时你父亲说:'我心里明白,瓦西里·瓦西里耶维奇不会心甘情愿地把瓦丽娅嫁给我,所以我要偷偷娶她,只有你能帮助我们。'居然求我来帮助他们!我揍了他一个耳光,他没有躲闪,他说,'你就是用石头砸我,我也心甘情愿,只求你帮助我们,我反正是不会放弃这门婚事的!'这时瓦尔瓦拉走到他面前,把胳膊搭在他肩上,对我说:'我们俩呀,早在五月里就结过婚了,现在只需在教堂里举行一下婚礼。'这下子可把我给气晕了,我的老天呀!"

讲到这里,外婆咯咯地笑了,笑得浑身打哆嗦。接着她闻了闻鼻烟,擦干了眼泪,快活地舒了一口气,继续讲下去:

"这些事你还不懂,什么是结婚,什么是举行婚礼?不过你要知道,要是一个姑娘还没举行婚礼就生孩子,这就算是大难临头啦!你要记住这一点,长大了不要引诱姑娘们做这种事,否则你就是作了大孽,姑娘终身不幸,孩子也不合法。你千万要记住,要当心!你要好好做人,要心疼女人,真心实意地爱她们,不要只图一时痛快。我给你说这些是为你好!"

她陷入了沉思,身子在椅子上轻轻摇晃着,过了一会儿,她精神抖擞起来,又接着讲下去:

"嘿,这事叫我该怎么办呢?我打马克西姆的额头,我揪瓦尔瓦拉的辫子,可是他说得的确有道理:'打是无济于事的!'瓦丽娅也说:'您先想一想该怎么办,然后再打也不迟!'于是我问他:'你有钱吗?'他说:'本来有些钱,可是我拿这钱给瓦丽娅买戒指了。''你攒了多少钱,三个卢布?'他说:'不,将近一百卢布。'那时候钱很值钱,东西便宜。我望着他们俩,就是你的父母,心想,这两个年轻人,都是傻瓜!你母亲说:'我怕您看见,就把这枚戒指藏在地板底下了,可以把它卖掉嘛!'嘿,简直是胡说八道!不过,我们好说歹说,最后总算谈妥了,一个星期后他们举行婚礼,由我亲自和神父去办这件事。我大哭了一场,心里老是发抖,我害怕你外公,你母亲那时也心惊肉跳的。最后,事情终于安排好了!

"没想到你父亲有个仇人,此人是个师傅,心眼坏透了。他早猜到我们要做什么,便在暗中盯着我们。我按照事先的约定,把我唯一的女儿打扮起来,让她穿上最好的衣裳,把她送出大门,一辆三套马车在暗处等着她。她上了马车,马克西姆吹了一声口哨,马车立刻就驶去了!我泪流满面,正要走回家,这人忽然拦住我的去路,这个坏蛋说:'阿库里娜·伊凡诺夫娜,我是很善良的,我不会去打搅他们的好事,不过你得给我五十卢布,作为对我的酬谢!'我哪儿来的钱呢,我平时不爱财,从不攒钱,于是我就不假思索地对他说:'我没有钱,没法儿给你酬谢!'他说:'那你答应以后给我吧!'我说:'我怎么答应你呢,以后我哪儿去给你弄钱呢?'他说:'这有什么难啊,你丈夫是阔佬，偷他的钱！'我本该跟他再谈一会儿，拦住他，可我这个没头脑的，却朝他脸上啐了一口，就回家去了！于是，他抢在我前面，跑到我家院子里，立刻把这件事嚷开了！"

外婆闭上眼睛，微微一笑，接着说：

"这件事现在想起来还让人害怕，真是不要命啦！你外公像野兽似的咆哮起来，这事儿能闹着玩吗？平时他看着女儿，总是夸口说：'我要把她嫁给贵族，嫁给一位老爷！'这下叫你嫁给贵族老爷吧，全成泡影了！至圣的圣母比我们明白，她知道该让谁跟谁成婚。你外公在院子里蹦来蹦去，像身上着了火似的。他把你两个舅舅米哈伊尔和雅科夫叫出来，又叫上那个麻脸师傅和马车夫克里姆。我看见他拿起那把短柄链锤，就是用皮带拴着一个哑铃的那种，米哈伊尔拿起猎枪，我们家的马也是好马，奔跑如飞，加上那辆轻便马车。我心想，这下完了，准能追上他们！就在这时，你母亲的守护天使让我急中生智，我找了把小刀，偷偷地把车辕的皮套割了个口子。我心想，这下到路上非断不可！果然，皮套拉断了，他们在路上翻了车，差点没把你外公、米哈伊尔舅舅和马车夫砸死。他们耽搁下来了。等他们修好马车，飞驶到教堂，瓦丽娅和马克西姆已经从教堂里走出来，他俩已经举行过婚礼，站在教堂门口的台阶上了。嘿，真是谢天谢地！

"这时，我们家的老少爷儿们一齐扑了上去，要打马克西姆。无奈马克西姆身体强壮，力气过人，他把米哈伊尔从台阶上摔下来，摔伤了他的胳膊。马车夫也被打伤了。你外公和雅科夫舅舅，还有那个麻脸师傅，全都吓坏了，谁也不敢接近他。

"你父亲他虽然非常生气，但头脑是很清醒的，他对你外公说：'你快把链锤扔了，别在我面前挥来挥去的。我是一个安分守己的人，我所得到的，都是上帝给我的，谁也甭想夺走，除此之外，你的什么东西我都不要。'你外公他们不敢再纠缠他了。外公上了马车，大声喊道：'现在你滚开吧，瓦尔瓦拉，你不再是我女儿，我也不想再看见你，你活着也好，饿死也好，都跟我没关系。'他回到家里，任凭他打我骂我，我都不吭气。我心里想，时间长了，一切都会过去的，反正生米煮成熟饭了！后来，你外公对我说：'你听着，阿库里娜，你再也没有这个女儿了，记住我的话！'我没有吭声，心里想着，你胡说八道，红头发，这怨恨像冰块，等天气暖和了，它自然就消了！"

我专注地听着，听得津津有味。我感到惊奇的是，关于我母亲的婚事，外婆讲的跟外公讲的不一样。外公曾给我描述过母亲举行婚礼的情形，但他的说法全然不同。他说，他反对这桩婚事，母亲结婚后，他不许母亲回家来住。但据他说，母亲的婚礼并非偷偷举行的，他也到教堂去参加了婚礼。我不想问外婆他们两人谁说得更确切。但我觉得，外婆讲的更动人，我喜欢听。她一边讲，一边轻轻地摇晃着身子，仿佛坐着小船漂在水上似的。当她讲到悲伤或者可怕的地方，她的身子就摇晃得更厉害，她向前方伸出一只手，仿佛要在空中挡住什么东西似的。她时常微闭着眼睛，布满皱纹的面颊上偶尔流露出慈祥的笑容，两道浓眉轻轻地颤动着。她这种盲目的息事宁人的慈祥的笑容，有时深深触动我的心，我多么希望外婆讲一句严厉的话，骂我一顿啊。

"最初一段时间，大约有两个礼拜，连我也不知道瓦丽娅和马克西姆住在什么地方。后来，从她那里来了一个聪明的小孩，把他们的住处告诉了我。到了礼拜天，我假装去教堂做晚祷，亲自去看他们！他们住得很远，在苏叶金斯卡娅坡道街，住在一间小厢房里。这里住的都是手艺人，院子里堆着垃圾，很脏，而且吵得很。但他俩无所谓，像一对小猫儿似的,过得很快活,嘻嘻哈哈闹着玩儿。我给他们带来了一大堆东西,应有尽有:茶叶、白糖、各种麦片米糁、果酱、面粉、干蘑菇,还给了他们一些钱,我不记得是多少了。这些钱是我从外公那里偷来的,只要不是为了自己,偷点钱也没关系!你父亲什么东西也不要,气呼呼地对我说:'你把我们当什么人了?难道我们是乞丐!'瓦尔瓦拉也跟着帮腔:'哎呀,妈妈,你这是何必呢?……'我责备他们:'傻瓜,我是你什么人?是你的岳母!而你呢,小傻瓜,我是你亲妈!难道你们想让我生气吗?要知道,在地上惹母亲生气,圣母就在天上伤心落泪!'听我这么一说,马克西姆就把我抱了起来,在房子里走来走去,还轻轻地踏着舞步,这家伙力气真大,像狗熊似的!瓦丽娅这丫头,一副端庄从容的样子,老夸奖自己的丈夫,像显摆新买的布娃娃那样。她的眼睛总是东张西望,还一本正经地给我讲他们的家务事,像个真正的家庭主妇似的,那副样子可笑极了!喝茶的时候她端来了奶渣饼,硬得能把狼牙崩掉,奶渣像砂粒般往下掉!

"就这样,又过了一段时间,那时你快要出生了,可是你外公仍旧保持沉默,这个老家神,脾气是很固执的!他知道我偷着去看望女儿女婿,但装作什么也不知道。在家里,谁也不准提起瓦丽娅,所以大家都不作声。我也一声不吭,但我心里明白,父亲的心是不会沉默很久的。果然,盼望已久的时刻终于到来了。一天夜里,刮起了暴风雪,窗户好像被狗熊抓挠着似的,烟囱里发出呼呼的叫声,所有的魔鬼都挣脱了锁链。我和你外公躺在床上,翻来覆去睡不着。我说:'在这样的夜晚,穷人可不好过,要是心里不得安宁,这日子就更难过了!'你外公突然问道:'他们过得怎么样?'我说:'没事儿,过得很好。'你外公说:'你知道我问的是谁?''你问的是女儿瓦尔瓦拉,是女婿马克西姆。''你怎么猜到我问的是他们?'我说:'你算了吧,老头子,别再固执了,也不要再演戏了,你这样固执下去,能让谁高兴呢?'他不住地叹气说:'唉,你们这些东西,没用的鬼东西啊!'然后他又问,那个大傻瓜,真的是个傻瓜吗?他指的是你父亲。我对他说:'那些好吃懒做、靠别人养活的人,才是傻瓜呢。你瞧瞧咱们的雅科夫和米哈伊尔,这两个儿子不是傻瓜是什么?在咱们家里,靠谁干活,靠谁挣钱?全靠你一个人。两个儿子是你的好帮手吗?'这时,他把我狠狠地骂了一顿,骂我糊涂、下贱,骂我纵容女儿与人私通,骂得难听极了!我一声不吭。他说:'你根本不了解他的为人,也不知道他的底细,怎么能轻易相信他呢?'我一直一言不发。等他说累了,我说:'你最好是亲自去看看他们过得怎么样,他们过得好着呢。'他说:'我去看他们?这样也太抬举他们了。好吧,让他们自己来见我吧……'这时,我简直高兴得哭了起来。他散开我的头发,他喜欢玩弄我的头发。他低声说:'别哭啦,傻瓜,难道我就不心疼他们?'要知道,你外公以前是个很好的人。我们这位老爷子,后来自以为是了,自认为比谁都聪明,从那以后,他就变得爱发火了,变蠢了。

"就这样,他们,就是你的父母,终于来了。这是在大斋期的最后一个礼拜日。他们两个,个子都很高,打扮得干净利落,马克西姆站在你外公面前,比你外公高出一个头。他站在那里,恭恭敬敬地说:'瓦西里·瓦西里耶维奇,上帝做证,你可不要以为,我是来向你索要嫁妆的。不,我是来给岳父大人致敬的。'你外公听了这话,非常高兴,他嘿嘿一笑,说:'嘿,你这个傻大个儿,绿林好汉!得了,别再调皮啦,搬过来跟我一起住吧!'马克西姆皱了皱眉头,说:'这要看瓦丽娅愿意不愿意,我自己倒无所谓!'他们两人马上就争论起来,怎么也说不到一块儿去！我给你父亲使眼色，在桌子底下用脚踢他，都没用，他仍旧坚持自己那一套。他那双眼睛很漂亮，清澈明亮，闪着快乐的光芒；他的眉毛乌黑，他一皱眉，眼睛就躲在眉毛下面，脸色变得强硬起来，一副倔强的样子，除我之外，谁的话他也不听。我疼爱他胜过疼爱亲生儿子，他知道这一点，所以也非常喜欢我。他老是偎依着我，拥抱我，或者把我抱起来，在屋子转来转去，他说：'你像大地一样，是我真正的母亲，我爱你胜过爱瓦尔瓦拉！'那时候，你母亲是个非常活泼的淘气鬼，她朝你父亲扑过去，喊道：'你这个彼尔米亚克人，咸耳朵，你怎么敢说这种话？'我们三人就这样说说笑笑，日子过得非常快活。我的宝贝！你父亲跳舞也是个好样的，会唱很多好听的歌儿，他是跟那些瞎子学的，瞎子都是很好的歌手！

"他和你母亲搬回来住了，就住在花园里的一座厢房里，你就出生在那里，恰好是在中午，你父亲回家来吃午饭，正赶上你出世。他高兴得像发了疯似的，你母亲被他闹腾得筋疲力尽，这个傻瓜，他好像不知道女人生孩子是多么痛苦的事！他让我坐在他的肩膀上，驮着我走过院子去向你外公报告外孙出生的消息。你外公瞧着他那副样子，忍不住笑了起来，说：'哎呀，马克西姆，瞧你这个怪物！'

"你两个舅舅都不喜欢他，因为他从不喝酒，说话不让人，而且头脑聪明，鬼点子多。有一次，他们搞得你父亲很难堪。那是在大斋期的一天，刮着风，忽然间，整个房子都呜呜地响起来，响声可怕极了。全家人都吓呆了，不知是什么妖魔在作怪？你外公吓得浑身打哆嗦，盼咐点上各处的长明灯。他在屋里焦急地踱来踱去，大声喊着：'快做祈祷！'这时响声忽然停了下来，于是大家更加害怕了。你雅科夫舅舅猜出了其中的奥妙，他说：'这准是马克西姆暗中捣的鬼！'后来，马克西姆主动说了出来。原来他在天窗上摆了一排各种各样的玻璃瓶，风吹着瓶口，就发出呜呜的响声，不同的瓶子发出不同的声音。当时，你外公威吓他说：'马克西姆，你要是再开这玩笑，当心把你流放到西伯利亚去！'

"这年冬天，严寒无比，连野外的狼群也冻得往城里跑，有时咬死一条狗，有时把马吓惊了，一个守夜人喝醉了酒，也被狼吃了。一时间，闹得人心惶惶。你父亲不怕狼，他拿起猎枪，穿上滑雪板，夜间到旷野上去打狼。你看，他真的把狼拖回来了，有时还拖回两只。他把狼皮剥下来，除去脑壳，给它装上两只玻璃眼珠，看上去跟真的狼眼睛一模一样。有一次，米哈伊尔舅舅外出解手，他走到门厅里，忽然掉头就跑，连头发都竖了起来，眼睛直瞪瞪的，喉咙仿佛被卡住了，一句话也说不出来。裤子掉下来，绊住了他的腿，他倒在地上，有气无力地说：'有狼！有狼！'大家立刻顺手拿起家伙，打着灯笼朝门厅里冲去，只见大木箱子里果真有一只狼朝外伸着头。于是大家就砸它，用猎枪打它，可是它却纹丝不动。大家仔细看了看，原来是一张狼皮，狼的空脑袋和两条前腿钉在了箱子上。这一回马克西姆算是把你外公惹恼火了。这时，雅科夫也学会了开这样的玩笑。马克西姆用硬纸做了一个狼脑袋，鼻子、眼睛和嘴巴都做得很像，再粘上麻絮当头发，做好之后，他就和雅科夫一起拿着这个狼脑袋到街上去吓唬人。他们把这个可怕的玩意儿塞进人家窗口里，自然会把人吓得大喊大叫。他们经常在夜间披着褥单到街上去，把一个神父吓得魂不附体，神父朝岗亭跑去，值班警察也吓坏了，大喊救命。这样的恶作剧他们闹过多次，怎么说他们都不听。我劝过他们，瓦丽娅也劝过他们，他们全当成耳边风！马克西姆总是笑着说：'这些人呀，真没出息；一点小事就吓得抱头鼠窜,简直太可笑了!'真拿他没办法……"

"他们整天在一起胡闹,有一回,你父亲差点儿丧了命。要知道,你米哈伊尔舅舅跟你外公一样,是个心胸狭窄、爱记仇的人,早就打算害死你父亲。那年刚刚入冬,有一天,他们四个人外出做客,除你父亲和两个舅舅之外,还有一个教堂的执事,这人后来因殴打马车夫致死,被革出教门。从雅玛街走回来,路过丘科夫池塘,他们就骗你父亲去滑冰,不穿冰鞋,就像小孩子那样,直接用脚滑。你父亲跟他们去了,他们就把他推到冰窟窿里。我以前给你讲过这件事……"

"舅舅们的心眼怎么这么坏?"

"他们倒也不是心眼坏,"外婆闻着鼻烟,心平气和地说,"他们纯粹是愚蠢至极!米哈伊尔是既狡猾又愚蠢,雅科夫不怎么狡猾,但傻乎乎的……他们把你父亲推到冰窟窿里,但你父亲又钻了出来,两手抓住冰沿,他们就用脚踩他的手,把他的手指都踩破了。也是该他走运,他没有喝酒,而他们都喝醉了。也是上帝保佑他,他居然在冰层下面伸直身子,只把脸露在冰窟窿中央,这样他就可以喘气啦。那几个家伙够不到他,朝他扔了一通冰块,然后就走了。他们以为他会自己沉下去淹死。想不到他爬上来了。他立刻到警察分局去了,你知道,警察分局就在池塘旁边的广场上。警察分局长认识他,我们家里的人他全都认识。他问你父亲这到底是怎么回事。"

外婆说到这里,连忙在自己身上画十字,不胜感激地说:

"上帝啊,求你保佑,让马克西姆和你的虔诚的圣徒们安息吧,他是值得你保佑的!他向警方隐瞒了事情的真相,他说:'是我自己喝醉了酒,不小心走到池塘里,掉进冰窟窿里去了。'警察分局长说:'你撒谎,你一向是不喝酒的!'总之,在警察分局里,人们用酒给他擦了身子,换上干衣服,又裹上一件皮袄,把他送回家来了。是警察分局长亲自送他的,还有两个警察。这时,你那两个舅舅还没来得及回家,又到酒馆里鬼混去了,给爹妈丢脸去了。我和你母亲跑出来看马克西姆,只见他完全变了样儿啦,浑身发紫,手指全破了,流着血,鬓角好像粘着雪,却不融化,原来是鬓毛急白了!

"瓦尔瓦拉见此情形,大声哭叫起来:'他们这是把你怎么啦?'警察分局长查问得很仔细,对什么都不放过。这时我心里明白,这肯定是出了什么事啦。我让瓦丽娅去对付那个警察分局长,我悄悄地问马克西姆到底出了什么事。马克西姆低声说:'你快去找到米哈伊尔和雅科夫,告诉他们,让他们说,我跟他们是在雅玛街分的手,分手后他们到波克罗夫卡大街去了,我拐进了普利亚杰尔内胡同。你可别说错了,否则警察局会找麻烦的!'我找到你外公,对他说:'你快去接待那个警察分局长,我到大门外面去等儿子。'并且告诉他出事了。他吓得浑身发抖,一边穿衣服,一边唠叨着:'我早知道要出事儿,果然不出我所料!'他是胡说八道,他事先什么也不知道!就这样,我在大门外截住了两个儿子,狠狠地揍了他们几个耳光,米哈伊尔吓了一跳,马上就清醒过来,雅科夫这小子,吓得说不出话来,他吞吞吐吐地说:'我什么都不知道,这全是米哈伊尔干的,他是老大嘛!'我们好说歹说,总算打消了警察分局长的疑虑。他是一位很好的绅士。他说:'嘿,你们可要当心,要是你们家里出了什么不体面的事,我定要弄清楚是谁的罪责。'说罢他就告辞了。这时你外公来到马克西姆面前,对他说:'嘿,多谢你啦,这事要是放到别人身上,谁也不会善罢甘休的,这点我是明白的!也谢谢你啊,闺女,你给父亲家里领来一个好心人!'你外公他呀,要是他愿意说，他是会说好话的，只是后来他变蠢了，心里的话不再给人说了。屋里只剩下我们三个人，这时马克西姆·萨瓦杰耶维奇哭了起来，他好像在梦中似的对我说：'他们为何要置我于死地？我什么地方得罪过他们？妈妈，这是为什么？'他从不称呼我大妈，而是像小孩子似的直接叫我妈妈。就他的性格来说，他的确像个小孩子。他反复问我：'这是为什么？'我能说什么呢？我只有放声大哭。他们是我的孩子啊，我可怜他们。你母亲气得把上衣的扣子都揪掉了，坐在那里，一副衣衫不整的样子，哭喊着：'马克西姆，我们离开这里吧！两个哥哥把我们看成敌人，我害怕他们，咱们躲开他们吧！'我急忙拿话拦住她，说：'你别火上浇油啦，咱们家里本来就够乱啦！'这时，你外公打发两个傻瓜儿子道歉来了。她跳起来朝米什卡扑去，照他脸上狠搋了几个耳光，这就算饶了他！你父亲抱怨说：'你们两位兄弟，这到底是怎么回事？要知道，你们会把我弄残废的，手残废了我怎么干活呀？'就这样，勉勉强强和解了。你父亲大病一场，躺了六七个礼拜，他偶尔对我说：'嘿，妈妈，跟我们一起到别的城市去吧，这里太没意思了！'不久他就遇上了机会，到阿斯特拉罕去了。夏天，沙皇要去那里巡视，那里正在做迎驾的准备。你父亲接受了任务，参加建造凯旋门。来年一开春，他们就搭乘第一艘轮船走了。跟他们告别的时候，我心里难受极了。你父亲也很悲伤，一直劝我到阿斯特拉罕去。瓦尔瓦拉却很高兴，她也不想掩饰自己的高兴心情，这个不知害臊的闺女……他们就这样走了。就这些，讲完了……"

她喝了一口伏特加酒，闻了闻鼻烟，沉思地望了望窗外瓦灰色的天空，又说：

"是啊,你父亲虽然不是我的亲生儿子,可我们的心是连在一起的……"

外婆给我讲故事的时候,有时外公突然闯进来,仰起他那张黄鼬似的脸,疑心地打量着外婆,用力抽抽他那尖尖的鼻子,闻闻空气的气味,一边听外婆讲故事,一边低声嘟哝道:

"你胡说些什么呀,胡说些什么呀……"

接着他忽然问道:

"列克赛,她刚才喝酒没有?"

"没有。"

"你骗我,我从你的眼睛看得出来。"

他疑疑惑惑地出去了。外婆朝他的背影挤了挤眼,说了一句俏皮话:

"阿夫杰依,你悄悄地走过去,不要惊动了马匹……"

有一次,外公站在房间中央,低头望着地板,轻声问道:

"老婆子?"

"啊?"

"你看这事儿到底是怎么回事呢?"

"这是命中注定,老爷子!还记得吗,你不是总是说要她嫁一个贵族吗?"

"是说过。"

"他就是个贵族。"

"结果是个穷鬼。"

"嘿,这是她心甘情愿的!"

外公出去了。我觉得他们的谈话有些不对头,便问外婆:

"你们在说什么呀?"

"你什么都要问。"外婆没好气地答道,她在擦脚,"小时候什么都想打听,等你老了就没什么可打听的了……"她说罢摇头晃脑地笑起来。

"唉,老头子啊,老头子,在上帝眼里,你是微不足道的!廖尼亚,你千万可别说出去,你外公彻底破产了!他把一大笔钱借给了一个老爷,想不到那个老爷破产了……"

她陷入了沉思,脸上还带着笑容,坐在那里久久地沉默着,她那宽大的脸庞布满了皱纹,神色暗淡、忧伤。

"你在想什么呀?"

"我在考虑给你讲点什么,"外婆精神抖擞起来,"好吧,就讲叶夫斯季格涅伊的故事,行吗?你听着:

> 从前有个教堂执事,
> 他的名字叫叶夫斯季格涅伊。
> 他自以为天下他最聪明,
> 神父和贵族都带有傻气,
> 那些老狗们更是不值一提!
> 他趾高气扬,清高孤傲,
> 常把自己比作美丽的神鸟。
> 左邻右舍都挨他训斥,
> 他觉得一切都很不顺心:
> 教堂低矮使他生气,
> 狭窄的街道让他心烦,

> 他嫌苹果长得不红,
> 太阳为什么早早地东升!
> 不管你向他指出什么,
> 他总是说——

这时外婆学那教堂执事的样子,瞪大眼睛,鼓起腮帮,她那慈眉善目的脸庞变得愚蠢可笑起来,懒洋洋地用低沉的声音说:

> 这些东西我心中有数,
> 我会做得非常出色,
> 只是我一直抽不出空儿。

她沉默片刻,微笑着轻声讲下去:

> 一天夜里,魔鬼们来拜访执事:
> "执事先生,你在这里是不是
> 很不如意?
> 不如跟我们同去地狱,
> 那里有炭火,保你舒服!"
> 聪明的执事还没戴上帽子,
> 魔鬼们早把他抬了起来。
> 它们边走边叫,还不停地胳肢他;
> 两个魔鬼骑在他肩上,
> 然后把他扔进地狱的火坑。

"执事先生,在我们这里顺心了吧?"
执事被烧得好难受,
两手叉腰四下瞧,
高傲地把嘴噘得老高,
他说:"你们地狱里煤气呛人!"

她懒懒散散地用低沉的声音讲完这个寓言,转换了表情,轻轻地笑着给我解释说:

"这个叶夫斯季格涅伊,在地狱里烈火烧身还嘴硬,脾气倔极了,就像咱们家的老爷子!好了,睡吧,该睡觉了……"

我住在阁楼上,母亲很少来看我,即便是来了,也待不了多久,匆匆跟我说几句话就走了。她一天天变得漂亮起来,打扮得越来越好看了,可是我觉得,她跟外婆一样,正在发生某种新的变化,她瞒着我,但我感觉到了,猜测着这是为什么。

我觉得,外婆讲的故事渐渐不如过去那么有趣了,即便是讲我父亲的事,也不能使我得到安慰。我隐隐约约地感到忧虑不安,并且这种情绪在我心里与日俱增……

"父亲的灵魂为什么得不到安息呢?"我问外婆。

"我哪里知道?"她两眼微闭,对我说,"这是上帝安排的,天上的事情,我们怎么能知道呢……"

夜里,我常常睡不着觉,透过淡蓝色的窗户望着天空,群星在夜空中缓缓浮动着。我构思一些感伤的故事,这些故事的主角是我父亲,他总是独来独往,手里拿着一根棍子,后面跟着一条披毛狗……

十二

有一次,我在黄昏时分睡着了,醒来之后,忽然感到两腿有了知觉。我从床上坐起来,放下两腿,它们马上又不听使唤了,但我已经产生了信心,相信两腿完好无损,我一定可以站起来走路。想到这里,我快活极了,简直高兴得叫起来,我试图在地板上站立起来,但倒了下去。我立刻朝门口爬去,爬到楼梯上,愉快地想象着,到了楼下,人们看见我该是多么吃惊啊。

我是怎样来到母亲的房子里的,现在我已记不得了。只记得我坐在外婆腿上,有几个生人站在她面前,其中有一个穿绿衣服的干巴巴的老太婆,说话嗓门最高,她严厉地说:

"包住他的头,给他灌马林果冲剂……"

她整个人都是绿的,绿衣绿帽,脸色也是绿的,眼睛下面长着一颗黑痣,这黑痣上的一撮毛也像绿草似的。她抬起上嘴唇,下嘴唇耷拉着,露出绿色的牙齿,她用戴着镶黑花边的无指手套的手罩在眼上,专注地打量着我。

"她是谁?"我怯生生地问。外公闷闷不乐地回答说:

"她也是你祖母……"

母亲不自然地微笑着,把叶夫根尼·马克西莫夫推到我面前,说："这是你父亲……"

她匆匆忙忙地说了些什么,我没听明白。马克西莫夫朝我俯下身来,眯起眼睛说:

"我送给你一盒画画用的油彩。"

屋里很亮堂,前墙角落里的桌子上,银制的枝形烛台上点着五支蜡烛,蜡烛旁边摆着外公心爱的圣像"勿哭我圣母",圣像的金属衣饰上的珍珠在烛光的映照下闪闪发光,圣像头顶上的金色光环上镶的深红的石榴石亮晶晶的。临街的深色玻璃窗外面,有几张模模糊糊的圆脸,像煎饼似的贴在玻璃上,把鼻子压得扁平。周围的一切在向某个方向缓缓流动着,那个绿色老太婆用冰凉的手指在我耳后摸了摸,一边说:

"一定要灌他马林果冲剂……"

"他晕过去了。"外婆说着,抱着我朝门口走去。

其实我并没有晕过去,只是闭上了眼睛。外婆抱着我走到楼梯上,我问她:

"这件事你怎么没给我说过?……"

"你算了吧,闭嘴!"

"你们骗人……"

外婆把我放在床上,她自己却扑倒在枕头上大哭起来,哭得浑身颤抖,双肩哆嗦着,上气不接下气,哽咽着说:

"你也哭吧……哭吧……"

我哭不出来。阁楼上黑乎乎的,冻得我直打哆嗦,床轻轻地摇晃着,发出咯吱咯吱的声响,那个绿色老太婆又出现在我面前,我连忙闭上眼睛装睡,外婆出去了。

那几天，既空虚又无聊，日子过得很单调，时光像一溪细流似的悄悄流逝着。母亲在订婚之后就不知到哪里去了，家里安静得令人难受。

一天上午，外公来到阁楼上，手里拿着一把木凿子，他走到窗户前，动手刮掉冬天抹在窗框上御寒用的油泥。外婆端着一盆水走进来，又拿来抹布，外公低声问她：

"怎么样，老太婆？"

"什么怎么样？"

"高兴吗？"

外婆就像在楼梯上回答我那样答道：

"你算了吧，闭嘴！"

这些简单的话语现在却具有特殊的含义。大家都闭口不谈那件令人悲伤的大事，其实那事尽人皆知，只是心照不宣罢了。

外公小心翼翼地取下护窗板条，拿到门外去了。外婆敞开了窗户，花园里立刻传来椋鸟的叫声，麻雀叽叽喳喳地欢叫，屋里涌进来一股令人陶醉的融雪的气息。火炉没用了，炉壁上淡蓝色的瓷砖一副尴尬的样子，看上去令人感觉到寒冷。我下了床，来到地板上。

"不要赤脚走路。"外婆对我说。

"我要去花园。"

"那里地上还是湿的，等一等再去吧。"

我不愿听她说话，看见大人我就心烦。

在花园里，草地已吐出嫩绿的新芽，苹果树含苞待放。彼得罗夫娜家的小屋顶上，青苔变绿了，看上去令人愉快。鸟儿不停地飞来飞去，欢乐地鸣叫着，清新的空气夹带着甜甜的香味，令人头晕目眩。在彼得大叔自杀的那个土坑里,只有一些被积雪压歪了的棕色的荒草,乱糟糟的,看上去令人讨厌。这个土坑里没有丝毫春天的气息,那些烧焦的木头黑黢黢的,一副惨相,这里的一切都显得多余,让人生气。我忽然生出一个念头,想把这些荒草统统拔掉,把碎砖烂瓦、破木头和那些肮脏无用的东西彻底清除掉,在这里开辟出一块干净处所,到了夏天,我就避开大人一个人住在这里。想到这些,我就立刻动手干起来,为此我忙活了很长时间,对家里发生的事不再关心了。虽然家里那些事仍旧是令人气恼的,但我渐渐地对它们不感兴趣了。

"你为什么老是噘着嘴呀?"外婆和我母亲时常这样问我,我每次都感到难为情,不知该怎么回答,其实我并不生她们的气,只是家里的一切使我感到陌生了。吃饭或者喝晚茶的时候,那个绿色老太婆常常坐在我身边,像破旧的篱笆墙上一根腐烂的木桩子似的。她的眼睛仿佛是用无形的细线缝在脸上的,在瘦骨嶙峋的眼窝里灵活地转动着。她什么都看得见,盯着周围的一切。一说到上帝,她就抬起眼睛望着天花板,谈到家常事她又把眼睛垂下来;她的眉毛似乎是用麸皮做了贴上去的;她的牙齿很大,常常露在外面,总是无声地咀嚼着;她拿东西吃的时候,手掌可笑地弯曲着,翘着小指;她的耳朵旁边各有一个圆球状的骨头,不时地蠕动着,耳朵也跟着动,连黑痣上的一撮绿毛也微微颤动着,似乎在她那布满皱纹的、异常洁净的黄脸皮上爬动。这老太婆和她儿子一样,浑身上下打扮得非常整洁,甚至碰他们一下你都会感到难为情,心里不好受。最初几天,她想让我吻她那只死人一样的手,她手上散发着喀山出产的黄肥皂味和神香的气味,我推开了她的手,转身跑开了。

她时常对儿子唠叨着：

"一定要好好教育这个孩子，听见了吗，叶尼亚？"

叶夫根尼恭敬地低着头，皱着眉头，没有答话。在这个老太婆面前，大家都愁眉苦脸的。

我憎恨这个老太婆，也憎恨她的儿子。我心中充满了对他们的仇恨，为此挨了不少的打。有一次，正在吃午饭，老太婆可怕地瞪着眼睛，对我说：

"哎呀，阿廖申卡，你干吗吃这么快呀，狼吞虎咽的！当心噎死你，亲爱的！"

我从嘴里掏出一块食物，用餐叉把它扎起来，递到她面前，说："你要是舍不得，就拿去吃吧……"

母亲把我从餐桌旁拉走。这下我丢了丑，被赶到阁楼上去了。外婆马上就来看我，她捂嘴大笑道：

"哎呀，天哪，你真是个调皮鬼，求基督保佑你……"

我不愿看见她捂着嘴发笑的样子，便躲开她，爬到屋顶上，久久地坐在烟囱后面。的确，我老想闹恶作剧，老想恶语伤人，很难克制住这种欲望，可是后来我不得不克制住了。有一次，我在椅子上抹了许多樱桃胶，我未来的继父和新的祖母坐上去，都给粘住了。他们两人被弄得狼狈极了，可是外公把我狠揍了一顿。这时，母亲来阁楼上看我，她把我搂在怀里，用膝盖紧紧夹住我，对我说：

"唉，你这孩子，怎么老是胡闹啊？要知道，你这样做给我惹下多大麻烦！"

母亲的眼睛里闪烁着晶莹的泪花。她抱住我的头，紧贴在她脸上，这使我心里难过极了，我多么想让她打我一顿啊！我对母亲说，我再也不惹马克西莫夫母子生气了,再不惹母亲流泪了。

"是啊,是啊,"母亲低声说,"不要再胡闹了!我们很快就要举行婚礼,然后到莫斯科去一趟,等我们回来,你就跟我一起生活。叶夫根尼·瓦西里耶维奇为人心眼好,聪明过人,跟他在一起,你会愉快的。你将来去上中学,然后去念大学,就跟他现在一样,然后当一名医生。那时候,你愿做什么就做什么,等你有了学问,你就可以做你喜欢做的事了。好了,出去玩吧……"

我觉得,母亲这一连串的许诺,像一条向下延伸的阶梯似的,沿着这条阶梯走下去,离她越来越远,渐渐地走向黑暗,走向孤独。因此,她的许诺并没有使我感到高兴。我真想对母亲说:

"请你不要再嫁人了,将来我自己会养活你!"

但这句话我始终没有说出口。母亲常常在我心中唤起无限的温情,使我无时无刻不想着她,但我一直犹豫不决,不知该不该向她说出自己的想法。

在花园里,我做的事情进展很快:我用手拔,用刀割,终于清除了土坑里的杂草,并且用碎砖把坑沿砌好,免得往下掉土,又用碎砖砌了一处宽大的座位,不仅可以坐,而且可以躺在上面睡觉。我收集了许多彩色玻璃和破餐具的碎片,抹上黏泥,把它们塞在砖缝里,这样一来,当太阳照射到这里的时候,这些碎片便反射出五光十色的光彩,像教堂里金碧辉煌的彩画似的。

"你想得很巧妙!"一天,外公仔细察看了我的工程,夸奖说,"只是杂草还会长出来的,你斩草没有除根嘛!让我用铁锹重新把地翻一遍。快去把铁锹拿来!"

我给他拿来了铁锹,他朝手心里啐了一口唾沫,清了清嗓子,用脚把铁锹踩进肥沃的泥地里。

"把草根扔出去！以后我在这里给你栽上向日葵和锦葵，会长好的。好……"

他说到这里，忽然不作声了，弓着腰站住，扶着铁锹在那里发愣。我仔细打量他，只见他那双像狗一样的聪明的小眼睛里，泪水扑簌簌地流下来，洒落在泥地上。

"你这是怎么啦？"

他振作起来，用手掌擦干了脸上的泪水，泪眼模糊地望了望我。

"我是出汗了！你快看，这里有好多蚯蚓！"

他又接着翻地，过了一会儿，他忽然对我说：

"修建这块地方你算是白费力气！白费啦，孩子。我很快就要卖这座房子了，大概在入秋之前吧。急着用钱，给你母亲做嫁资。是的，只要她能过上好日子，上帝保佑她……"

说到这里，他扔掉铁锹，把手一挥，就到浴室后面去了，在那边的角落里，他有一座温室。我拿起铁锹继续挖地，刚挖了一会儿，铁锹就把我的一个脚趾碰破了。

我因为伤了脚，母亲到教堂去举行婚礼那天，我没能去送她。我只走到大门外，望着她跟马克西莫夫手拉手向教堂走去。母亲低着头，小心翼翼地走在砖铺的人行道上，踏着从砖缝里钻出来的青草，仿佛在尖钉上行走似的。

婚礼冷冷清清。大家从教堂回来，愁眉苦脸地坐下来喝茶；母亲立刻脱去婚纱，回到卧室里收拾箱子去了。继父坐在我身边，对我说：

"我答应送给你一盒画画用的油彩，可是这城里卖的都不好，我又不能把自己用过的送给你,只好在莫斯科买了给你寄来……"

"我要油彩做什么呢?"

"你不喜欢画画?"

"我不会画。"

"那好,我给你买别的礼物寄来。"

母亲走过来,对我说:

"我们很快就会回来的,等你父亲考试过后,结束了学业,我们就回来……"

令人高兴的是,他们跟我谈话的口气,像跟大人谈话一样。可是我心里有些纳闷,这个留大胡子的人怎么还在上学呢。于是我问他:

"你上学学什么?"

"测量学……"

这是一门什么学问呢?我不明白,但又懒得问他。家里安静极了,静得令人烦闷,听得见抖动布料的窸窣声。我盼着夜色尽快降临。外公站在窗前,背靠着炉壁,眯起眼睛望着窗外。绿色老太婆在帮助母亲收拾行装,一边自言自语地唠叨着,哼哼唧唧。外婆中午喝醉了酒,家里人都为她难为情,就把她送到阁楼上锁了起来。

母亲第二天一早就走了。告别的时候,她紧紧地拥抱了我,把我从地上轻轻地提了起来。我觉得她的目光有些陌生,她望着我的眼睛,亲吻着我说:

"嘿,再见了……"

"你给他说,叫他听我的话。"外公面色阴沉地说,他不时地望着朝霞映红的天空。

"要听外公的话。"母亲说着,画十字为我祝福。我等待她再对我说些什么，可是外公妨碍了她，为此我生外公的气。

母亲和继父上了一辆轻便马车，她的裙裾不知挂住什么地方了，她气呼呼地拽了好一会儿。

"你快去帮母亲一把，看见没有？"外公对我说，但我伤心得不知所措，身子动弹不得。

马克西莫夫在马车里坐下来，不慌不忙地把穿着窄小的蓝裤子的长腿放好。外婆把一包东西塞在他手里，他把这包东西放在膝盖上，把自己的下巴颏放在上面，吃惊地皱了皱苍白的脸，拉长了声音说：

"够了——"

绿色老太婆和她的长子上了另一辆轻便马车，她像画里画的一样端端正正地坐在那里。她的长子是个军官，不时地用马刀柄搔着大胡子，打着哈欠。

"看来你要上战场啦？"外公问他。

"一定的！"

"这是件好事。去打土耳其人……"

马车启行了。母亲多次回过头来，朝我们挥动头巾，外婆泪流满面，一只手扶住墙，另一只手在空中挥动着。外公也用手指揉着眼睛，流着泪断断续续地说：

"不会有……好结果的……不会有……"

我坐在人行道上的石礅上，望着两辆马车颠簸着向远方驶去，在街角转弯之后消失不见了，这时我心中怦然一动，我的心扉紧紧地关上了。

这是在早晨，家家户户的窗户上，护窗板还没有打开，街道上静悄悄的，空无一人。我从未看见过街上这么空寂。远方传来牧人吹笛子的声音，令人心烦。

"我们回去喝茶吧，"外公拉了拉我的肩膀说，"看来，你命中注定要跟我一起过活，你横竖离不开我，就像火镰离不开火石一样。"

我一天到晚跟着外公在花园里忙活着，一声不响。他在挖菜畦，把马林果树丛架起来，刮掉苹果树上的苔衣，消灭害虫，而我却一直在建造和装饰我的住处。外公砍掉了露在外面的废木头，在地上插了几根木棍，我把几只鸟笼分别挂在上面。我用晒干的杂草编了一个草帘子，挂在长凳上遮挡太阳和露水，就这样，我给自己搭起一个舒舒服服的小窝。

外公夸奖说：

"你学着给自己搭一个舒适的住所，这对你大有好处。"

我非常珍视他的话。他有时躺在我用草皮铺好的地铺上，耐心地教导我，他说话仿佛很吃力。

"现在你跟母亲算是一刀两断了，她还会生一些孩子，那已经是别人的孩子，她会觉得那些孩子比你亲。你外婆如今又开始喝酒了。"

他沉默了很久，似乎在谛听什么，然后又开口说话了，语气很低沉：

"她是借酒浇愁，这是第二次了。你米哈伊尔舅舅应该去服兵役那年，她酗过酒。那时，她劝我给儿子买一张免役证，这个老糊涂。没准他当了兵会变好了呢……唉，你们这些人呀……我活不了几年了。将来剩下你孤身一人，你就得自己照顾自己，自己挣钱养活自己，明白吗？明白了就好。要学会真本事才能养活自己，不要让别人牵着鼻子走！要安分守己，老老实实地做人，为人要有一股子犟劲儿！谁的话都要听，主意由你自己定，怎么对你有利你就怎么做……"

除了刮风下雨的天气，整个夏天我都是在花园里度过的。在那些暖和的夜晚，我甚至在花园里过夜，睡在外婆送给我的一块羊毛毡上。有时外婆也在花园里过夜，她抱来一捆干草，摊开在我的床铺旁边，躺在上面，开始给我讲故事，并且每次都讲很长时间，有时她忽然停下来，对我说：

"你快瞧，一颗星星落下去了！这不知是谁的纯洁的灵魂，大概是想念大地母亲了！这颗星星落下去，人世间马上就会降生一个好人！"

她有时指给我看：

"快看，又升起一颗新星！正在那儿眨眼呢！啊，美丽的天空啊，你是上帝的神圣的御袍……"

外公唠唠叨叨地说：

"你们这些傻瓜，睡在这里会感冒的，会得病的，说不定还会中风！当心小偷进来，掐死你们……"

太阳快要落山的时候，天空升起一道道火红的晚霞，霞光像燃烧的河流似的，在花园里柔和的绿荫上泻下橙红色的余晖。过了一会儿，周围的一切都明显地暗淡下来，在温暖的昏暗中，渐渐地扩大、膨胀，浸透了阳光的树叶垂下来，草儿俯向地面，一切都变得柔软蓬松，静静地散发着各种像音乐一般温柔动人的气息。此时此刻，音乐果真从远方的原野上飘来了：这是军营里吹奏的点名号声。夜色渐渐降临了，随着夜晚的来临，我心中充满一种清新有力的激情，宛如母亲在慈祥地抚摸我。寂静恰似一只毛茸茸的温暖的手，在轻轻地触摸着我的心，拭去我心头的忧闷，也就是白天留下的侵蚀人的细尘（这些东西本来是应该忘掉的）。在这样的夜晚，仰躺在花园里,望着无限深邃的天空里灿烂的群星,该是多么令人着迷啊。这时,深邃的天空在渐渐升高,你不断地发现新的星星,你仿佛轻轻地从地上浮起来,令人奇怪的是,不知是大地缩小了,变得跟你一样大,还是你自己神奇地长大了,和周围的一切融合在一起。夜色更深沉了,四周静悄悄的,但是仿佛到处都布满了看不见的敏感的琴弦,这里的每一个响声——鸟儿在梦中的鸣叫,刺猬窜过的声音,或者什么地方忽然传来低微的人语,都被这令人愉悦的敏感的沉寂衬托得异常响亮。

有人弹奏手风琴,接着传来女人的笑声,马刀在砖砌的人行道上的撞击声,狗尖叫了一阵,这一切都是多余的,仿佛是凋谢的白昼留下的最后几片落叶。

夜晚,野外和大街上常常忽然传来醉鬼的喊叫声,接着传来有人跑过的声音,脚步踏得咚咚响。这一切我都习惯了,不再引起我的注意。

外婆好久睡不着,枕着两手躺在那儿,情绪有些激动,不停地给我讲点什么,至于我是不是在用心听,看来她是完全无所谓的。不过,她善于选择童话故事,每次讲的故事都新鲜动人,使夜晚变得更有趣味,更加美丽。

她像唱歌似的讲述着,我常常听着听着就不知不觉地睡着了,然后和鸟儿们一起醒来。这时太阳直接照在脸上,照得我暖洋洋的。清晨的空气悄悄地流动着;苹果树叶轻轻抖动,抖落挂在上面的露珠;绿茵茵的草地上,晶莹的露水闪烁着亮光,像水晶似的清澈透明。草地上升起一缕缕薄雾。在淡紫色的天空里,一道道霞光向四面八方伸展着,天空变得更蓝了。云雀啼叫着向高空飞去,消失不见了。各种颜色和声音像露水似的悄悄渗入你的心胸，使你感到宁静快活。此时此刻，你再也躺不住了，你想快点起来，做点什么事情，与周围蓬蓬勃勃的一切和谐地生活在一起。

这是我一生中最宁静的时光，在这段时间里，我悄悄地观察着周围的一切，感受很多。正是在这年夏天，形成了我的坚定的自信，从此我便对自己的力量充满信心。这时我变得落落寡合，不愿多接触人。我常常听见奥甫相尼科夫家的孩子们的喊叫声，但我不愿去见他们。表哥们来了，我不但不感到高兴，反而感到惶恐不安，害怕他们捣毁我在花园里构筑的茅屋，因为这是我独立完成的第一个创作。

外公讲话越来越枯燥，唠唠叨叨，唉声叹气，已经完全引不起我的兴趣。他常常跟外婆吵架，把她赶出家门。外婆只好到雅科夫舅舅或者米哈伊尔舅舅家去住，有时一连好几天不回家。这时外公不得不自己做饭，经常烫着自己的手，喊叫，咒骂，打碎餐具，同时他变得越来越吝啬了。

有时候，他来到我搭的草棚里，舒舒服服地坐在草皮上，久久地盯着我，沉默不语。有时他忽然问我：

"你为什么不说话？"

"不为什么，怎么啦？"

于是他便教导我说：

"我们不是贵族老爷，没有机会接受教育。什么事都靠我们自己去理解明白。那些书是为别人写的，学校也是为别人建的。这些都没有我们的份儿。一切都靠你自己去挣……"

他陷入了沉思，呆呆地坐在那里，一动不动，像哑巴似的，那副样子简直令人害怕。

这年秋天,外公果然把房子卖了。卖房前几天,在一次喝早茶的时候,他忽然沉下脸,语气坚决地对外婆说:

"哎,老婆子,我一直养活着你,现在我也养得够了!以后你自己养活自己吧。"

外婆听了这话,态度非常镇静,好像她早已料到外公会说这话,正等着他说似的。她从容不迫地掏出鼻烟壶,放在她那海绵状的鼻子底下闻了闻,回答说:

"好吧!既然你不愿养活我,我还能说什么呢……"

房子卖掉之后,外公在靠近山脚的一条死胡同里租了两间阴暗的地下室,是在一所破旧的楼房下面。搬家那天,外婆拿出一只带着长长的鞋带的旧树皮鞋,扔在炉灶底下,她蹲下来祷告说:

"家神啊,家神,这是给你的雪橇,跟我们一起搬到新居去吧,那里会幸福的……"

外公站在院子里,他从窗户里看见外婆在祈祷家神,便大声喊道:

"我看你敢胡来,异教徒!不要再丢我的人啦……"

"唉,老头子,你要当心,你会倒霉的。"外婆严厉地警告他说。但外公暴跳如雷,禁止她把家神请到新的住所去。

外公把家具和各种用具卖给几个收破烂的鞑靼人,反复讨价还价,争吵和叫骂着,一连卖了三天。外婆从窗户里望着他们,她时而发笑,时而流泪,一边低声喊叫着:

"快拉走吧!砸碎……"

我也想大哭一场,舍不得我们的花园和我的茅屋。

搬家时租了两辆拉货的马车，我坐在堆满了各种什物的马车里。马车颠簸得要命，仿佛要把我抛出去似的。

从此以后，我就常常有这种颠簸不定、要被人抛弃的感觉。这种感觉伴随我两年多，直到我母亲去世。

外公搬家后不久，母亲突然回来了，她比过去瘦了，脸色惨白，眼睛显得更大了，闪烁着热情的光芒，带着惊异的神色。不知为什么，她一直在专注地察看着，仿佛初次看见她的父母和我。她默默地察看着家里的一切，而继父背着手，手指动弹着，在屋里不停地踱来踱去，轻轻地吹着口哨，并不时地咳嗽。

"哎呀，我的天哪，你长得真快！"母亲用热乎乎的双手捧着我的脸说，她穿得很难看，穿一件宽大的连衣裙，肚子向外突起。

继父把手伸给我，说：

"你好，老弟，过得好吗？"

接着他抽动鼻子闻了闻空气的气味，说：

"要知道，你们这里太潮湿了！"

他们两人仿佛经历了长期奔波，累得筋疲力尽，衣服揉得皱巴巴的，磨出了破洞。现在他们什么都顾不得了，只要能躺下来休息一会儿就行。

大家烦躁不安地喝着茶。外公望着被雨水淋湿的玻璃窗，问道："这么说，东西全烧光了？"

"全烧光了。"继父用肯定的语气答道，"我们俩也差点儿给烧死……"

"是啊，失火可不是闹着玩的。"

母亲靠在外婆肩膀上，悄悄地在她耳边说着什么，而外婆微闭着眼睛,仿佛怕强光刺眼似的。气氛变得愈加沉闷了。

外公忽然用挖苦人的口气平静地大声说:

"可是我听到一个传闻,叶夫根尼·瓦西里耶维奇先生,说是压根儿没有发生什么火灾,而是你赌钱输了个精光……"

屋里静得像地窖里似的,听得见茶炉"噗噗"的冒气声和雨水抽打窗玻璃的声音。过了一会儿,我母亲说:

"爸爸……"

"爸爸怎么啦?"外公疯狂地喊叫起来,"你还要说什么?难道我没有对你说过:你是三十岁的人了,不要嫁二十岁的小伙子!结果怎么样,嫁了一个精明的小伙子!怎么样,贵妇人?不是很好嘛,闺女?"

他们四人都喊叫起来,继父的嗓门最高。我出去了,坐在门厅里的一堆木柴上。我简直惊呆了:母亲像换了一个人似的,跟过去完全不一样了。在屋里我的感觉还不大明显,但在这昏暗的门厅里,我清晰地记起了她过去的模样。

后来的情形我记不得了,只记得我到了索尔莫沃镇,住在一所简陋的木头房子里,这里的一切都是新的,墙上没有糊墙纸,圆木之间的缝隙里塞着麻絮,有许多蟑螂在墙缝里爬来爬去。母亲和继父住两间窗户临街的房子,我和外婆住在厨房里,有一扇天窗通向屋顶。透过天窗看得见工厂的烟囱像黑色的手指似的指向天空。一股股浓烟从烟囱里冒出来,然后被冬天的寒风吹散,整个镇子烟雾弥漫。在我们居住的冰冷的房屋里,老有一股呛人的煤烟味。每天早晨,工厂的汽笛便像狼嗥似的吼叫起来。

"噢呜,噢呜,噢呜……"

站在窗前的长凳上向外看,透过窗户上方的玻璃,越过一排排屋顶,看得见工厂敞开的大门,像一个年老的乞丐张开了没有牙齿的黑嘴。厂门口挂着明亮的灯笼,密密麻麻的小人正在往大门里面爬。正午,汽笛又吼叫起来,两片黑嘴唇似的大门打开了,露出一个黑窟窿,人们仿佛被咀嚼过了似的,被工厂吐了出来,乌黑的人流向大街上涌去。寒风卷着洁白的毛茸茸的雪花沿街飞舞,追赶着刚刚下班的人们,把他们赶回各自的家里去。在镇子上空,很难看见明净的天空。天长日久,这里的屋顶和雪堆都蒙上了一层烟炱,空气中飘浮着一层灰色的薄雾,笼罩着工厂和村镇。这昏暗的薄雾,使人们的想象力变得麻木起来;这阴郁而又单调的色彩令人陷入迷惘之中。

每天傍晚,工厂上空就浮起一片深红色的烟云,轻轻飘荡着,照亮了烟囱的顶端,仿佛这些高耸入云的烟囱不是矗立在地面上,而是从这片烟云里垂下来,在下垂的同时,它们喷吐着红色的烟雾,不停地发出呜呜的呼啸声。望着这阴郁景色,你会感到恶心、寂寞难耐,心中生起无名火。外婆在我们家当起厨娘来了,她做饭、擦洗地板、劈柴、打水,一天到晚忙个不停,躺下睡觉时疲惫不堪,累得直哼哼。有时她做完饭,穿上那件短棉袄,把裙子掖在腰里,便动身进城去。她说:"去看看老头子,不知他在那里过得怎么样……"

"带我一起去吧!"

"你会冻坏的,瞧这大风雪!"

她走了。在风雪弥漫的旷野上,她要走上七俄里。母亲怀孕了,脸色蜡黄,她怕冷,总是裹着那条带穗子的灰色破披肩。我恨这披肩,它把母亲高高的苗条的身材变丑了,我憎恨地揪掉披肩上的穗子。我憎恨这所房子,憎恨工厂和整个镇子。母亲穿一双踩坏了的毡靴,不时地咳嗽，大肚子难看地抖动着。她那双蓝灰色的眼睛很冷淡，闪烁着生气的目光，她老是呆呆地盯着没有贴墙纸的墙壁，仿佛目光粘在了墙上似的。她有时站在窗前发呆，望着窗外的街道，整整站上一个小时，这条街道很像老人的颌骨，残缺不全的牙齿黑黢黢的，东倒西歪；新镶的牙齿又大又蠢，与整个牙床很不相称。

"我们干吗要住在这儿？"我问母亲。她很不耐烦地答道：

"唉，你闭嘴……"

母亲很少搭理我，跟我说话总是声色俱厉，像下达命令似的：

"快去，给我拿来……"

大人对我管得很严，很少让我上街。我每次上街都要打架，常常被顽皮的孩子们打得鼻青脸肿。我觉得，打架是我唯一的爱好和乐趣，所以我打架上了瘾。母亲拿皮带抽我，可是她越打我就越不服气，下次我就更加拼命地去跟孩子们打架，而母亲就更加严厉地惩罚我。有一次，我警告她说，要是再打我，我就咬坏她的手，然后跑到旷野上去，再也不回家，冻死在那里。母亲听了我的话，大吃一惊，她一把推开了我，在屋里踱了一会儿步，气喘吁吁地说：

"你这个小野兽！"

在我的心灵里，那种被称之为"爱"的绚丽多彩的生动委婉的情感，渐渐地黯然失色了。我对周围的一切都充满怨恨，越来越多地爆发出压抑不住的怒火，心中的不满情绪渐渐高涨，这种死气沉沉的、阴暗无聊的生活使我感到忧伤、孤独。

继父对我很严厉。他很少跟母亲说话，老是低声吹口哨，咳嗽。吃过午饭，他就站在镜子前面，拿一根牙签反复剔着参差不齐的牙齿，每次都剔好长时间。他经常跟母亲吵架，并且愈吵愈频繁，老是气冲冲地称我母亲"您",这个无礼的称呼使我愤怒极了。跟母亲吵架的时候,他总是把厨房的门关得严严实实的,大概不愿让我听见他的话。尽管如此,我仍旧听得见他那有点嘶哑的低沉的声音。

有一天,他跺着脚喊道:

"就因为您这个难看的大肚子,我连个客人都没法请到家里来。您这头母牛!"

听到这话,我又吃惊又生气,心里受到莫大的侮辱,我在高板床上气愤地跳了起来,脑袋撞在天花板上,我把自己的舌头都咬破了。

每逢礼拜六,工人们就成群结队地来找我继父,把自己的购粮证卖给他。凭这种购粮证他们可以在工厂的粮店里购买粮食和食品。工厂主发给工人们这种证券,以代替工钱。继父以半价收购他们的证券,然后倒卖出去。厨房成了继父的接待室,他坐在桌子后面,神态傲慢,沉着脸。他每接过一张购粮证,便说:

"一个半卢布。"

"叶夫根尼·瓦西里耶维奇,上帝会惩罚你的……"

"一个半卢布。"

这种无聊的阴暗的生活不久就结束了,母亲临产之前,我被送回外公家去住。这时,外公搬到了库纳维诺镇,在别斯恰纳亚大街上一幢两层楼房里租了一个小房间,房间里带有俄式炉炕,有两个面朝庭院的窗户。这条街很偏僻,沿着山坡向下延伸,一直通到纳波尔教堂墓地的围墙。

"怎么样?"外公出来迎接我,说着便尖声笑了起来,"俗话说,再好的朋友也不如亲娘,看来我们现在应该说:亲娘不如外公这个老魔鬼啦!唉,你们这些人呀……"

在这个新地方，我还没有来得及熟悉一下环境，外婆和我母亲就带着新出生的孩子搬回来了，继父因敲诈工人被工厂开除了，但他出去活动了一下，立刻就被火车站录用为售票员。

很多时光都在空虚无聊中过去了。我又回到母亲那儿，住在一座楼房的地下室里。母亲立刻送我去学校读书。从入学的第一天起，学校就使我产生了极大的反感。

我入学那天，穿着母亲的一双旧皮鞋，大衣是用外婆的上衣改成的，穿着黄衬衣和散腿裤子。我这身打扮立刻遭到同学们的嘲笑，因为我穿一件黄衬衣，他们就送我一个外号叫"苦役犯"①。我很快就跟同学们和好了，但老师和神父却不喜欢我。

教师脸色蜡黄，秃脑袋，经常流鼻血。他来上课的时候，鼻孔里老塞着棉球，坐在讲台后面，带着浓重的鼻音讲课。有时一句话讲了一半，他忽然停下来，拔出鼻孔里的棉球，仔细瞧瞧，又摇摇头。他的脸又扁又平，脸色似黄铜，一副萎靡不振的样子，满脸的皱纹里流露出一种淡绿色，铜锈似的；他的眼睛呆滞无神，这张脸上长着这双眼睛，不但是完全多余的，而且把这张面孔衬托得特别难看。他老是令人讨厌地盯着我的脸，盯得我直恶心，老想用手去擦擦面颊。

最初几天，我坐在第一组的第一排，几乎紧挨着教师的讲台，这简直让我受不了。在全班同学面前，他好像只看见我一个人，带着难听的鼻音反复说：

"彼什科夫，换一件衬衣！彼什科夫，脚不要乱动弹！彼什科夫，你的靴子又往下流水啦！"

---

① 俄国革命前的苦役犯，背后缝有一块黄布。

为了报复他,我想出一个恶作剧。一天,我捡了半个冰冻的西瓜,掏空了,用绳子把它拴住,吊在黑暗的门洞里的滑轮上。开门的时候,西瓜皮升上去,教师进来后,刚刚关上门,西瓜皮就像一顶帽子似的直接扣在他的秃头上。门卫带着教师的字条把我送回家去,为了这场恶作剧,我挨了一顿毒打。

又有一次,我在教师的抽屉里撒了不少鼻烟末,害得他接连不断地打喷嚏,无法上课,只好派他女婿来替他上。他女婿是个军官,强迫全班唱国歌《神佑吾皇》和《自由颂》。谁唱错了,他就用尺子敲谁的脑袋。不知为什么,他敲得特别响,让人觉得很好笑,但却不疼。

神学教师是个神父,生得年轻漂亮,一头浓密而又蓬松的头发。他不喜欢我有两个原因:一是因为我没有《新旧约使徒传》这本书,二是因为我喜欢模仿他说话的习惯来嘲弄他。

他来上课的时候,头一件事就是问我:

"彼什科夫,书带来了吗?是的。带来了吗?"

我回答说:

"没有。没带来。是的。"

"什么'是的'?"

"没带来。"

"那好吧,你回家去吧!是的。回家吧。因为我不想教你了。是的,不想教你。"

我并没有为此感到难过,我离开教室,在镇子上沿着泥泞的街道闲逛,观赏这里喧闹的生活场景,一直逛到放学回家。

神学教师长得有点像耶稣,脸孔优雅端庄,一双温柔的女人眼睛。他那双小手也很温柔,不管拿什么东西,都令人感到亲切动人。他每次拿起书、尺子和羽毛笔，他的动作都小心翼翼的，异常优雅，仿佛这些东西是有生命的、脆弱的小动物，他喜欢它们，生怕动作粗鲁损伤它们似的。他对待学生并没有这样温和，但学生们却很喜欢他。

我的学习成绩还算不错，但是时过不久，听说学校决定要开除我，据说是因为我表现不好。我的心情沮丧极了，一场灾难即将降临在我头上，因为我母亲变得越来越暴躁，我挨打的次数也增多了。

然而就在这时，救星来了：赫利桑弗主教①突然来我们学校巡视。我记得，他的样子像一位魔法师，背有点驼。

主教个子矮小，穿着宽大的黑衣服，头戴一顶可笑的高筒帽子。他坐在讲台后面，从宽大的衣袖里伸出手来，说："我的孩子们，让我们来谈一谈吧！"这时教室里马上活跃起来，充满了从未有过的温暖而愉快的气氛。

在询问过很多学生之后，他把我叫到讲台前，严肃地问：

"你多大了？真的？那你的个头怎么这样高啊，孩子？你是不是常常淋雨啊？"

他把一只手放在讲台上。他的手干巴巴的，指甲很长，另一只手捋着稀疏的胡子，一双和善的眼睛盯着我的脸，说："好，你来给我讲一个你所喜欢的《使徒传》里的故事，好吗？"

我对他说，我没有《使徒传》这本书，也没有学习过《使徒传》。这时他正了正高筒帽子，问道：

---

① 赫利桑弗主教曾著有三卷本的神学名著《古代世界宗教》、论文《埃及转世》以及政论文《论婚姻和妇女》。我在青年时代曾读过他的《论婚姻和妇女》，这篇文章给我留下很深的印象。文章的题目也许我记错了，70年代的神学杂志曾刊载此文。——作者注

"怎么能不学《使徒传》呢?这可是一门必修课呀!那么你大概知道别的故事,听人讲过吗?会背诵圣诗吗?这很好!会念祈祷词吗?会念,这太好了!还有圣徒的故事,诗歌体的?你知道的东西可真多呀!"

这时我们的神学教师走进来,气喘吁吁,满脸通红,主教在他面前画十字为他祝福。当他正要给主教讲我的情况时,主教抬手拦住了他,说:

"请等一下……好吧,孩子,你来讲讲圣徒阿列克谢的故事吧……"

"这些诗好极了,是吗,孩子?"当我某一句诗想不起来了,稍作停顿时,他说,"还会别的吗?会讲大卫王的故事吗?我很想听听!"

我发现他的确在认真地听着,他很喜欢我背诵的这些诗歌。他听我背诵了很长时间,然后忽然停下来,急促地问道:

"你学过《圣诗选》?谁教你的?慈祥的外公,是凶狠的外公?真的?你大概很淘气吧?"

我犹豫了一下,但如实说了。教师和神父说了我一通坏话,证实了我的自白。主教垂下眼帘听着,然后叹了口气说:

"这就是老师们对你的评价,听见了吗?哎,你过来!"

他把那只散发着柏树香味的手放在我头上,问道:

"你为什么要闹恶作剧?"

"因为上学特没意思。"

"没意思?这话说得不对,孩子。假如你真的以为上学没意思,那么你的学习成绩会很差,可是教师们证明你学习很好。这么说来,你是另有原因。"

他从怀里掏出一个笔记本,边记边说:

"彼什科夫,阿列克谢。好吧,你对自己要有所约束,孩子,不要淘气过分了!有点淘气不要紧,但过分淘气就会令人讨厌的!我说得对吗,孩子们?"

大家异口同声地快活地答道:

"对。"

"你们大家都不很淘气吧?"

孩子们笑起来,回答说:

"不,也很淘气!很淘气!"

主教把身子往后一仰,搂着我,带着吃惊的表情说:

"这没什么了不起的,我的孩子们,我像你们这么大的时候,也是个大调皮鬼呢!你们说,这是怎么回事啊,孩子们?"

这番话逗得大家哄然大笑,连教师和神父也笑了起来。主教向孩子们问长问短,巧妙地提出各种问题,逗得孩子们相互争论起来,课堂上的气氛更加活跃了。最后他站起来说:

"跟你们在一起很愉快,调皮鬼们。好,我该走了!"

他抬起手来,把宽大的衣袖褪到肩膀上,挥舞胳膊画了一个十字,为大家祝福:

"我以圣父圣子圣灵之名祝福你们,祝你们刻苦用功,好好学习!再见啦!"

大家齐声喊道:

"再见啦,大主教!请您再来!"

主教频频点头,说:

"我会来的,会来的!我会给你们送书来的!"

走出教室的时候，他回头对教师说：

"让他们回家吧！"

他拉着我的手来到门洞里，向我俯下身来，低声说：

"你要学会约束自己，好吗？我知道你为什么爱闹恶作剧，我理解你！好了，再见吧，孩子！"

我激动极了，心中涌起一股特殊的感情。教师让同学们都回家去，单独把我留了下来，他对我说，从现在起应该约束自己，处处谨慎小心。这时我愿意听他的话了，听他讲这番话时我的态度十分认真。

神父穿上皮大衣，声音低沉地亲切地对我说：

"今后你要来听我的课！是的。一定要来。不过，你要老实坐好！是的。老实坐好！"

学校里的事应付过去了，可在家里又出了一桩丑事：我偷了母亲一个卢布。事先我并没打算偷钱，这次犯罪是情势所迫。

一天晚上，母亲出去了，留下我在家看孩子。我无事可做，心里烦闷，便拿了继父的一本书翻看起来。这是大仲马的小说《一个医生的笔记》，我发现书里夹着两张钞票，一张十卢布的，另一张是一卢布。这本书我看不懂，就把它合上了，但我忽然想到，花一个卢布不仅可以买一本《使徒传》，说不定还可以买一本《鲁滨孙漂流记》呢。我是不久前刚听说有这本书的。那是在一个寒冷的冬日，在学校里，课间休息时，我正在给孩子们讲童话，忽然间，他们中间有一个孩子轻蔑地说：

"童话全是胡说八道，《鲁滨孙漂流记》才是真正的故事呢！"

还有几个孩子也读过《鲁滨孙漂流记》，都说这是一本好书。大家不喜欢外婆的童话，这使我很不高兴。我当即下决心要读一遍

《鲁滨孙漂流记》，到那时我也要说一句：这本书纯粹是胡说八道。

第二天上学的时候，我带来了一本《使徒传》和两本破烂的《安徒生童话》，还有三俄磅白面包和一俄磅香肠。在弗拉基米尔教堂的围墙旁边，一家黑洞洞的小店铺里有《鲁滨孙漂流记》。这是一本黄皮的薄薄的小书，第一页上画了一个留大胡子的人，戴着高高的皮帽子，肩上披着兽皮。这本书我一看就不喜欢。那两本童话虽然很破旧了，但它们的外观看上去还很动人。

午间休息的时候，我请同学们吃面包和香肠，接着我们就开始朗读那篇非常优美的童话《夜莺》，大家立刻被这篇童话迷住了。

"在中国，所有的居民都是中国人，连皇上本人也是中国人。"我记得，这句话使我感到惊奇、愉快，它是那样的纯朴，像一支欢乐的乐曲，包含着一种异常美妙的东西。

由于时间不够，这篇童话在学校里没有读完。放学后，我回到家里，看见母亲站在锅台前，正在用平底锅煎鸡蛋。她严厉地问我，声音有些奇特，很微弱：

"你拿了一个卢布？"

"拿了。这是买的书……"

她挥起锅铲柄毫不客气地揍了我一顿，没收了《安徒生童话》，藏起来再也没有还给我，这对我来说比挨打还要痛苦。

我一连几天没有去上学。这段时间里，大概继父给同事们讲过我偷钱的事，那些同事又讲给自己的孩子听，于是这件事便传到学校去了。几天后我去上学，孩子们一看见我，就给我起了一个新的外号：小偷。这个外号简单明了，但是很不公正，因为我虽然拿了一个卢布，但并没有隐瞒此事。我试图做些解释，但没有人相信我的话，于是我回到家里，对母亲说，我再不去上学了。

母亲又怀孕了，她坐在窗户前，脸色灰白，一双疲惫的眼睛显得呆板无神。她一边喂萨沙弟弟吃饭，一边像鱼似的张着嘴巴望着我。

"你胡说，"她低声说，"你拿钱的事谁也不知道。"

"不信你去问问嘛。"

"是你自己说出去的。你快说，是不是？你等着，我明天亲自到学校去问问，到底是谁把这件事传出去的！"

我说出了一个学生的名字。母亲立刻皱起眉头，脸上露出悲伤的神色，泪水扑簌簌地流下来。

我回厨房去了，躺在床上。我的床铺铺在炉灶后面的木箱上。我躺在那里，听见母亲在自己房间里低声哭喊道：

"天啊，我的天哪……"

厨房里有一股烘烤油腻抹布的难闻的气味，我再也躺不住了，便下了床来到院子里，这时母亲喊住了我：

"你去哪儿？去哪儿？你到这儿来！……"

后来我们在地板上坐下来，萨沙趴在母亲膝上，抓住她衣服上的纽扣，弓着身子含糊不清地说：

"布伏卡。"意思是说"小扣子"。

我坐在母亲身边，偎依着她，她紧紧地抱着我说：

"我们是穷苦人，每一个戈比……"

她的话没有说完，每次都是这样。她那只热乎乎的胳膊紧紧搂住我。

"这个无耻的家伙……无耻！"她忽然说，我以前曾听她这样骂过一次。

萨沙含糊地重复一句：

"无耻！"

萨沙是古怪的孩子，笨手笨脚的，大脑袋，老是用那双漂亮的蓝眼睛打量着周围的一切，安静地微笑着，仿佛在期待着什么。他老早就开始学说话了，从来不哭，一天到晚都很快活，并且喜欢安静。他体质弱，吃力地爬来爬去，每次看见我，他就高兴起来，向我伸着手，叫我把他抱起来。他喜欢揉我的耳朵，他的小手指软绵绵的，不知为什么总带有一股紫罗兰的香味。他死得很突然，没有生病。上午还好好的，像平时一样，安静，快活，可是到了傍晚，响起做晚祷的钟声时，他已经死了，躺在桌子上。这事发生在第二个小弟弟尼古拉出生后不久。

母亲履行了自己的许诺，我又安心去上学，但不久我又被送回到外公家去了。

有一天，晚上喝茶的时候，我从院子里回厨房去，听见母亲痛苦万分地喊道：

"叶夫根尼，我求求你，我求求……"

"少废话！"继父说。

"我全知道，你是去找她！"

"找她又怎么样？"

两人沉默片刻，母亲大声咳嗽起来，边咳边说：

"你这个狠心的坏蛋……"

我听见继父在打我母亲，便冲进屋去，只见母亲跪在地上，脊背和手肘靠在椅子上，胸部挺起，仰着头，声音嘶哑地喊着，眼睛很可怕。继父衣着很整洁，穿一套崭新的制服。他抬起长腿朝我母亲胸部猛踢。我立刻抓起桌上的一把刀子,这把骨制刀柄上镶着银饰物的刀子是切面包用的,是我父亲死后留给母亲的唯一遗物。我抓起这把刀子用尽全力朝继父腰部扎去。

幸亏母亲一把推开了马克西莫夫,刀子从他腰边滑过,在制服上划了一道长长的口子,仅划破他一层皮。继父大叫一声捂着腰冲出门去。母亲抱住了我,把我从地上提起来,哭喊着把我扔在地板上。继父回到屋里,把我拉开了。

这天晚上,继父最终还是出去了。天很晚了,母亲到厨房里来看我,她小心翼翼地抱着我,一边吻我,一边哭着说:"原谅我,孩子,是妈妈不好!唉,亲爱的,你怎么能动刀子呢?"

我毫不掩饰地对母亲说(并且完全明白我说的话意味着什么),我要杀死继父,然后我也自杀。我想,这件事我干得出来,至少我会试一试。我至今还能清楚地记得,他那条可恶的长腿,穿着带有鲜艳镶边的裤子,在空中挥动着,用脚尖踢女人的胸部。

每当我回忆起俄国令人压抑的龌龊野蛮的生活,我常常问自己:这种丑陋的行为有必要去写吗?我每次都怀着充分的信心回答自己:有必要!因为这就是活生生的丑陋的生活现实,这种现实至今还存在着。要改变这种现实,要从人们的记忆和心灵中,从我们沉重龌龊的生活中清除它的影响,就必须透彻地了解这种现实。

我描写现实生活中的这种丑恶行为,还有一个比较积极的原因:虽然这些丑行令人恶心,使我们感到压抑;虽然它们扼杀了无数美好的灵魂,但俄罗斯人的心灵仍旧是那样健康、年轻,正在克服并且最终能够克服这种丑恶的行为。

我们的生活是非常奇妙的。在我们的生活里,虽然有滋生各种无耻的败类的肥沃的土壤，但这种土壤终究会生长出卓越的、健康的而且富有创造性的力量，生长出善良和人道的东西，它们不断激发我们建设光明的人道的新生活的不灭的希望。

十三

我又回外公家去住了。

"怎么样,绿林好汉?"外公一看见我,便敲着桌子说,"这回我可不打算养你了,让外婆养你吧!"

"我会养活他的,"外婆说,"你以为这样就难住我啦!"

"那你就养吧!"外公大声说,但他马上就平静下来,对我说:"我跟她分家了。现在我们俩各过各的了……"

外婆坐在窗前,飞快地织着花边,线轴发出欢快的咔咔声,插满了铜织针的托架像一只金色的刺猬似的闪闪发光。外婆本人像一尊铜铸的雕像,她的模样没什么变化。但外公却变得更干瘪了,老皱着眉头,棕红色的头发变得灰白,过去那种沉着而又高傲的举止不见了。他的动作变得急躁不安,那双绿莹莹的眼睛流露出疑虑重重的神色。外婆给我谈起她跟外公分家的事,脸上带着几分嘲笑。外公把盆盆罐罐和全部餐具都分给她,并对她说:

"这些东西都归你,以后再不要问我要什么了!"

然后他从外婆那里拿走了所有的旧衣服、什物和狐皮大衣,一共卖了七百卢布。他把这笔钱借给了一个犹太人,以便吃利息。此人是他的教子,是个水果贩子。这时,外公爱钱如命,简直到了不顾羞耻的地步：他去找那些老相识，找他过去在行会的老同事和一些富商，抱怨孩子们不争气，弄得他破了产，乞求他们给予资助。他这一招果然有用，人们出于对他的尊重，给了他不少钱。于是他在外婆眼前挥舞着钞票，像逗孩子似的逗她，夸口说：

"看见了吧，傻瓜？要是你去要钱呀，人家连这些钱的百分之一也不会给你！"

他把讨来的钱借给自己的新朋友去生利息。这个新朋友是个皮匠，高高的个子，秃脑袋，镇上的人给他起了个外号叫"马鞭子"。外公还借给"马鞭子"的妹妹一笔钱，他妹妹是一家店铺的老板娘，身材高大，脸蛋红红的，生就一双栗色的眼睛，一天到晚懒洋洋的，脸上带着甜蜜蜜的表情。

家里的一切都分得很清楚：外婆出钱买东西做一天饭，第二天就由外公去买菜和面包。每逢外公出钱买东西，饭菜就差一些，因为外婆买的全是好肉，而外公总是买些肠子肚子一类的内脏。茶叶和糖他们都各自保管着，但在一个茶壶里煮茶。外公常常不安地说：

"你等等，你等等，你放了多少茶叶？"

他把茶叶放在自己掌心里，一丝不苟地数了一遍，说：

"你的茶叶比我的细小，我就该少放一些，因为我的茶叶大，泡的茶多。"

外婆倒茶的时候，他总是留心看着，看外婆给自己倒的和给他倒的茶是不是一样浓，分量是不是一样多。

"是不是该喝最后一杯了？"在一壶茶快要喝光的时候，外婆问道。

外公往茶壶里瞅了瞅，说：

"好吧,分最后一杯!"

连圣像前的长明灯的油,他们也是各买各的。两人同甘共苦五十年,老了竟落到这个地步!

外公的种种怪癖,使我感到又好笑又反感,而外婆只是觉得可笑。"你不要嫌烦!"外婆安慰我说,"你知道这是为什么?老头儿老了,人也变糊涂了!他已经八十岁了,等你到了八十岁时瞧瞧!让他糊涂吧,他妨碍谁啦?我来挣钱养活你,也养活我自己,不要担心!"

我也开始到外面去挣钱了。每逢节日,一大早我就拿起口袋,到街上去捡破烂。我沿着大街挨家挨户走过去,收集牛骨头、破布、废纸和钉子,然后把这些东西卖给收破烂的。一普特破布和废纸能卖二十戈比,一普特废铁也能卖这么多钱,一普特骨头能卖十戈比或者八戈比。平时放学后我也去捡破烂,每到礼拜六我就把这些破烂卖了,能挣三五十戈比,运气好的时候挣得更多点。外婆每次接过我的钱,便匆匆地装进裙子口袋里,低垂着眼睛夸奖我说:

"谢谢你啦,我的宝贝!谁说我们俩养活不了自己?没什么了不起的!"

有一次,我偷偷地看了外婆一眼,发现她把我挣来的几枚五戈比的硬币放在手心里,望着这些钱,她无声地哭了,混浊的泪珠挂在她那像泡沫石似的有许多小孔眼的鼻子上。

到奥卡河岸上或者彼斯基岛上去偷木柴和木板,比捡破烂挣钱更多。在奥卡河岸上,有一些木材栈行;彼斯基岛上经常有集市,人们在临时搭起的木板房里买卖铁器。集市过后,拆掉这些木板房,柱子和木板就整整齐齐地堆放在彼斯基岛上,一直堆放到春汛季节。从那里偷来木板卖给房东,一块好木板可以卖十戈比。有时一天可以偷到两三块。但只有在雨雪天气才能偷得到，因为风雪交加或者下雨的时候，看守人在外面待不住，不得不躲藏起来。

我和几个朋友结伴去偷木板。除我之外，有莫尔多瓦女乞丐的十岁的儿子桑卡·维亚希尔，他是个讨人喜爱的孩子，性格温和、安静，一天到晚乐呵呵的。有孤儿科斯特罗马，这孩子披头散发，骨瘦如柴，生就一双乌黑的大眼睛。后来，他十三岁的时候，因偷了一对鸽子被送进少年犯教养所，在那里上吊自杀了。有十二岁的大力士、鞑靼小孩哈比，他是个老老实实的孩子，心眼很好。有墓地看守兼掘墓人的儿子，塌鼻子雅兹，他只有八九岁，像鱼儿似的沉默寡言，患有癫痫病。年龄最大的是寡妇裁缝的儿子格里沙·丘尔卡，这孩子通情达理，为人公正，特别喜欢打架。我们这伙人全是来自同一条街。

在这个镇子上，偷东西不算罪过，而是一种风气，几乎是那些终日不得温饱的小市民们唯一的谋生手段。单靠一个半月的集市，挣不够全年的口粮，于是很多相当体面的人，为了养家糊口，便到河上去"打工"。他们打捞春水泛滥时冲走的劈柴和木板，用小船运点零星货物，但主要还是偷窃货船。总之，他们在伏尔加河上和奥卡河上像猴子似的跳来跳去，遇着保管不善的货物就捞一把。每逢节日，大人们就夸耀自己偷窃的成绩，孩子们在一旁听着，也就学会了偷窃的本领。

每年春天，集市开始前总有一段繁忙的时间，一到晚上，镇子里的大街上就有许多喝醉酒的工匠、马车夫和各种行业的手艺人。这时候，孩子们就来扒窃他们的口袋。这成了一种合法的行当。孩子们当着大人的面行窃，一点也不害怕。

他们偷木匠的工具，偷拉客的马车夫的螺帽扳手，偷拉货的马车夫的车轴和车轴上的垫铁，但我们这伙人从不干这种扒窃的勾当。有一次，丘尔卡坚定地说：

"我决不去做小偷，妈妈不让我偷东西。"

"我害怕！"哈比说。

科斯特罗马对小偷充满着厌恶。每当说到"小偷"这个字眼时，他就特别加重语气。看到别的孩子扒窃醉鬼的口袋，他就去追赶他们。要是捉住那个孩子，他就把他狠揍一顿。科斯特罗马生就一双大眼睛，不苟言笑，老把自己当大人。他的步态也很特别，走起路来像装卸工似的身子左右摇晃着。他故意压低嗓门说话，粗声粗气的。他不论做什么都慢腾腾的，装出一副老气横秋的样子。而维亚希尔则坚信，偷窃是一种不可饶恕的罪恶。

然而人们认为，从彼斯基岛上拿些木板和木杠不算是偷窃，所以我们大家谁也不害怕。为了安全顺利地把这些东西拖回来，我们还想了不少办法。晚上，等天黑下来，或者在风雪天，维亚希尔和雅兹就从高低不平的潮湿的冰面上走过去，越过河湾，登上彼斯基岛。他们的行动是公开的，故意吸引看守人的注意力。与此同时，我们另外四人就分头行动，悄悄地走上前去，趁着看守人集中精力监视雅兹和维亚希尔，我们四人已赶到事先约好的木材垛旁会合。这时，那两个腿脚麻利的伙伴撒腿就跑，故意让看守人去追赶他们，我们就乘此机会，挑选好木材，拖着木板和木杠往回跑。我们每人都带一根绳子，绳子末端带一个弯钩，我们用钩子钩住木板或者木杠，从雪地上和冰面上拖回去。看守人很少发现我们，就是发现了也追不上。我们卖掉这些木材，把钱分成六份，每人能得五至七个戈比。

有了这些钱，我们就可以痛痛快快地吃一天饱饭了。但维亚希尔得把这些钱买些伏特加酒给母亲带回去，否则他回家就得挨打；科斯特罗马把钱攒起来，打算以后用来养鸽子；丘尔卡希望挣到更多的钱，好为他母亲治病；哈比也在攒钱，他打算回到自己的出生地去，他是被叔父从家里领出来的，来到下新城不久，叔父就淹死了。哈比忘记了自己出生在哪一个城市里，只记得那座城市位于卡马河岸上，离伏尔加河不远。

不知为什么，我们觉得他说的那个城市特别可笑，便用顺口溜嘲弄这个斜眼的鞑靼小孩，诙谐地唱道：

卡马河边有座城，
它的位置说不清。
摸不着也走不到，
虚虚幻幻无踪影。

起初，哈比听我们唱这个顺口溜，非常生气，但有一次，维亚希尔用鸽子叫似的声音对他说：

"你怎么回事？难道生同伴们的气了？"

哈比被问得张口结舌，很难为情，不得不跟我们一起唱起来。

我们觉得，与偷木材相比，捡破烂毕竟更有趣一些。春天来临之后，冰化雪融了，刚刚下过雨，集市上铺着石子的街道被雨水冲刷得干干净净，这时外出捡破烂特别有趣。在集市上，我们常常在排水沟里捡到许多钉子、废铜烂铁，有时还能捡到钱——铜币和银币。但是市场上有一些专门看守货摊的人，他们老是追赶我们，搜我们的口袋，有时不得不给他们几枚两戈比的铜币，或者一连给他们鞠几个躬。总之，我们挣点钱是很不容易的，但我们这帮孩子相处得很和睦，虽然有时彼此之间也吵几句嘴,但我记得,我们之间从未打过架。

维亚希尔一向充当我们的调解人,他善于及时提醒我们,话虽然简单,却使我们感到震惊,感到难为情。他说这些话的时候,总是带着吃惊的神色。雅兹有一些不好的越轨行为,他既不气恼,也不害怕,他认为一切不良行为都是多余的,总是心平气和而又令人信服地加以制止。

"你们看,这有什么必要啊?"他问,我们也清楚地看出,的确没有必要!

他称自己的母亲是"我的莫尔多瓦女人",但我们并不觉得可笑。

"昨天我的莫尔多瓦女人又喝醉了!"他乐呵呵地对我们说,那双金黄色的圆圆的眼睛炯炯有神,"她从外面回来,'砰'的一声推开门,就坐在门槛上唱起来,没完没了地唱着,像个老母鸡似的。"

心地善良的丘尔卡问道:

"她都唱些什么呢?"

于是维亚希尔轻轻拍打着自己的膝盖,尖着嗓子模仿他母亲唱道:

> 哎,年轻的牧人哟,
> 流浪在街头。
> 他用手杖敲窗户,
> 我们就跟他满街走!
> 西天升起殷红的晚霞,
> 街上走来牧人鲍尔卡。

他轻轻吹起婉转的牧笛,

家家户户听得入迷!

像这种热情活泼的歌儿他能唱好多,而且唱得非常熟练。

"是啊,"维亚希尔继续说下去,"就这样,她唱着唱着就在门槛上睡着了。这下可糟了,天冷得要命,我冻得浑身发抖,差点儿没冻死,我要把她拖到屋里去,怎么也拖不动。今天早晨我对她说:'你这个醉鬼,怎么能醉成这个样子?'可她却说:'没关系,再忍一忍吧,我活不了多久了!'"

丘尔卡一本正经地证实说:

"她的确是活不了多久了,全身都肿了。"

"你心疼母亲吗?"我问道。

"怎么不心疼?"维亚希尔惊奇地说,"她是一个很好的母亲啊……"

我们大家都知道,这个莫尔多瓦女人常常打他,但同时也相信,她是一位好母亲。碰上挣不到钱的时候,丘尔卡就提议说:

"我们每人凑一戈比吧,给维亚希尔的母亲买酒,不然他回家会挨打的!"

在我们这伙人中,只有丘尔卡和我识字。维亚希尔非常羡慕我们俩,他用手抚弄着自己老鼠似的尖尖的耳朵,尖声尖气地说:

"等我安葬了我的莫尔多瓦女人,我也去上学,我给老师磕头,求他录取我。上完学以后,我就去给大主教当园丁,或者直接去效忠沙皇!……"

来年春天,那个莫尔多瓦女人被倒塌的木柴垛压死了,同时被压

在下面的还有一个募集修建教堂资金的老头儿,带着一瓶伏特加酒。人们把她送进了医院,值得信赖的丘尔卡对维亚希尔说:

"到我家去住吧,我妈妈教你识字……"

时过不久,维亚希尔果然识字了,他高高地昂着头,念商店招牌上的字:

"品食货杂店……"

丘尔卡纠正他说:

"是食品杂货店,怪人!"

"我看得很清楚,可那些母字跳来跳去的。"

"是字母!"

"它们不停地跳动,一念它们,它们就高兴起来!"

他特别喜爱树木花草,简直到了使我们大家感到可笑和吃惊的地步。

镇子的房舍零零落落地分散在沙滩上。这里很少见到植物,只有在一些人家的院子里,孤零零地长着几棵瘦弱的白柳树,几棵歪歪扭扭的接骨木树,围墙下面胆怯地隐藏着几株灰色的干枯的小草。如果我们当中有谁坐在这些小草上,维亚希尔就生气地埋怨说:

"喂,何必要毁坏这些小草啊?您难道就不能坐在旁边的沙地上?"

有他在场的时候,谁要是折一枝白柳,或者摘一枝开花的接骨木,或者在奥卡河岸边的柳丛里折一根柳条,就会被他弄得大为难堪。每逢这时,他总是耸耸肩膀,两手一摊,吃惊地说:

"你们干吗要毁坏东西啊?你们这些鬼东西!"

望着他那副大惊小怪的样子,大家感到很不好意思。

每到礼拜六,我们就闹一次快活的恶作剧。为此,我们整整准备一个礼拜,在街上捡一些破旧的树皮鞋,堆放在不易被人发现的角落里。礼拜六晚上,当西伯利亚码头上的鞑靼族装卸工成群结队地下班回家的时候,我们就埋伏在十字路口附近,用树皮鞋向他们发起攻击。起初,他们遭到我们的伏击,非常生气,就拼命追赶我们,并破口大骂,但他们很快就被这种恶作剧吸引住了。于是每逢礼拜六下班的时候,料定会在路上遭到我们的袭击,他们自己也武装起来,准备了很多树皮鞋。此外,他们还暗中找到了我们藏树皮鞋的地方,有几次将我们的偷个精光。为此我们向他们发牢骚说:

"这么做不公平!"

这时他们只好把树皮鞋分给我们一半,然后就开始战斗。通常是他们站在一片开阔地上,摆好阵势,我们尖叫着从四周向他们发起进攻,投掷树皮鞋。他们也用树皮鞋回击我们。有时我们的人被他们投掷的树皮鞋绊倒了,在沙地上摔个嘴啃泥,他们就高兴得叫喊起来,捧腹大笑。

我们尽情地玩耍着,有时一直玩到夜色降临。一些小市民围拢过来,躲在街角后面探头探脑,抱怨我们妨碍了秩序。灰色的旧树皮鞋像一群乌鸦似的飞来飞去,有时我们的人被打疼了,但谁也不生气。大家一高兴起来就忘记了疼痛和委屈。

这帮鞑靼人玩耍起来,热情并不亚于我们这些孩子。战斗结束了,我们常常到他们劳工组合的驻地去。在那里,他们请我们吃甜马肉,吃一种味道很特别的菜汤。晚饭后,我们就着核桃仁点心喝浓茶。他们一个个长得身材高大,像精心挑选过的大力士,我们都很喜欢他们。他们身上带着孩子气,彼此之间直来直去,以诚相待。使我感到吃惊的是，他们的心地特别善良，对谁都不存恶意，彼此之间相互关心，相互照顾。

他们喜欢开心地大笑，常常笑得上气不接下气，连眼泪都流了出来。他们中间有一个歪鼻子的卡西莫沃人，力大无穷，像童话中的大力士。有一次，他把一口重二十七普特的大钟从货船上扛下来，送到离岸很远的地方。他笑呵呵地喊着：

"呜，呜！说空话，是闲扯淡！说空话，不值钱；真心话，金不换！"

还有一次，这个大力士让维亚希尔站在他的手掌上，高高地举过头顶，说：

"你应该生活在那里，生活在天上！"

碰上刮风下雨，我们就在雅兹家里聚会。雅兹住在公墓的守卫室里，他父亲是公墓的看守人。这位看守佝偻着身子，全身的骨头都弯曲着，胳膊很长。衣服穿得脏乎乎的。他的脑袋很小，头上和黝黑的脸上长着蓬乱而又肮脏的毛发，看上去像一株干枯的牛蒡，细长的脖颈跟草茎似的。他常常甜蜜地眯起有些发黄的眼睛，像念绕口令似的低声说：

"求上帝保佑，可别让我睡不着觉！噢哟！"

我们每次都买十多克茶叶，还买一些白糖和面包，并且一定要给雅兹的父亲买半瓶伏特加酒。一进门，丘尔卡就厉声吩咐他说："糟老头，快烧茶！"

糟老头笑了笑，点着了铁皮茶炊。这时，我们一边等待喝茶，一边讨论如何更好地挣钱，糟老头给我们出主意说：

"你们知道吧，后天是特鲁索夫家四十天祭祀的日子，肯定要大吃大喝的,到时候你们去捡骨头不是很好吗?"

"特鲁索夫家的骨头都被厨娘捡去了。"无所不知的丘尔卡说。

维亚希尔望着窗外的墓地,充满幻想地说:

"很快就可以到森林里去了,太好了!"

雅兹总是一声不响,那双悲伤的眼睛专注地打量着大家。他默默地给我们看他的各种玩具:有从垃圾坑里捡来的木头士兵、缺腿的木马、铜片和纽扣。

他父亲在桌上摆开各式各样的茶碗和杯子,然后端来了茶炊。科斯特罗马坐在桌前,给大家倒茶。雅兹的父亲喝完酒之后,就躺在炉炕上,伸着长长的脖子,用那双猫头鹰似的眼睛盯着我们,唠唠叨叨地说:

"嘿,你们这帮该死的东西,你们不是小孩子啦,对不对?你们是一帮窃贼。求上帝保佑,可别让我睡不着觉!"

维亚希尔对他说:

"我们根本不是窃贼!"

"不是窃贼是什么,是小偷……"

有时,雅兹的父亲唠唠叨叨地让我们讨厌,丘尔卡就生气地对他说:

"住口,糟老头!"

我和维亚希尔以及丘尔卡,特别不喜欢他唠叨谁家有病人,镇子上的什么人快死了,但他一谈到这类话题就兴致勃发。他发现我们不喜欢听,就故意气我们,咬牙切齿地说:

"啊哈,害怕了吧,胆小鬼?果然不错!对啦,有个胖子快死了。唉,他要等好久才能烂掉呢!"

我们不让他说下去,但他仍旧唠唠叨叨地说:

"你们也不会有好结果的,在污水坑里你们能活多久啊!"

"等我们死了,"维亚希尔说,"上帝会让我们去当天使的……"

"你们这些人?"雅兹的父亲大为吃惊地说,"让你们这些人去当天使?"

他大笑了一阵,接着又讲起令人恶心的死人,故意气我们。

但是,他有时忽然压低嗓门,悄悄地给我们讲一些古怪的事:

"喂,孩子们,你们可要当心呢!就在三天前,刚刚安葬了一个娘儿们。我打听到了这个女人的历史,就是说,她是一个什么样的女人。"

他经常给我们谈论女人,并且喜欢讲一些脏话,但他讲的故事却很动人,总让人产生一些疑问,唤起人的同情,仿佛他请我们跟他一起去思考似的。这时,我们都专心致志地听着。他不会讲话,缺乏条理,常常提出一些问题,打断自己的话,但他讲的故事却在我的记忆里留下一些令人不安的残缺不全的片断:

"有人问她:'谁放的火?'她回答说:'是我放的火!''这怎么可能呢,傻瓜?那天夜里你不在家,你当时住在医院里!'她又说:'是我放的火!'她为什么要这么说呢?哎呀,求上帝保佑,千万别让我睡不着觉……"

在这片荒僻的光秃秃的墓地里,经他的手埋葬了不少人,几乎每个埋在这片沙地上的人的生平轶事,他都知道。他给我们讲述这些死人的故事,仿佛在我们面前打开一扇扇大门,我们便走家串户,去看看他们在生前是怎样生活的,从中悟出一些做人的道理。看来,如果没有人阻止他,他能讲一整夜,讲到第二天早晨。但是每当看守室的窗户涂上一层暮色，屋里光线暗下来的时候，丘尔卡便从桌子后面站起来，说：

"我该回家了，不然妈妈会着急的。谁跟我一起走？"

大家都告辞了。雅兹把我们送到围墙门口，然后关上大门，他把那张黝黑干瘦的脸贴在栅栏上，声音嘶哑地说：

"再见！"

我们也向他喊了再见。每次告别的时候，我都觉得很难为情，心想不该把他留在墓地里。有一次，科斯特罗马回头望了一眼，说："等我们明天早晨醒来，说不定他就死了。"

"跟我们这些人相比，雅兹生活最苦。"丘尔卡常说，而维亚希尔却每次都反驳他：

"我们大家都一样，谁也不算苦……"

我倒觉得，我们的生活还算不错，因为我非常喜爱这种流浪街头、独立自主的生活，也喜欢这些同伴，他们常常唤起我的同情，使我感到不安。我心里一直想着要为他们做些好事。

在学校里，我的日子又不好过了。同学们老嘲笑我，管我叫捡破烂的、叫花子。有一次，我跟同学吵了架，他们就在老师面前告我的状，说我身上有一股泔水坑的气味，不愿意坐在我身边。我记得，这种诬告刺痛了我的心，使我在学校里的处境变得极为难堪。其实，他们的指控是恶意编造的：我每天早晨都认真地洗一次澡，上学的时候从未穿过捡破烂时穿的衣服。

然而，我最终顺利地通过了三年级的考试，并且获得奖励，奖品是一本福音书，一本精装的《克雷洛夫寓言》，还有一本平装书，书的标题很古怪，叫作《莫尔加纳婚纱》。此外，还发给我一张奖状。我把这些礼物拿回家,外公见到后高兴极了,他大为感动地说,这些东西要好好保存,还说他要把这几本书锁在自己的小箱子里。当时外婆正在生病,躺了好几天,她的钱也花光了,外公唉声叹气,尖着嗓子说:

"你们吃我的喝我的,把我吃光了,唉,你们这些人啊……"

我把这几本书拿到店铺里卖了,把卖书得的五十五戈比给了外婆。奖状上被我胡乱地签了一些字,画得乱七八糟。我交给外公的时候,他居然没有打开看一眼,就把它珍藏起来了。

辍学之后,我又过上了流浪街头的生活。这时日子好过多了,春光明媚,钱也好挣一些。一到礼拜天,我们这帮孩子一大早就到野外去,到松林里去,在野外玩一整天,直到晚上才回家。虽然很累,却很愉快,伙伴们之间更加亲近了。

但这种生活不久就结束了。因为继父被解雇,他又外出去谋差事,母亲带着小弟弟尼古拉到外公家来住,于是保姆的职务就落到我头上。外婆这时到城里去了,住在一个富商家里,给他家绣棺罩。

这时母亲骨瘦如柴,一天到晚像哑巴似的。她步履艰难,一双可怕的眼睛张望着,打量着周围的一切。小弟弟患了淋巴结核病,踝骨溃疡,身体孱弱极了,连大声哭的力气都没有。饥饿的时候他就浑身发抖,哼哼唧唧,吃饱了就昏睡,在梦中古怪地叹息着,像小猫儿似的轻声打着呼噜。

外公有时认真地摸摸他,说:

"这孩子得好好喂养,可惜我养活不了你们大家……"

母亲坐在屋角里的一张床上,她叹了一口气,声音嘶哑地说:

"他吃不了多少……"

"他吃不了多少,别人也吃不了多少,可是加在一起就多了……"

他挥了挥手,转过身来对我说:

"把尼古拉抱到外面去,让他晒太阳,把他埋在沙土里……"

我用口袋背来不少纯净的干沙土,堆在窗外的太阳地里,按照外公的吩咐,把弟弟埋起来,只把脑袋露在外面。这孩子很喜欢坐在沙土里,他眯缝着眼睛,甜甜地朝我微笑着。他的眼睛生得很奇怪,不见眼白,蔚蓝的瞳仁周围有一圈闪闪发亮的光环。

我立刻爱上了小弟弟,一天到晚对他恋恋不舍。我觉得,我心里想的事他全都明白,我和他并排躺在窗下的沙土上,听见外公尖声尖气地说:

"一个人要死并不难,你要好好活下去才是!"

母亲长久地咳嗽着……

小弟弟把两手从沙土里抽出来,向我探着身子,摇头晃脑的。他的头发很稀,白花花的,那张聪明的小脸蛋显得很老成。

有时母鸡和猫儿朝我们走过来,科利亚①就久久地打量它们,然后望着我,脸上露出微笑。他的笑容使我感到难为情,莫非他已察觉到我讨厌他了,想丢下他跑出去玩。

外公家的院子很小,院里又脏又乱。紧靠大门口,用板皮搭了一排干草棚子和木柴库房,然后是地窖,顺着这排歪歪扭扭的棚屋走过去,末尾是一间浴室。房顶上摆满了木船的碎片、劈柴、木板和潮湿的刨花,这些东西是小市民们在流冰季节和春水泛滥的时候从奥卡河里打捞的。院子里杂乱无章地堆放着各种木材。这些经水浸泡过的木材,在阳光下晒得返了潮,散发出一股腐烂的气味。

---

① 尼古拉的小名。

附近有一个家畜屠宰场，几乎每天早晨都能听见牛羊的叫声，一阵阵浓重的血腥气飘了过来，有时我甚至觉得，混浊的空气中弥漫着一层透明的血红的薄雾……

宰杀家畜的时候，先用斧背在家畜脑门上猛击一下，将它打昏。每当屠宰场上传来家畜垂死的号叫声，科利亚便眯起眼睛，鼓起嘴唇，大概想要模仿家畜的叫声，却只是吹了一口气：

"噗……呜……"

每天中午，外公便从窗口探出头来，喊道：

"吃饭啦！"

他让科利亚坐在自己膝盖上，亲自喂他的饭。他把土豆和面包嚼碎了，用弯曲的手指塞到科利亚的小嘴里，弄得他那薄薄的嘴唇上和尖尖的下巴上满是土豆渣。喂了一会儿，外公就掀开他的小衬衫，用手指摸摸他那胀鼓鼓的肚子，沉思地说：

"吃饱了没有？要不要再吃点儿？"

母亲坐在房门旁边黑暗的屋角里，她说：

"你瞧，他伸手要面包哩！"

"这孩子有点傻！他不知道自己该吃多少……"

他又往科利亚嘴里塞进一口饭。望着外公喂饭时那副模样，我感到羞愧、难过，同时我又感到恶心，喘不过气来。

"得了！"外公终于说，"把他抱给你母亲吧。"

我接过科利亚，但他还在哼哼地叫着，向饭桌探着身子。母亲站起来，呼哧呼哧地喘着气，伸过手来接住科利亚。她的胳膊瘦得皮包骨，细长的身躯瘦得像一株折了全部树枝的枞树。

母亲几乎变成了哑巴，很少用那种激昂的声音说一句话，有时一整天都不说话,默默地躺在屋角里,她在慢慢地死去。母亲的死,我的确预感到了,我知道她活不了多久,而且外公也常常谈到死,唠叨得令人心烦。特别是到了晚上,天黑下来,窗外飘进一股像羊皮一样温暖的浓浓的霉味,这时外公就唠唠叨叨地谈到死。

外公的床摆在靠前墙的屋角里,几乎紧靠着圣像。他睡觉时头冲着圣像和小窗户。他躺在黑暗中,每天都要唠叨很久:

"看来活不了几天啦。我们有脸去见上帝吗?见了上帝说些什么呢?辛辛苦苦忙了一辈子,做过一些事情……落得个什么下场呢?……"

我睡在炉灶和窗户之间的地板上,由于地方狭窄,我只好把两腿伸进炉灶里,夜里蟑螂在我两腿上爬,弄得我痒酥酥的。在这个狭窄的角落里,外公做饭的时候,常常不小心把炉叉和炉钩的手柄撞到窗户上,打碎玻璃。每当我看见外公那副气急败坏的样子,就打心眼里高兴,幸灾乐祸,令人奇怪的是,他这么个聪明人,竟想不到把炉叉的手柄截短一些。

有一次,他用瓦罐煮什么东西,不小心煮过了火,他手忙脚乱,连忙用炉叉去取瓦罐,猛力一拉,炉叉的手柄撞坏了窗框和两块玻璃,瓦罐也打碎在炉台上。老头儿伤心得不得了,坐在地板上哭了起来。

"天啊,天啊……"

上午,外公出去了,我拿起切面包的刀子,把炉叉和炉钩的手柄削去大约四分之三,但外公看了很生气,骂道:

"该死的鬼东西,应该用锯子锯才对!用锯子锯,锯下来的手柄可以做擀面杖,也可以卖钱。你这个魔鬼的儿子!"

他气急败坏地挥着手到门厅里去了。母亲对我说:

"你本来就不该管闲事……"

母亲是在八月里去世的,那是在一个礼拜天的中午。继父外出找工作刚刚回来,又在某个地方找到了差事,在火车站附近租了一套体面的住宅。外婆已带着科利亚搬到他那里,过两天他们就把母亲接去同住。

母亲去世那天早晨,把我叫到跟前,低声吩咐我,但她的声音显得比以往清晰轻松:

"你快到继父那里去一趟,就说我请他来!"

她在床上欠起身子,一只手扶着墙,吃力地坐起来,又说:

"走快一点儿!"

我觉得她好像在微笑,眼睛闪闪发光,表情有些异样。继父做午祷去了。外婆叫我到一个犹太女人那里去买烟末,不巧现成的烟末卖完了,我只好等她把烟叶研碎,然后拿回来交给外婆。

我到外公家里,看见母亲坐在桌前,穿着干净的雪青色连衣裙,头发梳得很漂亮,像过去一样神气十足。

"你好些了吗?"我怯生生地问道。

她令人可怕地望着我,说:

"你过来!你到哪儿闲逛去了?"

还没等我回答,她就一把揪住我的头发,另一只手拿起一把用锯条做的柔韧的长刀,挥起长刀用刀面在我身上拍打了几下。刀子从她手里掉下来。

我捡起刀子,把它扔在桌上。母亲把我推开了。我坐在炉炕前的台阶上,吃惊地望着她。

她离开椅子站起来,步履艰难地朝屋角里走去,然后在床上躺下,拿出手帕来擦脸上的汗。她的手不听使唤,擦脸的时候,有两次从脸上滑过去,滑落在枕头上。她用手帕在枕头上擦了擦。

"给我点水……"

我从水桶里舀了一杯水。母亲吃力地抬起头来,喝了一口水,使劲叹了一口气,用冰凉的手把杯子推开了。后来她朝屋角里的圣像望了望,把目光移到我身上,嘴唇微微动了动,仿佛露出一丝苦笑,然后缓缓地闭上了那双长着长长的睫毛的眼睛。她的臂肘紧贴在身子两侧,两手朝胸前移动着,手指在微微动弹。她想要把手移近喉咙。阴影在她脸上浮动着,她的脸色渐渐变暗,蜡黄的皮肤最终被阴影覆盖了,她的鼻子显得更尖了。她吃惊地张着嘴,却听不见她的呼吸声。

我端着水杯站在母亲床前,不知站了多长时间,看着她的脸渐渐地凝滞不动,变成灰色的了。

外公走进来,我对他说:

"母亲死了……"

他朝母亲床上望一眼,说:

"你胡说些什么?"

他说着来到炉灶跟前,把烤好的馅饼从炉膛里取出来,把炉门和烤盘碰得叮当响。我知道母亲真的死了,便久久地望着外公,等待他明白这个事实。

这时,继父回来了,他穿一件帆布夹克,戴一顶白色制帽。他轻手轻脚地搬起一把椅子,来到母亲床前,忽然他"咚"的一声把椅子扔在地板上,用他那洪亮的声音高声喊道:

"她已经死了,快看……"

外公吃惊地瞪大了眼睛,他手里拿着炉门上的挡板,一声不响地离开炉灶,像瞎子似的磕磕绊绊地走了。

母亲的棺材下葬了,人们开始朝棺材上撒干沙土,这时外婆跌跌撞撞地向墓地里走来,她像瞎子似的在坟墓之间摸索着,撞在一座十字架上,碰破了脸,血流满面。雅兹的父亲搀着她来到墓地的看守室里,并在外婆洗脸的时候低声安慰我说:

"哎呀,求上帝保佑,千万别让我睡不着觉,嘿,你这是怎么啦?这种事也是常有的嘛……我说得对吗,外婆?富人也罢,穷人也罢,到头来都免不了要进坟墓,我说得对吗,外婆?"

他朝窗外望了一眼,忽然跑出去了,但他马上就和维亚希尔一同回到屋里,脸上带着得意的微笑。

"你瞧,"他说着递给我一只报废的刺马钉,"你瞧这是什么东西?这是我和维亚希尔送给你的礼物。你瞧这只小轮子,怎么样?准是一个哥萨克骑兵戴过的,把它弄丢了……我打算从维亚希尔手里把它买下来,给他两戈比……"

"你胡说些什么呀!"维亚希尔生气地低声说,但雅兹的父亲在我面前手舞足蹈,朝他使了个眼色,对我说:

"这个维亚希尔,太认真了!算啦,不是我,是他送给你的,是他……"

外婆洗过脸,用头巾把肿起来的带着青斑的脸包好,叫我跟她回家去。我拒绝了,我知道家里要举办葬后宴,他们又要喝很多酒,说不定又要吵架。还在教堂里举行安葬仪式的时候,米哈伊尔舅舅就长吁短叹,对雅科夫舅舅说:

"看来今天得喝一杯,怎么样?"

维亚希尔一直想让我开心解闷,为了逗我发笑,他把刺马钉挂在

自己下巴颏上,用舌头舔那上面的星形小轮子。雅兹的父亲故意放声大笑,并且高声叫道:

"快看,快看他在做什么!"

但他发现这一切都不能使我感到高兴,于是他便严厉地对我说:"得了,得了,快清醒一下吧!我们大家都难免一死,就是小鸟儿也会死的。我倒是有一个主意:我想挖一些草皮,把你母亲的坟墓装饰起来,你说行吗?我们现在就到田野上去,你和维亚希尔跟我一起去,我的桑卡也和我们一起去。我们挖了草皮,把你母亲的坟墓装饰起来,再好不过了!"

这件事很中我的意,我就跟他们一起到野外去了。

安葬了母亲之后,过了几天,外公对我说:

"你听我说,列克赛,你不是奖章,不能老挂在我的脖子上,你到外面去找点事做,混口饭吃吧!……"

从此以后,我去谋生了。

出品人：许　永
出版统筹：林园林
责任编辑：许宗华
特邀编辑：李嘉木
封面设计：张传营
印制总监：蒋　波
发行总监：田峰峥

发　　行：北京创美汇品图书有限公司
发行热线：010-59799930
投稿信箱：cmsdbj@163.com

官方微博

微信公众号